娘子押對寶

下

新綠 著

風 文創 492

目錄

第三十章

楊氏看著吳遠生和吳伯一前一後的背影，心下怒罵：這個不識趣的吳伯，還是早早攆走為好。

「娘，吳陵娘的嫁妝，妳都弄去哪了？」吳潭皺著眉問道。

楊氏坐在黃梨木的椅子上，撣了撣裙子，無所謂地道：「我哪知道，你們誰看上了一件物什，不是隨手就拿走的？剩下的不還在我的私庫裡嗎？」

吳潭被楊氏這副不當一回事的樣子氣得一噎，冷冷地道：「娘心裡有數便好，這事處理不好，娘恐怕不能脫身。」雖說是親娘，可畢竟是瘦馬出身，只知道吃喝玩樂，遇到一點事，真是完全指望不上。

楊氏看著甩袖出門的兒子，伸出染了鳳仙花的鮮豔手指，指著他的背影，對女兒抱怨道：「妳看看、妳看看，妳哥這什麼態度，真是太寵你們了。」

不過到底是自己生的，楊氏也捨不得責罵，抱怨兩句就過去了。

「娘，那鄭家的陪嫁，妳到底是怎麼想的？」吳芷沅比起兄長跟娘相處的時間長，深知娘自幼在勾欄裡長大，最是愛惜自己不過，怎麼可能真的對那麼要緊的事無所謂呢？

果然，只見楊氏杏眼一轉，勾唇笑道：「還是我閨女看得明白。那些啊，我早八百年前就運出去了，除了一些精巧的留下來給你們玩，其餘的早賣了、折了銀錢。」真當她楊杏傻啊，那麼個燙手山芋會一直握在手裡？

見女兒一臉不信地看著自己，她又道：「妳放心，這事妳爹也知道。」楊氏說到最後，看著女兒審視的眼神，心裡一虛，住了口不再多說。

母女倆在前廳裡吃著蜜餞閒聊，不到一刻工夫，吳伯匆匆地又趕了回來。

楊氏厭煩地皺起眉頭，沒好氣地斥道：「我說管家，你沒事就不要往我眼前轉了，晃得我頭暈。」

吳伯面不改色地站在門口，平靜地道：「楊姨娘，州府大人派人來請妳過去問話呢！妳還是快些吧！」

吳芷沅暗自皺眉，這老匹夫十幾年來可沒再稱呼娘為「姨娘」。誰不知道要不是娘是瘦馬出身，不能扶正，早就是吳家名正言順的當家夫人了，饒是如此，裡裡外外誰不稱呼娘一句「楊夫人」？這老管家是篤定娘這次要不好了？

楊氏此時卻沒心情計較吳伯的那句「楊姨娘」，難道老爺沒有說服州府大人嗎？還要傳她過去問話？她有心想問老管家兩句，卻見他像個木樁一樣筆直地站在那裡，嘴上忍不住諷道：「喲，看管家這副模樣，是篤定我楊杏回不了這吳家大門了？」

「楊姨娘多慮了，前面衙役還在等著，楊姨娘還是先過去為好。」

楊氏聽到衙役，心口一慌，也不和老管家鬥氣了，拉著女兒的手說：「快，快去找妳哥。」她真是萬般悔恨剛才把兒子氣走了，不然現在還有一個可以商量的人。

「潭少爺剛才往東大街去了，怕是一時半刻回不來。」吳芷沅剛邁出步子，便聽老管家緩緩地開口道。

「哎喲，那可怎麼辦呢？我一個婦人要是上了公堂，以後哪有臉面再去見各家夫人啊！」楊氏拽著帕子，急得額上都開始冒汗，眼裡也泛了淚。

吳芷沅眼神一暗，她正在議親的關頭，可不能讓娘被人議論……她看了事不關己的老管家一眼，福身道：「吳伯，爹爹和哥哥不在家，芷沅懇請老管家代我們母女拿個主意，母親是萬不能走這一趟的，待父親回來，必讓父親重謝您老人家。」

吳伯覷了吳芷沅一眼，當下彎著腰回禮道：「小姐真是折煞老奴了，這官府的事哪裡是我一個下人可以置喙的？」

吳芷沅抬起頭，定定地看著老管家，長睫下的眼睛裡是一片陰鷙之色。

不到一日，台州城內便傳開了——吳家的嫡子將吳老爺告到了堂上，東大街上的茶館、酒肆、客棧裡因此都熱鬧起來。「如意茶館」的老闆還特地聘了一位說書先生，每日巳時和申時，長鬍子老先生會拍著驚堂木，一驚一乍地從鄭家大小姐待字閨中說起。

這說書先生有秀才的功名，考了好些年都不能再更上一層樓，不知怎地一心鑽研起說書的行當，在當地也是頗有名氣的，只是老先生家境富裕，近年來很少上臺。

老闆將老先生重新上臺的消息一傳出去，隔天每張桌子便滿滿當當地圍了十來個人，還有許多人只能站在牆角或門邊。

老先生一拍那塊陳年的驚堂木，茶館內瞬間安靜下來。

「二十年前台州城內，要說哪家小姐最娉婷秀雅、端莊知禮，鄭家大小姐要是排第二，沒有人敢說是第一。」老先生一邊說一邊惋惜地搖頭，還嘖嘖地可惜著。

「難道老先生您見過不成？」臺下有人哄笑道。

「哎，這位小郎君可說對了，我還真見過呢！鄭老太爺還在的時候，我常去和他下兩盤棋，那小姑娘一雙大眼睛滴溜溜地轉，臉蛋紅彤彤的，大大方方地站在案邊喊我一聲爺爺，當真討人喜啊！」老先生頗為感慨地回憶道。

樓上二樓的雅間裡，鄭老太太用帕子擦著眼角說：「這老先生確實是老頭子的故交，也是看著妳婆婆長大的，這一回話本怕是他一早就想好了。」

張木還是頭一回聽書，想起昨兒個吳陵回來說：「我怕是趕上好時候了，吳家可能得罪了上頭，明大人話裡話外都引我把話頭往狠了說。」

小夫妻倆一思量，去找了鄭老太太，鄭老太太當下便笑道：「財帛動人心，吳家也富了這百餘年了。」

吳陵和張木互相看了一眼，心下有些懵懵懂懂。

不過鄭老太太得知這意外的消息，心情倒是爽朗多了，竟鬧著要來聽書，鄭大老爺苦勸無效，只得一早給老娘備了馬車。

鄭老太太不樂意見二兒媳，便也不好帶大兒媳出來，只悄悄地帶了張木過來。

此時張木見鄭老太太想起女兒又傷感起來，哄道：「外祖母，您別難過，過幾日娘的仇就能報了。」

「哎，好孫媳，我明白咧，我就是一時想到恒芯小時候那活潑機靈的模樣，心口疼罷了。」女兒走了這許多年，她該流的眼淚早流光了，擦了兩下眼角便又凝神聽起書來。

如意茶館「皇商寵妾滅妻，嫡子流落街頭」的話本足足說了十天，吳家守門的阿力每日都要清掃門口的臭雞蛋和爛菜葉子，連以往去市集採買的廚娘都遭人白眼，有些脾氣耿直的大嬸甚至擺明「我家的菜不賣給爛心爛肺的人吃」，吳伯只好讓新進府的僕婦去買菜。

這幾日吳芷沅和吳潭都不敢出門，起初兄妹倆以為憑爹在台州的勢力，這事也就是走走過場罷了，頂多娘被爹苛責幾句，沒想到爹和娘一去就沒回來了。

每日牆外都會有粗鄙的婦人在叫罵，他們想讓下人去把婦人攆走，誰知爹爹不在，老管家竟然奴大欺主起來。兄妹倆一向靠著爹娘過日子，一切俗事不沾手，這下也只能暗自憤恨，尤其吳芷沅這幾日生生地瘦了好些，原本就纖細的腰肢現在更是纖不盈握。

第七日，「皇商寵妾滅妻，嫡子流落街頭」的話本終於說到了「失蹤多年歸來，嫡子為母告父」。

老先生在臺上一邊說一邊唏噓不已。「諸位想想，這子告父得挨三十大板不說，還得除族，那吳家的家產不得落在楊氏所出的子女身上？這鄭家的小姐早早便香消玉殞，唯一留下的骨血被殘害了這許多年，難得還有這番孝心，一心為母討公道，卻還得受這番折磨。」

或許是老先生說得太令人動容，抑或是寵妾滅妻、發賣嫡子的舉動激怒了太多支持原配嫡子正統地位的百姓，第八日，州府裡的衙役剛拉開大門，一摞厚厚的進言書就擺在前來抗議的士子們身前。

剛睡醒的衙役揉了揉眼睛，往他們身後一望，士子們後頭竟然還有許多義憤填膺的民眾，黑壓壓的一片，嚇得衙役一激靈，連忙拔腿去後衙裡稟告州府大人。

明皓接過錢師爺遞上來的進言書時，也不禁驚訝道：「這怕有萬餘字吧！」

「大人好眼力，是本州才子柳謙益執筆寫的。」

明皓仔細一看，大致是在說吳家身為皇商世家，竟寵妾滅妻、惡待嫡子，敗壞我朝風氣，有辱台州鄉風，不堪為民眾表率，請求州府大人上書撤下吳家的皇商身分，還鄭氏母子一個公道。

進言書底下還有許多百姓的簽名，一些不識字的老百姓就用紅泥在白紙上按了個紅手印。

明皓緩緩合上進言書，笑道：「柳謙益這回不閉門讀書，竟然也摻和了進來？」

沒想到說書的老先生已經給他一個驚喜，這柳謙益又送了一個驚喜過來。

錢師爺一直在一邊觀察著州府大人的表情，心裡暗暗提了個醒，那吳潭送來的金子還是早早處理妥當為好。

「這台州城的百姓倒是從來沒有這般團結過，也是大人治理有方啊！」錢師爺笑道。

明皓笑著擺擺手。「走，陪我去前面看看。」

到了前頭，看到這群烏壓壓的民眾，明皓心頭不由得一震，這說書的老先生還真有一套，又覷了打頭陣的柳謙益一眼，暗道倒是個好苗子。

民眾見州府大人出來，立即吵嚷著請求還吳家嫡子一個公道，明皓壓了壓手，朗聲道：「諸位鄉親，明某人已經看過進言書了，今日就會快馬加鞭送到聖人案上，一定會給諸位一個滿意的答覆，望大家少安勿躁。」

「諸位鄉親，明大人一向言而有信，我等在此謝過明大人體察民情，為百姓主持公道。」柳謙益也高聲說道，說罷對著明皓深深彎腰行禮致敬。

另一頭，當吳芷沅和吳潭從僕人嘴裡得知百姓進言的時候，進言書已經八百里加急地往京城去了。兄妹倆的驚恐不可言喻，吳潭握拳逮著傳話的小廝就是一陣猛揍，小廝萬沒想到一向脾氣溫和的少爺竟會突然拿他出氣，抱著頭，心裡叫苦不已。

吳潭發洩夠了，猛地朝坐在地上的小廝踢了一腳，罵道：「沒用的東西，滾！」

小廝連跌帶爬地出了屋，被相熟的夥伴扶到屋裡上藥去了。

「哥，你說那吳陵為什麼沒有死在外頭？都過了十多年，還能回來找晦氣。」吳芷沅怒道，等那進言書送到聖人手上，怕是京裡的大伯也保不住他們了；不說爹娘能不能回來，就是這宅子能不能保住都是問題。

「既然那雜種不該回來，我們讓他消失就是。」

吳芷沅一驚，倏地側過頭來看著兄長，只見他臉色狠戾，心頭不由得一顫。「哥哥，你……」

吳潭見妹妹驚得睜大了眼，微微笑道：「沅兒在家好好給哥哥做一身衣裳，等爹娘回來了，我穿給他們瞅瞅，看看沅兒的繡活是不是又長進了。」

張木看著面前的張大郎和美人，半天合不上嘴。

吳陵看不過去，推了她一下，笑道：「娘子，別愣著了，趕緊讓大舅哥和美人進去喝盞茶暖暖身。」

「欸，哥，你趕快進來。」張木連忙讓張大郎進屋，欲伸手抱美人，美人卻憤憤地扭過了身。

哼，誰讓你們拋下我。

吳陵見這貓這般傲嬌，抓著美人的後腿把牠從張大郎懷裡拎起來，氣得美人憤怒地直叫喚。「喵、喵！」*混蛋，快放我下來！快放我下來！*

見吳陵無動於衷，美人只得看著張木。

張木心頭一軟，輕輕拍著美人的身子，笑道：「這貓真會記仇，當時我跟著爹娘過來，人生地不熟的，怎好帶你來呢？」說著看了張大郎一眼。「哥哥怎地把牠帶來了？」

張大郎笑道：「你們走了好些天，娘不放心，特地讓我來看看，娘又說這貓有靈性，非要我一起帶過來。」

台州城這般大，張大郎摸索了好些天，見有間茶館天天人來人往的，想著人多，便試著去探聽一下，沒想到那人一聽他打聽的是吳陵，立即就嚷嚷。「哎喲，這是吳家公子的大舅子呢！從通台縣那邊過來的。」

張大郎才知道，原來妹夫竟然是富貴人家的嫡子，只是被家裡的姨娘給賣了，這才流落街頭，心裡也是驚詫不已。有心人給他指了路，他才順利找到鄭家；不過他也不好貿然敲門，只得在門外的樹下等著裡面的人出來，沒想到一早就碰到了妹子和妹夫。

張大郎第一次走進這般豪奢的人家，這一路走來雖也看過許多亮堂的富貴樓閣，但是遠遠沒有此時震撼。

「阿陵，這真是你的外家嗎？」張大郎進了大門後，還是有些不確定地問。

吳陵看著大舅哥一臉難以置信的模樣，再看了抿唇笑著的媳婦一眼。大舅哥這模樣才像沒進過城的鄉下村戶吧？可是媳婦第一次來的時候，為什麼會那般神態自若？

「哥，我先帶你去見外祖母。」張木見吳陵盯著自己失神，忙拉他的袖子催道：「發什麼呆，還不快點？」

「喵喵。」混蛋，人家都快餓死了，你還這般磨蹭。

吳陵回過神，見美人看著他的眼神異常幽怨，不由得打了個寒顫。

進了榮華園，只見綠雲正在外頭陪守門的丫鬟聊天。這些日子以來，丫鬟們見著老太太對吳陵夫妻倆這般看重，早已收起對張木的輕視，見面都恭恭敬敬地行禮。

張木在現代便見慣了「變臉」這一絕活，也不當一回事，遇到有禮的丫鬟，也都客客氣氣地應答兩句。寧得罪君子，莫得罪小人，這些大宅門裡的丫鬟和僕婦更是不能小瞧，不管哪一個怕都比她多了一個心眼。

下人們見張木這般溫和有禮，一點都不張狂，有幾個倒也真起了尊敬之心，例如鄭老太太身邊的綠雲、綠袖和綠影。

「陵少爺和少奶奶怎麼又轉回來了？這位是？」綠雲福禮後，笑著問道。

「外祖母可還在屋裡？」張木來了以後，吳陵便很少和丫鬟們說話，一向是由張木應付，此時張木見張大郎微微窘迫的樣子，笑道：「我哥過來給外祖母請安。」

裡頭的鄭老太太早就聽見動靜了，此時在裡面對綠影道：「去後頭找一塊好些的玉珮出來。」

一旁的綠袖看著老太太，試探著提醒道：「老祖宗，這鄉下人家，怕是金子、銀子更實用吧？」

鄭老太太擺擺手，並不答話，看了綠影一眼，綠影便頷首進去了。

前頭，綠雲已經打起了簾子，張大郎見著一個富態的老太太慈祥地看著他，心裡不禁微微鬆了一些。

「外孫媳婦，我剛才怎麼聽著妳說妳哥哥來了呢？」鄭老太太說著，伸出手喚張木到她身邊坐下。

「外祖母，您耳力可真好。我哥哥見我和相公好些日子沒回去，心裡掛念著，便找了過來，我和相公今兒個剛出門便遇上了，您說巧不巧？」

鄭老太太見外孫媳婦落落大方地介紹這個身上還打著補丁的憨厚小郎君，心裡又添了一層喜歡，見綠影出來了，笑道：「親家舅爺也是有心了，從家裡到台州，怕也折騰了一些日子吧？這下可得好好地陪阿陵和木丫頭在我家多住幾日才好。」

張大郎見老太太並沒有因他而小瞧妹子，提著的心才完全放了下來，答起話來也活絡許多，和鄭老太太介紹了好些鄉下風物。

第三十一章

中午的時候，大房和二房接到鄭老太太身邊丫鬟的傳話，說是張木的哥哥來了，晚上大家一起在榮華園吃晚飯。

鄭大老爺和謝氏只是怔了一下，鄭二老爺和紀氏卻當著綠影的面嘲諷起來。「老祖宗真是年紀大了，來要飯的都當成親戚。」

綠影不接話頭，笑道：「老祖宗吩咐的，二老爺和二太太要來才是啊！不然老祖宗得怪我跑個腿都不索利了。」

紀氏輕笑道：「那是自然。」

晚上，鄭二老爺和紀氏以及鄭慶暖早早到了榮華園，就圍在鄭老太太的榻邊逗著樂，吳陵則和張大郎在前廳裡。

此時張大郎換了一身鮮亮的衣服，這衣服是吳陵讓人去成衣鋪子裡買回來的，怕張大郎心裡不舒坦，他解釋道：「大舅哥別見怪，大戶人家都這樣，我們就當逛一回戲園子好了。」

「咦，你這意思是你和阿木還會回去嗎？」張大郎奇道，鄭家這般富貴，阿陵還能拋下？

「自是要回去的，這鄭家再富貴也是外家；至於吳家，大哥也知道我是絕對不會回去的，想想還是在鎮上待著自在。」

「能回去也好，一家人還能處在一塊兒。」張大郎拍著吳陵的肩膀道。好好的家給一個小妾折騰成這樣，這富貴人家的日子過得還不如他安穩。

鄭二老爺見到吳陵，客套了兩句，而對即使一身綢衣也一副鄉下漢子模樣的張大郎卻是眼神都沒給一個。吳陵見二舅這般行事，心頭也有些不大痛快，要是媳婦知道了，肯定覺得委屈。

他見張大郎還愣愣地站著，便說道：「大舅哥，其他人都還沒來，我們先坐著吧！」

鄭慶衍和鄭慶陶兩人是最後來的，兩人一個在外頭管著田莊，一個在書院裡讀書，見到張大郎都客氣了幾句。

晚飯還是和上回一樣，涼菜四道、熱菜十道、湯品兩道，張大郎看得目不轉睛，努力忍著口水。

紀氏站在鄭老太太身後，忍不住嘀咕了一句。「真是要飯的。」

雖然聲音不大，卻剛好能讓大家聽到，張大郎頓時脹紅了臉，吳陵也不自覺握緊了拳頭。

張木看著紀氏那微微嘲諷的神色，笑道：「不知道二舅母說的是什麼？我怎麼聽見一句要飯的？我張家雖是鄉下人家，可一粥一粟都是自己種出來的，莫非向二舅母討要什麼了？」

張家一向待她很好，眼下正是冬麥播種的季節，大家就指望著那一丁點地過日子，張家卻讓大哥來找她……大哥不在，娘和嫂子怕是都得下地幫忙，她又怎能讓大哥在這裡受辱？

紀氏也只是看不過眼兒，忍不住諷刺了一句，她以為張氏肯定會忍著不出聲，畢竟她娘家那般見不得人，誰知這張氏竟然還和她槓上了。

鄭老太太對二兒媳也深感不滿，斥道：「老二家的，妳要是腦子糊塗，就不用在這裡伺候了，回妳自個兒的院子去吧！」

鄭慶陶看著老太太一臉怒意，也不敢為娘辯護，畢竟剛才那句話，他們也聽到了。

「祖母，您怎麼能因外人而責怪娘呢？他們本來就是不知道從哪裡竄出來的，您還這般維護。」鄭慶暖突然站起來道。

「行，妳也回去吧！」鄭老太太眼皮連抬都不抬。

二房的看不慣阿木，她心裡清楚得很。

「祖母，娘和妹妹今兒個都有些犯糊塗，您別生氣，我這就送她們回去。」鄭慶陶連忙起身，一手拉著娘親，一手拉著妹妹往外走。他真怕這兩個祖宗又說出什麼不得體的話來惹祖母生氣，祖母身體才剛好些，老郎中都說了，要是再犯病，怕是凶險得很。

張木和張大郎晚上都沒動幾次筷子，吳陵看著，舀了碗山雞絲燕窩給媳婦。

燕窩冒著熱氣，看著就覺得暖和得很，張木看向吳陵關切的眼神，心裡也暖了一點。她拿起湯勺，正準備舀湯，手裡的湯勺卻「砰」地一聲掉到地上，碎成了三段。

張木看著剛惡作劇完、跳到自己腿上的美人，頗為無奈，見大家都看過來，只得道：「牠是我之前在那邊養的一隻貓，比較貪吃，估計聞著了味道，竟然跳到我身上來了。」

鄭老太太笑道：「早上就看見妳抱著這隻貓了，還以為是家裡哪個人送妳玩的，原來是跟大舅爺一起來的啊，就讓綠雲抱牠下去餵點燕窩解解饞吧！」

綠雲上前要抱過美人，美人卻忽地跳到了桌上，看著張木直叫。

張木心裡一急，忙道：「這貓被我慣得沒規矩，脾氣大得很，大家莫見怪，還是我抱著牠就好。」

話音剛落，美人又一掌打翻了張木盛湯的碗。

那邊莫氏懷裡的小胖墩看到一隻貓跳上了桌子，也蹬起了腿，飯桌上一時熱鬧起來，鄭慶衍笑道：「祖母，我還沒見過這般饞嘴的貓，倒是頑皮得很。」

鄭老太太看著這隻貓，眼睛不由得瞇了起來。這貓從早上到方才都很乖，菜上了許久也沒見牠跳上來……

她看了面前的雞絲燕窩一眼，忽然笑道：「今兒個這雞絲燕窩我們是吃不成了，不然這貓還得作亂，端下去吧！」說著對綠雲瞥了一眼。

綠雲心頭一震，將雞絲燕窩端了下去，張木則尷尬地拍了美人兩下以示警告。

晚飯過後，鄭老太太剛卸下釵環，準備就寢，綠雲上前給她寬衣，附在她耳邊道：「老祖宗，廚房裡的那隻貓死了。」

死掉的貓是一位廚娘養的母貓剛生下一個多月的小貓，才剛開始吃東西，毛色柔柔亮亮的，家裡的丫鬟和僕婦們見了都喜歡，只是……吃了些雞絲燕窩就死了。

鄭老太太拿起佛珠串轉了轉，半晌才開口道：「明天拿去外面給郎中驗一驗是什麼。」

綠雲應了一聲，看著老太太肅穆的面容，心裡不禁有些惶恐，這還是在老太太的榮華園，一大家子坐在桌上吃飯，竟然就有人敢這般下狠手，這要毒的可不只是表少夫人。

綠雲用小罐子裝了些雞絲燕窩，用帕子包嚴實了，帶去外面的醫館裡，只說裡頭不知混進了什麼東西，竟毒死了家裡的貓。

老郎中眼皮微抬，這燕窩也就大戶人家吃得起，還拿來餵貓，嘖嘖嘖。

老郎中看了一上午，愣是沒有查出一點毒跡來，可是人家姑娘這般小心翼翼地拿過來，應該確實毒死了什麼東西才對，老郎中一時有點汗顏，看著等了好幾個時辰的小姑娘，如實說道：「老夫汗顏，這……呃……」

綠雲見老郎中這般說，料想沒有查出什麼來，不禁有些失望，又見老郎中猛地大叫一聲，驚詫地捧著那小罐子。

綠雲不禁靠了過去，問道：「老先生可看出什麼了？」

「小姑娘，這東西確實有點問題，妳放這裡讓我研究個幾日可好？」老郎中年紀大了，就喜歡琢磨點藥草、疑難雜症，看著那微微閃著金光的湯，一時捨不得放手了。

綠雲見老郎中看出問題來了，心裡微微鬆了口氣，笑道：「那就麻煩老先生了，我過五日再過來看看，也不急，您慢慢研究。」

月底，從京城來的信使伴著蕭蕭朔風進了台州府衙，錢師爺領著信使去驛館好生招待。

州府大人的長隨盯著那一扇門已經有一個時辰了，側耳傾聽許久，也沒聽見裡面有什麼動靜。他從當書僮開始，跟著州府大人已有十來年了，印象中很少見到大人這般沈重的樣子，剛才信使一走，大人便面色凝重地回到後衙。

晌午的時候，明夫人那邊派人來問明大人午飯在哪兒吃，小丫鬟看著長隨一臉為難的樣子，嬌叱道：「你就在我面前裝吧，誰不知道你跟著大人許多年了，問句話還能難倒你不成？」

長隨忙將手指比在唇上。「噓，大人在想案子，妳小聲點。」

丫鬟見他這般小心翼翼，一時也不敢再笑鬧，低聲道：「那我回去稟告夫人說大人在忙，讓夫人先備著就是。」

長隨看著丫鬟的背影，不禁也覺得肚中開始鬧起了飢荒，抬頭望天，嚥了嚥口水。

明皓盯著案上一卷明黃色的聖旨，心裡的駭浪久久難以平息，沒想到顯赫了百年的吳家，竟然在聖人的一句話下成為塵埃。

不久後，台州城裡貼出了告示——

褫奪吳家皇商封號，家主吳遠生牢獄五載，侍妾楊杏打回原籍。吳家嫡子告父，情有可原，酌情免除三十大板，但父子君臣的綱常倫理不可廢，仍除族，剝奪家產承襲。

張木聽到吳陵不用挨板子，抱著美人狠狠親了一口，美人卻嫌棄地用前爪撓了撓臉。

張木愣了一下。美人這是嫌棄她？她一時有些哭笑不得，頭一回體會了相公對美人的心情。

鄭老太太在一旁笑道：「這貓真是精怪，阿木啊，以後妳去哪都把牠帶著，不然這麼聰明的貓被別人逮去了，就不會送回來了。」

「喵、喵。」美人從張木腿上跳下來，撒著爪子跑到鄭老太太的榻邊，綠雲便把牠抱起來遞給老太太。

張木看著美人沾了灰的爪子，有些鄙夷地道：「外祖母，您可別慣著牠，那爪子髒著呢！」

「喵、喵。」有妳這麼埋汰自己閨女的嗎?!

鄭老太太摟著懷裡一拱一拱的小東西，覺得這貓要不是外孫媳婦的，自己可能都捨不得讓這貓出屋了。

想著，她對一旁的綠雲和綠影說：「改明兒個也給我找一隻小貓來。」

鄭老太太一邊給美人捋著毛，一邊緩緩說道：「吳家的家產雖然沒了，但是明大人既讓人過來說會補回妳婆婆的嫁妝，自是不會食言的。阿木啊，這許多年來，我當真沒有今日這般舒心過。」

「外祖母，只要相公沒事就好，娘的嫁妝還是您置辦的，您就留著做個念想吧！」那般多的錢財拿回去，估計會鬧得不得消停。

「傻姑娘，妳還真以為這麼多年了，那楊氏還留著妳婆婆的嫁妝啊？最多找出兩、三樣來就了不得了，明大人的意思是，會根據嫁妝單子補上銀兩。」老太太微微嘆氣道。

只是當府衙的官差將鄭氏的嫁妝送到榮華園的時候，鄭老太太著實驚訝了。

沒想到她給女兒的一套黃梨木雕花大床、妝檯竟然都在，連那套碧玉碗盤也還在，除了一些衣裳料子、頭面首飾沒了之外，其餘較大的物件都在，不禁看向了送東西過來的衙役。

衙役得了明大人的吩咐，態度甚好地道：「那楊氏雖將這些東西運出了吳府，但並沒有運出台州城，就放在蓮子胡同一戶姓姜的人家裡，這姓姜的是楊氏以前當瘦馬時的相好，這幾年兩人一直有來往。」

張木微微垂目，那是不是就代表吳家那一對庶兄妹的血緣有可議之處？

市井百姓的想像力是很驚人的，很快地，台州城裡開始大肆傳揚吳家老爺寵了二十年的瘦馬給他戴了一頂綠油油的帽子，簡直能染青祖墳上的枯草了。

「呵，這真是報應啊！端莊淑雅的妻子不敬著，非要愛個窯姊兒，可不是報應不爽？」

「可憐吳家嫡子，這般孝順的小郎君還流浪了這許多年……」

「哎，你不知道吧？吳家小郎君早就改姓了。」

「呵，還有這一齣？」

吳陵從府衙回來，一路上聽見許多百姓議論紛紛，心頭不禁有些悵惘。吳遠生和楊氏再難堪又怎樣呢，那個疼愛他的娘親早在許多年前就去世了。

他看著鄭家的大門，想著裡面那個溫暖的人兒，臉上帶了些笑意，幸好在十三年流浪的盡頭，他遇到了娘子。

告示貼出來的第五日，丁二爺和吳陵一行人便準備離開了。

臨行前，鄭老太太拉著吳陵和張木的手，久久捨不得鬆開，末了嘆道：「你們兩個在那邊好好過日子便成，也不要惦記我，等天暖了，我再去你們那邊住一段日子。」

「外祖母，這次回去我就蓋新房，到時給您留一間，等明年春上您就能來住了。」吳陵看著老太太滿是皺紋的臉上強撐著笑意，心頭有些哽咽。

美人晃到鄭老太太的腳下，用臉蹭了蹭。「喵、喵。」

鄭老太太忍著沒有低頭，揮了揮手，示意他們趕緊上路。

綠雲趕緊把美人抱了起來，往門口停著的馬車走去。這幾日美人也和綠雲混熟了，牠窩在她的臂彎裡，舉起小爪子扒拉著，綠雲看著牠淘氣的模樣，心裡也有點捨不得，可是她明白老太太的用心。

她想起老郎中說的話——「這毒，女子食之，毛髮盡落，骨瘦如柴，喉間癢痛，十日而死。」

當時老太太得知這件事，幾個晚上輾轉難眠，她守在外間，時常聽見裡面翻動被褥的聲音，便知道這一夜老太太怕是又要難眠到天明了。

吳陵微微斂下眼，拉著張木跪下，端端正正地朝鄭老太太磕了一個頭，接著就牽著張木的手走出了鄭家大門。

他知道自己不能回頭，因為那個滿頭白髮、步履蹣跚的老太太正眼巴巴地望著他，他怕一回頭，就會撞進那雙含著熱淚、已經被時光耷拉下來的眼裡。

馬車噠噠地消失在胡同口，鄭老太太忍了許久的淚，終究還是沿著滿是皺紋的臉龐落下。

「孩子啊，我又何嘗不想留你下來？只是在這裡，怕是外祖母也護不住你了。」說完，綠雲和綠影便上前攙扶著鄭老太太往榮華園走去。

丁二爺和丁二娘已經在城門口等著了，張大郎惦記著家裡的冬麥，在鄭家住了一夜後便先打道回府了。

在鄭家雇的馬車上，張木捏著腰帶內側縫著的五千兩銀票。當時他們沒有收下吳陵生母留下的嫁妝，除了幾樣首飾留作念想外，其餘的東西拿回去只怕招人眼紅，好在鄭老太太也明白他們的顧慮。

只是先前明大人將損失的部分嫁妝折算後給的五千兩銀票。老太太卻是不容他們再推辭的，她當時含著淚說：「你流著我鄭家一半的骨血，難道要讓我眼睜睜地看著外孫在外頭受苦嗎？你這分明是要戳我的心啊！」

想到這裡，張木覺得有些心驚肉跳的，五千兩……她和相公在鎮上一輩子都吃穿不愁了吧！

第三十二章

「砸死她！砸死她！」

「黑心肝的婦人。」

聽見聲音，坐在車內的張木和吳陵都忍不住撩起簾子看了車窗外一眼，只見東大街上，州府裡的兩個官差正押著一個披頭散髮的婦人，婦人瘦得只剩一副骨頭架子，囚衣套在身上像似灌著風，臉上還有蛋液，上頭黏著些爛菜葉。

只是那柳葉眉……張木總覺得很熟悉，像在哪裡見過？

一張驕矜的臉在腦海中一閃而過，呵，竟然是楊氏。

看著眼前瘦骨嶙峋的婦人，張木一時有些不敢相信，也就個把月的時間，那般豐潤的貴婦人竟然消瘦得像要被風吹走似的。

「賤婢，回去好好幹妳的營生吧！」

「呸，勾欄裡出來的，天生骨頭媚，勾搭別人的夫君不說，還養著倌人。」

「這等婦人，也就吳家老爺受用得起。」

「砸死她！砸死她！」

不知道是臭雞蛋還是餿水，楊氏覺得她的眼睛又被濺了一些黏糊糊的東西，她不覺流下眼淚，想在人群中找到一雙兒女的身影，可或許是人太多了，也或許是她的眼睛被髒東西糊得看不清，一直沒有找著。

她流著淚，不禁想起從前，她不知道自己的祖籍在哪裡，只記得家裡似乎有好幾個姊姊和弟弟，六歲的時候，爹娘帶她去鎮上，後來她便在人販子手裡輾轉過了兩年，挨餓受凍不說，還時常被人販子抽打。

好在她年紀小，並沒有髒手伸到她身上，可屋子裡的那些姊姊身上時常青青紫紫的，起初她不懂，後來在人販子手裡待久了，自然也就懂了。

八歲的時候，雲州一家茶商把她買了去，她跟幾個年歲差不多的姑娘被關在一間郊外的院子裡，每日學習琴棋書畫、詩詞歌舞；到了十三歲，她已經是纖腰一束的美嬌娘了，拿手的是柔旋舞和琵琶，茶商每次待客的時候，都會讓她上去跳一闋或彈幾曲，時常有客人委婉透露想帶走她，只是茶商一直沒捨得放手，她一度以為茶商是看上自己了，直到吳遠生的到來。

說起吳遠生，就必須先說到蓮子胡同的姜姓男子，他是茶商家二掌櫃的兒子，小時候常往郊外的院子裡給她們送東西，眉目清秀的小郎君就那樣一日復一日地留在了她的心間。

院子管得再嚴，也管不到二掌櫃家的小子身上，十五歲的時候，他們便偷嚐了禁果，他們都知道，要是主子知道了，兩人怕是都沒有活路，所以當她看到主子對吳遠生百般討好的模樣，一個想法便乍然出現在她的腦海裡。

之後她的計劃成功了，吳遠生順利進了她的芙蓉帳，那個她和姜哥哥恩愛百回的地方。

後來她跟著吳遠生從雲州來到了台州，想起當時那個端莊嫻雅的美婦人睜著一雙亮如星子的美瞳驚訝地看著她，眼裡閃過不信、憤怒和悲傷，那瞬間她心頭有了一絲快意——

她竟然可以把一個高不可攀的大家小姐踩在地上。

於是她聽見自己說：「夫君，妾身的腰有些痠軟……」

鄭氏是台州赫赫有名的大小姐，而她則是雲州一個給男人彈唱助興的瘦馬，命運竟然讓她們遇到了同一個男人，還住在同一個屋簷下，這一次，她楊杏一定要好好踐踏這百家求娶的貴婦人。

每次看著鄭氏絕望的眼神，她就沒來由地感到一陣快意，只覺得遍體舒暢。

「娘、娘。」

聽見熟悉的叫喚，楊氏猛地抬起了頭，目光急切地搜尋著她美麗聰慧的女兒。

「沅兒。」

「娘，妳要去哪？你們要帶我娘去哪?!」吳芷沅瘋狂地喊道。

楊氏只覺得被針刺了眼，眼前這個蓬頭垢面的乞丐是誰?!

「娘，妳怎麼了，妳別嚇我啊！」

「沅兒？真的是妳？妳怎麼成這樣了，妳哥哥呢？」

「娘，家被抄了，哥哥也進了牢，我一個人怎麼辦啊？」她讓哥哥不要輕舉妄動，可是哥哥竟然買通了鄭府裡的人給張氏下毒，她一個人在外面遊蕩了好幾天，客棧或酒館的老闆一看到她，都像趕乞丐似地趕她走，她只好去蓮子胡同找姜叔叔，可是那裡竟然已經人去樓空。

「別耽擱時辰，快走。」衙役不耐煩地催道，從這裡到雲州得花上一日，這般耽誤下去，天黑都到不了驛館。「別裝可憐了，妳逼死鄭家小姐的時候，怎麼不想著手軟一點？妳倆這般母女情深，怎麼不想想吳家少爺小小年紀就沒了母親？妳害他流落街頭的時候，就該想想今天。」

說著，衙役便大力推著楊氏，楊氏一邊踉蹌著往前走，一邊對女兒喊道：「找妳姜叔叔去。」

娘，姜叔叔已經不在了……吳芷沅看著娘親的背影，有些頭暈目眩，往後她該怎麼辦？

另一邊，吳陵放下車簾，平靜地說道：「娘子，他們已經和我們沒關係了，走吧！」

「相公，吳芷沅也不是吳家的血脈嗎？」聽辦案的人說，楊氏是懷了身孕後才進吳府的，那吳潭肯定不是吳家的孩子，但吳芷沅呢？

「可能連楊氏也未必清楚吧！」吳陵淡淡地道。

張木也覺得頗為諷刺，吳遠生竟為了一個寡廉鮮恥的瘦馬，生生地毀了一個好好的家。看著相公一臉漠然的樣子，她突然覺得陌生得慌，忍不住攬著他的胳膊說：「相公，回去後我們建一個大一些的屋子吧，不然以後怕是不夠住了。」

「好，都聽妳的，只是家裡有什麼人要來嗎？不然怎麼會不夠住呢？」吳陵蹙著眉問道。就算外祖母過來也有足夠的房間，岳母不常過來，再說鎮上到水陽村也就一會兒的路程，他要是不出門，岳母也不會過來住。

吳陵一時想不明白，有些困惑地看著媳婦。

張木笑著不語，拉過吳陵的手覆在自己的小腹上，眨著眼看著他。

「喵、喵。」美人看著吳陵那雙修長的手，不自覺叫出了聲——有小主子了。

張木跟著丁二爺、丁二娘來台州城的時候，只花了一日的時間，回去的時候卻被一件喜事耽擱了。

丁二娘得知兒媳有了身孕，喜上眉梢，握著張木的手興奮道：「讓郎中瞧過了沒？」兒媳沒有生養過，要是弄錯就糟糕了。

「瞧過了，前幾日有郎中來給外祖母把平安脈，我順便請他在外間給我瞧瞧，說是有月餘了，外祖母身邊的綠雲知道，我囑託她別和外祖母說，不然她怕是又不放心我們上路的。」張木微微紅著臉說道。她一直以為原主很難懷孕，沒想到如今竟然懷上了。

原主在趙家過得不好，每日常熬夜做繡活，如果沒有和離，怕也沒有幾年壽命，更別說懷上身子了。自從她穿來之後，這身子變好許多不說，每日裡和吳陵在一起，心裡就像含了顆糖一樣，整個人看上去都像鍍了一層金光似的，加上她一直在吃方奶奶給的方子，所以有孕也是可以料想到的。

丁二娘得了準話，不禁合著手掌，喃喃道：「那清涼寺的送子觀音可真靈驗，我就拜了一回，妳這頭就有了，哎喲，真是阿彌陀佛。」

丁二爺在一旁笑道：「改明兒個阿竹娶親了，我再帶妳來一趟怎麼樣？」

「還用你說，你不帶，我也是要來的。哎，馬車可得趕慢點了，這頭三個月還沒穩呢，可得注意些。」丁二娘想起這一件事，連忙說道。

吳陵心頭一緊，探出身子對外頭的車伕說：「麻煩您趕慢點，我家娘子有身孕了。」

「哎喲，小郎君，你才知道啊！鄭家老太太一早就關照我了。」車伕咧著嘴笑道。

吳陵一怔，和張木對視了一眼。

張木看著車裡鋪著的厚墊子，這才明白為何馬車裡鋪著這般厚實舒適的墊子，還備了手爐。

小夫妻倆想到那個裝作什麼都不知道、又不放心地安排妥帖的老太太，不由都紅了眼眶。

丁二娘心裡也微微嘆息，阿陵孤身一人許多年，沒想到竟還有個這般疼他的老太太。

「你們倆也別難過了，趕明兒個屋子蓋好、天氣暖和了，就接老太太過來住一陣子，好好盡些孝心便是。」說著又罵吳陵道：「傻崽子，你媳婦有了身子呢，可不能傷神，得顧好了。」

吳陵一聽，趕緊仰著臉笑道：「我自是知道的。」

一出台州，離家越近，張木心裡漸漸開始有了些歸屬感，覺得歸心似箭，只是肚子裡畢竟有了一個小生命，也不好意思任性地讓馬車駛快些。

因為速度慢了許多，他們申時才抵達通台縣。阿竹的書院就在西邊的半山腰上，丁二娘想順道看看兒子，只是今天有點晚了，一行人打算留宿一晚，就在山腳下的一間客棧裡歇腳。
這是丁二娘頭一回來阿竹讀書的地方，覺得處處新奇又有些熟稔，每次阿竹回來，總會念叨著山腳下的客棧、攤販、書鋪，她都聽過百來回了。
丁二娘鋪好被褥，笑道：「我聽阿竹念叨了許久這裡的雞絲豆腦，今兒個晚上我們也別在客棧裡吃了，出去找點吃食吧！」
張木自是樂意的，在台州時心裡惦記著事，沒怎麼好好逛過，好不容易一起出門逛一回，就遇上楊氏，後來忙著案子，也沒心思再出門了。
見吳陵皺著眉不說話，丁二娘問道：「阿陵，你是不是累得很，想在客棧裡休息？那你就和阿木待在客棧裡等我們回來吧！」
「也不是，娘，阿木懷了身子，有沒有什麼忌口的？我也不太清楚，怕誤食就不好了……」吳陵不好意思地說道。
「原來是為這事啊，既然我在，你就不用操心了。哎，這有了媳婦確實不一樣啊，以往阿陵那麼不講究的一個小郎君，竟然還能操心起媳婦的吃食來。」丁二娘忍不住取笑道，阿木也是運氣好，遇到了阿陵，不然一個二嫁女，在那方寸大的地方，日子怕是要愁死的。
張木見相公不好意思的模樣，立即幫他解圍。「娘，那我們收拾一下就出去吧，我剛才在路上看著，有好多新奇的小玩意兒呢，趁著天色還沒暗，我們去看看吧！」
自古學子讀書的地方都是商家雲集之地，這一個小小的山腳下，竟也有一條頗為熱鬧的街道，有各色吃食不說，就連女孩子家的珠花、手串、髮簪、荷包、玉石、古玩都應有盡有。

張木看得目不暇給，樣樣都覺得新奇，比在現代看到的那些仿古的飾品精緻多了，光是戒指就選了七、八個，梅花的、蘭花的、牡丹的、菡萏的，件件都愛不釋手，且這些小東西也不貴，原本一個十文，張木買得多，便和老闆殺價，一個只要八文。

吳陵在後頭見媳婦高興，也不多說，認真地幫媳婦挑。

成親以後，日子過得確實有趣多了，以往不覺得這些有什麼不一樣，現在卻覺得梅花式樣的簪子就比茉莉的好看，點點嫣紅，襯著潑墨如雲的髮，展現出靈動別致的韻味。

逛了半條街，一直在張木懷裡的美人忽然要往地下跳，張木只好把牠放下來，只見美人停在了一間店鋪前，回頭看著張木。

張木抬頭一看，竟是一家鞋鋪，不禁起了興致。小鎮上幾乎家家自己做鞋，一直都沒有鞋鋪，不過她倒是在布鋪裡的案几上見過兩雙繡工精緻、鞋底厚實的鞋，是鄉下婦人做好放在店鋪裡讓掌櫃代售的。

張木看著，這裡的鞋子種類豐富，有麻、絲製成的軟鞋、獸皮做成的鞮，還有靴子、帛屐、木屐、高筒鞋……竟然還有拖鞋。

張木驚了一下，她在這裡還沒見過拖鞋，不由有些驚訝，問向掌櫃。「掌櫃，這鞋是多少錢？」

此時店鋪裡沒什麼人，掌櫃見客人問起，立即笑著答道：「小娘子好眼力，這靸鞋是剛從京城那邊傳過來的，說在家裡穿最便利不過，這鞋內裡是香墊子，鞋底則用麻繩納成蓮花圖案，踏在泥土上，會留下一個個蓮花印記，故又稱『步步生蓮鞋』，五百文一雙。」

饒是張木去了一趟台州城，也被這雙鞋的價格嚇到了，她身上這件玉色繡折枝堆花羅裙也才一兩多，衣服需要用到的料子多不說，繡活也比原主的還精緻；這一雙拖鞋……好吧，是靸鞋，就算構思有創意，可料子只需要花幾個銅板而已，開價五百文也太高了吧！

「小娘子，一分價錢、一分貨物，這鞋雖說價格高了點，卻不是我漫天要價，京城裡還有比這價格高三、四倍的呢！這鞋我進了一批，可是因為成本太高，一直賣不出去，我這是忍痛賤賣了，妳要是早一個月來，沒有八百到一千文，我是不賣的。」

張木眼珠轉了轉。「聽掌櫃的意思，這鞋是新貨，不知道是哪家鞋鋪做出來的？」

「小娘子問到點上了。我們這裡偏僻，消息不靈通，不過這個我還是知道的，這是禮部尚書家的大小姐吳茉兒做出來的，那高筒鞋也是她的主意；不只這兩雙，我在京城還見過一種花盆鞋，鞋底正中間有個跟，前後都是懸著的，聽說在京城也很流行，一雙要二兩銀子。只是我們這小地方，大戶人家不多，我沒敢進貨，高筒鞋倒還好，只是這靸鞋才賣出六雙，小娘子要是真心喜歡，我再便宜五十文給妳，真的不能再便宜了。」

「行，那就謝謝掌櫃了。」張木掩下心底的駭浪，靸鞋和高筒鞋她在鄭家都沒有見過，可見確是新鮮事物，該不會有同伴也穿過來了？

她心下警醒，以後行事得更注意點了，一山不容二虎，一個朝代能容得下兩個穿越的人嗎？而且對方的身分還比自己高上好幾倍。

第二日一早，吳陵便去山腰的書院接阿竹下山。

阿竹比一個多月前還要瘦上許多，丁二娘看見他便紅了眼，斥道：「小崽子，你在書院裡就捧著書看啊，是不是又沒有好好吃飯？都瘦成野猴子了。」

「娘，您還不瞭解我嗎？我是忘了什麼也不能忘了吃啊，實在是最近看書認真了些，難免就瘦了一點，等明年考完了，回家您給我好好補一補就成。」阿竹笑嘻嘻地道。

丁二娘見兒子這麼說，也捨不得再念叨，挾了紅燒蹄子就往他碗裡塞。

張木捧著碗，腦子一直在想著吳茉兒的事，也許自己之前做糕點時也露了餡，回去還得想個法子遮掩過去才好……

第三十三章

回到鎮上的時候，已經是下午了，丁大爺早些天接到丁二爺的信，家裡一早便請張老娘和桃子來幫忙收拾過了。

丁二爺一行人到家，見到屋裡收拾得齊整，被褥也都拆了線，漿洗曬乾後又重新縫好，整整齊齊地疊在床上，丁二娘心裡直嘆有了姻親的好處，看著旁邊幫忙往屋裡搬東西的姪子，笑道：「阿大和香蘭的喜事也就這幾日了吧？」

「是啊，就怕嬸子你們回不來呢，前幾日接到信，我和爹心裡才踏實了，就剩十天了，得要叔嬸幫襯著呢！」丁大一邊搬著箱子、一邊笑著說道。爹的意思是要在年底將香蘭娶進門來，過個團圓年，馮家那邊也不反對，婚期便訂在了十二月二十六日。

張木在裡間聽到，想起那個臉圓圓的姑娘，也歡喜得很，她和香蘭處得不錯，以後等香蘭嫁過來，她也多了個伴。

腳上突然有東西在蹭，她低頭，看見美人正在咬她繡花鞋上的鳳頭，她無奈，用鞋頭蹭了蹭美人，美人揚著小腦袋，一臉恍惚地看著主人，張木招了招手，就見美人後腿一彎，一下子跳到她膝上，兩隻前爪往前一伸，趴在她膝上打起盹來。

張木看著一臉享受的美人，不禁微微揚起嘴角。

十二月十八日，吳陵要陪張木回娘家，一早便去街上買了四樣糕點，又去丁大那裡買了兩斤五花肉。

小水許久沒見到姑姑了，一見到人，一下子就撲上去抱住了她的腿，軟軟地道：「姑姑，我可想妳了。」

張木看著小水緊緊地抓著自己的裙子，小臉上滿是依戀，心裡也暖暖的，蹲下身來抱著小水親了一口。「姑姑也想你，有沒有好好認字啊？」

「有，妳教我的那些我都記熟了，還會寫呢！」小水仰著小腦袋，一臉驕傲地挺著小胸脯說道。

美人一見到小水，便從吳陵身上跳下來，三兩步跑過去，用舌頭舔著小水的小手，逗得小水直笑。

吳陵站在門邊，看著媳婦抱著小水、小水逗著美人，直覺得心裡暖融融的，再過幾個月，他和阿木也會有自己的孩子了。

他先去廚房將肉掛在窗戶上，再拿盤子裝了一盤糕點端了出來。

張老娘看著女婿鑽進廚房的背影，心裡樂呵起來。之前兒子回來的時候，說女婿原來是大戶人家丟失的少爺，她心裡就惶惶不安了好些日子，女兒和女婿本來在這小鎮上過得安逸，她覺得已經是頂好的了，可如果是大戶人家，規矩多不說，女兒既是村姑出身，又是二嫁的小娘子，怕會遭夫家嫌棄。今日見女兒跟著女婿一臉笑意地回來，女婿又跟往日一樣忙進忙出的，她這心才落回了原位。

小水一見到糕點，也不纏著姑姑了，抱著美人就往姑父那邊湊過去，一家人看著他那饞樣都覺好笑不已。

張木跟著張老娘和桃子進了西邊屋子，一坐下，張木便從包袱裡拿出一只金燦燦的鐲子，眨著眼睛道：「娘，我給您在縣城裡買了一個鐲子，您試試。」

張老娘只覺得眼前亮晃晃的，她在水陽村還沒見過這般貴重的金鐲子，就是來家裡給張木說親的媒婆手上也就戴著一枚金戒指而已。

「傻囡囡，有幾個餘錢也不知道留著，這般浪費做什麼？我哪是戴這金物什的人。」張老娘板著臉道。

話雖這樣說，張木看著張老娘眼裡微微噙著的淚，心裡知道她是喜歡的，把鐲子往她手上一戴，拿給她看道：「誰還規定戴金鐲子的必須是那些住在大宅裡的夫人？娘辛苦了一輩子，女兒孝敬您也是應該的。」

「是啊，娘，小姑這麼孝順，您高高興興地收著便是。」桃子也被小姑的出手闊綽嚇到了，這鐲子有寸來寬，上面還刻著吉祥如意的雲紋，怕是得要有二十多兩，相公說的應是真的，即使吳陵沒有繼承吳家的家產，鄭家想必也會留許多東西給他，眼下小姑還念著孝敬婆婆，她家便也跟著沾光了。

「嫂子，這是給妳挑的，這一趟出門的事，妳可能也聽哥哥說了，沒什麼工夫好好挑，嫂子可別嫌棄。」

桃子見到張木像變戲法似地又拿出一支富貴雙喜金步搖，不禁喜上眉梢，笑道：「小姑破費了，妳孝敬娘便是，怎麼也好為我們這般破費？」

「嫂嫂說的是哪裡話，不說嫂嫂待我一向真心，就是我嫁出去了，爹娘也都煩勞嫂嫂和哥哥看顧，我這點心意也是應當的。」說著，張木將步搖插到了桃子的髮髻上。張家人待她一向真誠，她回報一點也沒什麼。

「欸，阿木，我想到要和妳說件事，王茉莉就要嫁到鎮上了，當初妳出嫁，她讓珠珠來添了些嫁妝，這回我便讓妳嫂子備了一支銀釵，既然妳今天回來，要不一會兒也過去一趟吧！」張老娘忽然想起這一件事，便提醒了女兒一句。她家不好白白占王家便宜，那村長家的婆娘嘴巴忒毒，給她抓到話柄，還不得到處宣揚？

王茉莉的婚期就訂在十二月二十日，剛好趕在丁大婚期前幾日，她嫁的是鎮上一戶姓白的鰥夫，比她大上十歲，妻兒早幾年都在一場風寒中過世，現在跟著程家人跑漕運。

張木點頭應下，她也許久沒見到珠珠了。

村長家婆娘一向看女兒不順眼，現在女兒好不容易有了身孕，張老娘也不敢讓女兒一個人過去，要是在她家磕一下、絆一下，可沒處說理去，便讓兒媳陪著女兒一道過去。

她從還沒拆開的三包糕點裡拿了兩包出來，讓女兒帶著，剩一包她拎著去了方奶奶家。

張木和桃子來到王家，開門的是王茉莉的娘，見是張家的女兒和媳婦，不由得翻了翻白眼，轉著調子問道：「哎喲，原來是丁家的少夫人啊，來我家這蓬門小院，有什麼差遣啊？」

張木也不生氣，微微笑道：「嬸子好，聽說茉莉姊姊要出嫁了，我就過來送點小東西給姊姊添個喜頭，嬸子莫要嫌棄。」爹娘還在村裡住著，不能得罪村長家的人，這點白眼她還能忍。

見是給女兒添嫁妝，王家婆娘也不多為難，女兒難得可以再嫁，她也希望女兒以後和張家小娘子一樣從此順順遂遂的。

王茉莉正在房裡給珠珠紮小辮子，聽見外面的聲音，便起身打開房門。

在張木嫁到溪水村之前，她和張木也是很要好的小姊妹，後來一樣在婆家過得苦，一個守寡，一個和離，沒想到轉瞬間張木二嫁，她也要嫁了。

珠珠一看到張木，便歡喜地跑上前。「姨姨。」

張木把兩袋糕點遞給她，笑道：「有珠珠愛吃的綠豆糕哦！」

王茉莉見面前的婦人珠圓玉潤，原本的一張瓜子臉變得豐潤了些，穿著一身玉色繡折枝堆花羅裙，頭上插著一支金絲香木嵌蟬玉珠簪子，端是一個富貴人家的少奶奶樣，抿唇笑道：「木妹妹好久不見了。」

「聽娘說茉莉姊姊要出嫁了，便過來看看妳，以後怕是見面的機會又少了，在這裡先祝姊姊和姊夫百年好合。」說著，張木把張老娘準備的一支喜鵲登梅銀簪插在了王茉莉的髮髻上，手卻不由得顫了顫。王茉莉和她一樣的年紀，頭髮竟已這般稀疏。

張木畢竟不是原主，和王茉莉也沒有太多話可以敘舊，送完簪子後，便推說家裡還有事，要先告辭了。

珠珠站在娘親身邊，朝張木揮著小手道：「姨姨，過幾日我就可以去妳家看妳了。」

張木笑著應下，看著站在旁邊的王茉莉一眼，如果沒有遇見吳陵，她怕也會和王茉莉的處境一樣吧！

十二月二十日，王茉莉出嫁了，接著到了十二月二十六日這一天，終於輪到丁大和香蘭。

一早，張木和吳陵就跟著丁二爺夫妻倆到了水陽村，這是張木穿來這裡後參加的第一場婚禮。想到自己結婚的時候，蓋頭一蓋，什麼都見不到，此時見到掛著紅綢的花轎，以及戴著大紅花的新郎，心裡也生出了一些喜悅。

香蘭住的鎮子離水陽村還有一段路，吳陵要陪著丁大去迎親，於是一行人抬著花轎、一路吹吹打打地出發了。

丁二娘先讓張木把紅包準備好，媒人的、轎伕的，還有一會兒女方那邊送嫁的喜童，以及聞風而來走街串巷的流浪漢的，她則領著村裡一群過來幫忙的媳婦在前院裡準備喜宴，丁大爺和丁二爺就在前頭接待從鎮上過來的男客，他們多是和丁大在一個市集裡做小生意的。

張木在喜房裡數著銅錢，用繡著百子千孫、百年好合等字樣的小荷包一一裝好，忽覺得背後一陣寒風襲來，回頭一看，立即怔住。

趙淼淼？

她怎麼會在這裡？

「我娘說要見妳，她說她早就給妳下了毒，妳要是還想懷孩子的話，最好跟我走一趟。」趙淼淼眼神狠戾地說道。

張木看著趙淼淼，神色未變。她才剛回來，有孕的消息除了自家人外，其餘人並不知曉，看來趙婆子這是想威脅她入那虎狼窩呢！趙淼淼能找到這間屋子，代表她是從誰嘴裡套了話，或是她一早就過來了，就等著她落單。

趙婆子和趙問是巴不得要弄死她的，如果是原主，可能會和趙淼淼走，可如果是她……

張木抿唇一笑。「趙妹妹說笑了，我和趙家往日無仇、近日無怨的，妳娘為什麼要給我下毒？今兒個是我大伯的好日子，趙妹妹要是想過來討些喜糖吃，我這裡倒有許多，若是要來和我說些我聽不懂的話，我手頭上正忙，可得另挑個日子才行。」

趙淼淼一張臉不由得露出些驚異，這女人怎麼連子嗣都不關心了？以往在她家那些年，她可為這事流了不少眼淚呢！

她一時心思難測，想起臨走前娘那陰狠的眼神，只得打起精神繼續誘道：「妳放心，我娘現在躺在床上病得連說話的力氣都沒有，她就是想給妳解藥，和妳誠心賠個禮，看在妳也喊了她這麼多年娘的分上，就和我走一趟吧！」末了，或許真是想起她娘那悲楚的模樣，竟嗚咽了起來。

張木看著已經梳了婦人髮髻的趙淼淼，面色乾枯，凌亂的髮髻上插著一支有些褪色的銀釵，鵝黃色的棉襖縐巴巴的，以往那個明豔又刁蠻的趙家姑娘似乎已經消失不見了。

見她一雙微紅的杏眼巴巴地看著自己，張木心裡卻是一點波瀾都沒有。趙問和趙婆子逼死了原主，之前趙問勾結楚家想毀她名譽不說，趙婆子上次也準備鬧到竹篾鋪子裡來，要不是婆婆一盆水兜頭澆過去，她恐怕又得嚥下一隻蒼蠅了。

她懷著身孕沒多久，肚子也未顯懷，倒是不怕趙淼淼對她怎樣，只是今兒個畢竟是丁大的婚禮，鬧得大了也不吉利。

「趙妹妹，妳也知道今兒個是我大伯的婚禮，家裡忙亂得很，不如妳先回去吧，待明兒個我跟婆婆討論後再說，妳看怎麼樣？」

趙淼淼心下思量，娘囑咐她今兒個一定要把張木騙過去，還說她最怕撒潑耍賴，要是實在不行，就一把眼淚、一把鼻涕地哭鬧，今天是大喜日子，她肯定沒臉把事情鬧大。

想到這裡，趙淼淼心裡又定了一些，扯著嗓子便號哭起來——

「可憐我娘躺在床上就要病死了，她就這麼一點心……」

趙淼淼作勢就要往地上躺，卻感覺背後一陣陰風襲來，心頭一激靈，還未來得及回頭，就被踢了一腳。

「今兒個是我姪子的好日子，我不想和妳一個沒皮沒臉的婦人計較，妳識趣一點就趕緊滾。」

趙淼淼捂著被踢的小腿，轉過頭來，就看到丁二娘氣勢洶洶地站在門邊，後面還跟著兩個婦人、兩個小男孩和一隻貓。

「趙家姑娘也是好本事，偷摸到別家來的本領倒是又長進了不少。」王大嫂像看到什麼晦氣的東西，臉上滿是鄙夷。

「喵！」美人從小水懷裡跳下來，溜到張木腳下。

趙淼淼見來了人，知道要帶走張木是不可能了，憤恨地看了張木一眼。

「呸，沒羞沒臊的東西，竟往人家新房摸來。」牛大嫂看著趙淼淼往外走，扯著嗓門嘲諷道。這個姑娘以往雖刁蠻任性了一點，也以為只是性子差了些，沒想到竟不知羞恥，成婚還不到一個月，就趁大姑子回門摸到了姑爺的床上，要不是沒有得手，那夫家怕是也容不下她。

「姑姑，我看到美人往這邊跑，就和石頭跟著過來了，看到那壞人，我們就去喊二奶奶了。」小水抱起美人，自豪地說道。

張木摸摸他的頭，笑著讚許。「小水真棒。」

抬起頭對上丁二娘詢問的眼神，張木便將方才發生的事說了一遍，末了還是有些憂心，對丁二娘說道：「娘，我剛才看趙淼淼的眼神幸災樂禍的，覺得這事可能還沒有結束，這心怦怦跳個不停……」

丁二娘也覺得趙家姑娘臨走時的眼神有些奇怪，想了想便道：「阿木，今天婚禮人來人往的，也注意不到少了個人，妳現在有孕，阿陵又不在，我還是送妳回家，讓妳兄嫂陪著好些。」

張木點頭，她直覺趙家婆娘還有後招，沒想到剛應付完吳家的事，回來沒歇幾日，趙家又蹦躂起來了。

她從小水手裡接過美人，緩緩幫牠捋毛，心裡卻不由得思量起一勞永逸的法子——趙婆子肯定知道趙問在哪裡，就算趙婆子這次真的生病死了，還有趙問，他才是一顆不定時炸彈。

恐怕趙婆子這次要她過去，趙問也有參與。

趙問、李家、楚家、葉家……是了，楚蕊也對她不喜，趙家家境一般，趙問在外面待個一段時日，肯定是還要回來的，除了與趙婆子聯繫外，怕就是還與楚夫人和楚蕊有聯絡；可楚夫人現在還被楚老爺禁足，怕是勾搭上楚蕊的可能性更大一些……

第三十四章

直到申時，丁大和吳陵才把新娘迎回來，張木由桃子陪著過來觀禮，在這樣的日子裡，見丁大往日肅穆的一張臉也柔和許多，嘴角泛著淺淺的笑意，忽地想到那日她幫王茉莉插上簪子的情景。

這時代的女子不剪頭髮，一頭黑髮豐厚，一隻手都握不住，每次洗頭的時候，頭髮放在木盆裡裝得滿滿的，到了夏天她常常熱得要發瘋。

可是王茉莉，她的頭髮竟然掉得只剩半把……

想起之前丁大似是決意要娶王茉莉，或許是真看對了眼，也或許是出於同情，但守寡在家的王茉莉，終是比不上如嬌花一般青春的香蘭。

「娘子，妳今兒個有沒有不舒服？」吳陵趁眾人都在觀禮，站到了媳婦身邊。這兩日媳婦常常反胃，平日裡都需要他哄著才會吃一些東西，今天他沒辦法常待在媳婦身邊，不知道有沒有好一點。

對上吳陵關切的眼神，張木笑道：「今天還好，中午吃了一碗米飯，相公不用擔心。」

其實張木也有點鄙視自己，自從得知自己懷孕後，她整個人好像幼稚了許多，常常耍賴不吃飯，可是每每對上吳陵寵溺的眼神，這樣幼稚的事她還是做得自然又從容。

晚上，張木和吳陵熄了燈躺在床上，張木便把今日趙淼淼的事和吳陵說了一遍，也把自己猜測趙問回來的事一併說了。

吳陵聽了，抱著張木的手不由得緊了緊，親了下她的額頭才說道：「這事我本來不打算告訴妳的，妳有了身子，我不想妳為這事操心，沒想到趙家竟還敢上門來算計妳。」

張木這時才知道，原來趙問在他們從台州回來之前，已經出現在鎮子上了。他沒敢去找楚夫人，而是託葉家採買的婦人給楚蕊帶話，可那婦人收了銀子，轉眼便告到了葉夫人那裡，當夜，葉夫人便命人將楚蕊送回了娘家。

張木覺得有些奇怪，不禁問道：「那葉老爺既然願意娶一個十六歲的姑娘回去，自是要寵上些日子的，怎麼這麼快就趕她回娘家了？」

「其實葉家也當真歹毒得很，妳知道那葉老爺為什麼要娶楚蕊嗎？前些日子葉家老太爺不是才納了個十七、八歲的姑娘做妾？誰知因勞累過度，懸著一條命，算命的說要嫡長子或幼孫娶妻沖喜，可葉家捨不得前途大好的幼孫葉同就這麼隨便娶妻，便從葉老爺這頭下手。葉家自詡高門大戶，非得娶個小姐回去，就盯上楚蕊了，聽說葉老爺對楚蕊也有幾分真心，沒想到惹惱了葉夫人。」

吳陵說完，心裡唏嘘不已，葉家也真是作孽，老子和兒子都糟蹋了小姑娘。

張木沒想到楚蕊嫁入葉家的背後還有這麼一齣，問道：「那楚家父子倆怕是沒這麼容易說話吧？」雖是疑問的語氣，張木心裡卻是篤定的，楚蕊再怎樣也是楚准的女兒、楚原的妹妹，楚家父子倆都重情義，怕是不會讓楚蕊受這般委屈。

「嗯，趙問的事還是楚原和我透露的消息，他讓我不要出手，我想葉家和楚准這次都不會放過趙問的。」吳陵一邊說，一邊伸手摸摸張木還沒顯懷的肚子。「娘子，妳這幾日就委屈一點，待在家裡不要出門吧！我想了一下，等年後，我們就搬去縣裡住。」

張木還在思索趙家的事，猛一聽相公說要搬去縣裡，一時愣住了，沈默了一會兒才反應過來。

「這事我聽相公的，相公去哪我就去哪。」

反正她和相公兩個，一個是孤魂，一個是孤兒，沒有太多的牽掛，去哪裡過日子都是一樣的，只是因為她，在這鎮上給相公添了不少麻煩，換個地方也好。

吳陵心裡一暖，像是有潺潺泉水流過心田，情不自禁地堵住了媳婦的唇。

張木被他突如其來的舉動鬧得有點喘不過氣，哼哼唧唧地想逃。

這一晚，吳陵守著睡得香甜的媳婦，睜著眼看著床頂，真真切切地體驗了一回嘴饞時戒口的滋味……

這天，丁大要陪香蘭回門，所以豬肉攤繼續休息。

這幾日豬肉攤一直歇業，之前剩下的豬肉除了留著給家裡醃製、婚宴用的、給岳丈家的，其餘的早兩日便都賣光了。

這丁大的豬肉攤這些年風雨無阻地營業，一下子休息了，鎮上的居民都有些不適應，這不，程家的管家娘子劉嬸子便找到竹篾鋪子裡來了。

「劉嬸子，等丁大回來，我就讓他去妳家一趟，也就一日的光景。」張木一邊送著劉嬸子出門一邊笑道。沒想到程家這般豪奢，兩、三日便要宰殺一頭豬。

「哎，小娘子，就煩勞妳帶個話了，我家小少爺舌頭忒挑，就認定了丁大殺的豬，別人殺的，也不知道他是怎麼吃出來的，一到嘴裡就吐出來。」劉嬸子嘴上笑著，心裡也罵小少爺是個敗家子，嘴挑到不行。

張木倒是明白為什麼，其實她之前就發現了，丁大殺豬時，血放得乾淨，切的肉也不拖筋帶骨，應該是依照豬的筋脈來切的。

見劉嬸子忍不住吐槽，她嘴上笑道：「每個人有每個人的福氣，小少爺生在程家這般大戶人家，挑嘴一些也是應該的。」這小子也太難伺候了，以後誰嫁給這娃兒誰倒楣。

走到門邊，劉嬸子攔住了張木，說道：「小娘子甭客氣，妳回去招呼生意吧！」

「哎，劉嬸子慢走，等過幾日我再去給程太太拜年。」

劉嬸子拍了拍張木的手，笑著走了。

張木握著劉嬸子塞進她手裡的紙條，有些愣怔。她慢慢打開，只見寸來寬的小紙條上，寫著極潦草的四個字——

落水昏迷。

街道上賣糖葫蘆的還在吆喝，竹竿上的草垛嚴嚴實實地插著一支支糖葫蘆，被冰糖裹起的山楂果子看起來紅豔豔的，張木不由得抿了下唇，她現在只要一想到酸酸甜甜的東西，唾液便會自動分泌。

人家都說酸兒辣女，這一胎不知道是男孩還是女孩。

看了眼熙熙攘攘的街道，自古一到新年，街道上總是有許多來來往往辦年貨的人，今年沒有自己的房子，便湊合著在丁二爺夫婦這邊過年，她也省下許多工夫。

摸著門上貼著的「福」字，她不禁想到現代，不知道哥哥今年是不是要寫「山青水秀風光好，人壽年豐喜事多」？之前他嚷著要寫，她和妹妹都吐槽他有一股濃濃的鄉土氣息，哥哥只好換了個寫。

「阿木，外頭涼，快進屋來。」

丁二娘剛賣掉一套竹編的矮几小椅，見張木站在門口吹風，不由得喚道。

張木聞聲，笑盈盈地轉過身，朝丁二娘這邊走來，笑道：「看著外邊的糖葫蘆，竟覺得有些饞了，不禁多看了兩眼。」

「喲，那東西活血的，妳最近可不能吃，得穩著點。」

張木忍不住吐了吐舌頭，她忘記山楂有活血化瘀的功能了。

丁二娘見兒媳有些羞澀，不好多說，笑道：「有孕的婦人都比平日裡貪嘴，我那時候別說糖葫蘆了，就是小孩啃的糖塊，我一聞到都走不動了。趕明兒我讓妳爹託人給妳從縣城裡帶點新鮮果子回來。」

張木看著興致勃勃的婆婆，一時有些語塞，她和相公要搬去縣城的事還沒和兩老說呢……她看了店裡一眼，還有幾個婦人在挑東西，便忍著沒說，幫忙招呼去了。

下午的時候，天色忽然暗了下來，颳起了大風，只是街道上的人依舊很多。

當阿竹回來的時候，店鋪裡滿滿的都是人，吳陵和丁二爺也到前頭來幫忙。

丁二娘正忙得暈頭轉向，猛地見一個小郎君進來，只覺得衣裳熟悉，仔細看才發現是阿竹。

十三歲大的小郎君正是長身體的時候，準備考試的壓力又大，這一回看著比之前在山腳下見到時又更瘦一些，丁二娘摸著阿竹瘦削的肩背，半晌沒有說話。

到了三十日下午，丁二爺帶著阿竹和吳陵去水陽村祭祖，回來後便開始貼對聯。

對聯是阿竹寫的，張木湊過去看了一眼，寫得比鄭家大舅舅稍差了點，不過運筆還頗有點樣子。

美人一早便在廚房裡打轉，聞著香味，小爪子怎麼都控制不住似的，就想往鍋臺上爬，張木看不過去，讓吳陵把牠拎去房裡。臨走前，美人一臉怨念地看著自家主人。

「喵、喵。」人生若只如初見，何事西風悲畫扇。

吳陵猛地一激靈，為什麼他看見這隻貓好像在唸詩？

晚上的團圓飯挺豐盛的，涼菜有六道——五香牛肉、桶子雞、紅油帶魚、蒜泥黃瓜、薑汁拌西芹、十香如意菜。

上熱菜的時候，阿竹一邊端菜，一邊唱起了菜名。「竹報平安來了。」

張木忍不住回頭看了一眼，菜是她陪婆婆買的，可她記得沒有買竹筍啊？她見雪白的瓷盤裡整整齊齊地擺著兩圈竹節蝦，上頭還淋了些蒜泥，心下明瞭。

她看了看廚房的菜，不由得問向丁二娘。「娘，那這板栗燒雞要報啥名？」

丁二娘正在翻炒著鍋裡的粉條，看了眼那盤板栗燒雞，笑呵呵地道：「妳別聽他瞎扯，那盤竹節蝦去年還叫『節節登高』呢！這雞去年他報的好像是『吉祥如意』，今年不知道又會扯出什麼。」

果然，不到一會兒，阿竹端起了那盤板栗燒雞，唱道：「風調雨順，五穀豐登。」

接著張木聽阿竹把糖醋鯉魚報成「鯉魚躍龍門」、白菜豆腐成了「洪福齊天」、醬燒排骨成了「錦上添花」，看著阿竹又端起一碗紅湯白麵的粉條牛肉，不由得好奇這菜在中二青年阿竹的嘴裡會得到什麼名字？

「福壽連綿。」

「去年的『福壽連綿』不是酒釀元宵嗎？」丁二爺給祖先上好香，過來聽到兒子端著粉條牛肉吆喝，不由奇道。

「哎，爹，我今年給酒釀元宵起了好名字，您就等著吧！」

丁二娘對張木眨眨眼，張木看著樂呵呵地跑來跑去的阿竹，也覺得喜慶得很，怪不得相公能跟丁二爺一家處得像親父子一般，阿竹這般無憂無慮的性子，也只有寬厚人家才能教得出來吧！想起這幾日晚上入睡前，相公都一臉喜悅地摸著她的肚子，像她肚裡揣著金子一樣，不覺也有了些期待。

待阿竹端著一大碗酒釀元宵報出了「麟兒報喜」時，張木差點被口水嗆到。

一旁的丁二娘笑道：「這個倒貼切得很，那白白胖胖的元宵，可不就像白胖胖的小子嘛！只是和阿陵名字同音。」

「娘，您就不知道了吧，可不就是阿陵哥來報喜嘛！」

正在忙著擺碗筷的吳陵也忍不住笑了出來。

年夜飯酒過一巡，吳陵便提出來年要搬去縣裡，話一出口，丁二娘就笑了。「我們也準備和你們說這事呢，沒想到你倆先開了口。」

吳陵有些愣怔地問道：「爹、娘，我們都走了，這鋪子怎麼辦？」爹娘之前可是一直將這鋪子視為命根子的。

「你和阿竹都在縣裡，我們老倆口留在這也沒意思，反正日後就算沒這鋪子，你們兄弟倆還能短少我們一口吃食不成？」丁二爺啣著酒杯，灑脫地說道。去了一趟台州，他算是看明白了，銀錢再多，也比不得兒孫繞膝來得開懷。

吳陵和張木原本沒敢想兩老竟會和他們一起去，當下喜不自勝，張木抱著婆婆的胳膊笑道：「以後有爹娘坐鎮，我心裡就放心多了。」

不說人情往來，就是她懷孕生子，家裡多個人照應，她也會安心一點。

正月初二，吳陵陪張木回娘家，和張家人提起搬家的事，張老娘不免紅了眼眶，嘆道：「你們這一去，以後想見一面又不容易了。」

張木寬慰道：「娘，以後農閒的時候，我和阿陵便來接你們過去住一段日子，您放心好了，我還指望著您幫我帶孩子呢！」

聽女兒這樣說，張老娘心頭有些感動，人年紀大了，就怕被兒女嫌棄。

待張木和吳陵要回去的時候，張老娘悄悄塞了一個東西給女兒。
「妳方奶奶讓我給妳的，說是一些食譜。」
張木聽是方奶奶給的，也沒多想，只是這兩日大家都奇怪得很，都喜歡給她偷偷地塞東西，想到劉嬸子給的那張紙條上寫著「落水昏迷」，她猜測著應該就是這幾日都沒有風聲的趙問了；只是她不明白的是，程太太為什麼要告訴她？
還沒到初五，鎮上便傳開了，李秀才家的女婿從外頭趕夜路回來，被一個毛賊攆到了水陽江裡，被路過的程家漕幫的人撈了上來，臉色已經呈現醬紫色，連忙被送到了李秀才家。
不過張木深知並不是毛賊，而是葉家派人下的手，葉家夫人揪住了楚蕊的小辮子，嚷著要葉大爺休了楚蕊，葉大爺一怒之下，要弄死罪魁禍首趙問，只是沒想到趙問命大，被程家人救了。
只是張木不知道的是，救趙問上來的正是王茉莉嫁的那個白姓鰥夫，他在這行做了七、八年，是這漕幫的小領頭，當時正指揮著船伕靠岸，見到一個人影從眼前閃過。
他聽著人說：「怎麼看著像李秀才家的女婿啊？」
「那個木匠小娘子的前夫？」
「可不就是他嗎？為了攀上李秀才，勾搭上李秀兒，我聽著莊上管家的小兒子說，木匠家的小娘子是挺和氣的一個人呢！」
他看著噴濺起來的水花，沒有出聲。他獨自活了這許多年，娶了一個溫柔怯弱的媳婦，正是疼在心口上的時候，想起珠珠常常嚷著要到丁家去玩，心下便有了主意。

大夥兒討論得熱火朝天，見頭兒站在燈籠下沒有動作，便都會意。於是眾人等著趙問在水底下撲打的手沒了力氣，水面快沒有動靜了，才用撈魚的大網把他撈了上來。

寒冬臘月，莫說在水裡折騰了許久，就是衣服沾了些寒雨也是要得場風寒的，趙問雖救回一條命，但是腿卻凍壞、廢了。

躺在病榻上纏綿了半個月的趙婆子，見到兒子青紫的臉，卻是一下子迴光返照似地好了，可李秀兒卻是鬧著要和離了。

不過莫說李家的事，就是趙家的事，張木和吳陵也沒心思再放到心上了。

過了初五，阿竹便趕回書院，到了十六，丁二爺和丁二娘帶著吳陵和張木一起去了縣城，除了幾床棉被和衣物，家裡許多家什都留了下來，鋪子也留給丁大爺照看，說好以後每隔七、八日讓丁大去縣城裡把貨拉回來。

坐在馬車上，丁二娘看著車窗外頭漸漸遠去的小鎮，不由得紅了眼眶，她在這裡度過了二十來年，半輩子都留在這裡了。

張木心裡也感觸頗深，她穿越過來後的許多糾葛紛爭都留在了這裡，以後，她和相公就要展開一段全新的生活了。

第三十五章

丁二爺早些日子便寫信託顏師爺幫忙尋找鎮上的房子，顏師爺找了官牙打聽，在衙門裡辦事的自是要好說話許多，價錢也不會提得太高。

一行四人到了縣城，找了間客棧落腳後，丁二爺便帶著吳陵去找顏師爺。

顏師爺介紹的官牙姓柳，大家都稱呼他一聲「柳爺」，個頭不高，瘦瘦小小的，裹著一件黑緞纏金大襖，整個人彷彿都陷在了衣服裡。

顏師爺笑道：「老柳，多穿衣服沒用，要長點肉出來才保暖，你說你一年到頭東邊牽頭、西邊搭線的，怎麼都沒長點肉呢！」

柳爺攏了攏手，笑道：「我這身骨頭小時候窮壞了根底，長肉是不指望了。」接著對著顏師爺身後的丁二爺和吳陵拱手道：「能勞動顏師爺的，我想著怕是您丁家父子了，這是準備要來縣裡定居的吧？」

丁二爺和吳陵這些年常來縣城裡做生意，許多應酬往來都拉著顏師爺作陪，故縣城裡稍微有點門路的都知道丁二爺和顏師爺關係親近得很。

丁二爺拱手回禮。「這一回倒要煩勞柳爺了。」

「好說、好說。」

柳爺先帶著丁二爺和吳陵去了縣衙東邊的柳葉巷，那兒是一處兩進的小院子，吳陵在屋裡轉了一圈，前頭有三間正房，後頭有五間，門窗都厚實得很，房子應該前兩年才修葺過，門上的漆還有點新。

院裡種了兩棵桃樹，後面臨窗的屋下，東邊種了一些叢竹，西邊是疏落有致的梅花，倒也清雅得很。

吳陵心裡頭已經滿意了五分，再聽柳爺道：「丁二爺，不瞞您說，這裡的治安狀況最好，附近住著的都是衙役們的家眷。」

丁二爺點點頭，這個確實不假，就他所知，顏師爺便住在巷口的東邊第三家。

「柳爺帶我們來看的房子自是好的，這處確實不錯。」只是這價格，怕是不便宜咧！縣城的房價少說得比鎮上貴個兩倍。

「老兄，咱們都是熟人，我也不和您報虛價，在旁人那裡，這間院落我至少得收二百八十兩，但是實話和您說，我們中間得抽個八十來兩。顏師爺託我幫您留房子，這是給我臉面，我就按底價給您，二百兩。」

丁二爺沒料到這麼個看著精悍的官牙，說話這般透亮，這房子就是在鎮上也得一百多兩，二百兩的價格確實沒拉抬得太誇張，見阿陵似有心動，便問道：「阿陵可是喜歡？」

吳陵看了眼丁二爺和柳爺，笑道：「確實不錯，想必阿木會喜歡。」他知道這屋子是給他看的，師父還要開店做生意，自是不能住在巷子裡。

吳陵一點頭，這邊的屋子便訂下了，接著又一起去街上，看了兩處店面，一處是在東大街，和丁二爺在鎮上的那間鋪面差不多，另一處在西邊街上，是一棟兩層的樓房，後面有一個頗寬廣的院子。
柳爺說這棟樓以前是酒樓，後面的院子原是準備再建幾間住房的，有些大戶人家出門就喜歡租個小院落。
西邊街上較偏僻，店鋪少，零零散散的有幾家銀樓、書鋪，東邊的街上要熱鬧許多，所以東邊那處要五百兩，西邊這處多了一層樓只要六百兩。
其實開竹篾鋪子，東邊、西邊都無所謂，因為這東西家家都需要，縣城裡現有的兩家也都不在這兩條主要街道上。丁二爺對西邊這兩層樓頗為喜歡，他眼瞅著這幾年縣城裡店鋪越來越多，這麼大一處屋產，過個幾年，怕是要值不少錢的。
吳陵站在西邊大街上，發現來往的人雖少，但是身上穿的、戴的都精緻得很，在這裡開竹篾鋪子，怕是有些不妥吧！
柳爺見丁二爺和吳陵有些難以抉擇，便笑道：「也不急，老兄回家再好好商量商量也好，我把這兩處都給你們多留幾日。」
待兩人回家跟丁二娘和張木商議，丁二娘說：「要那麼大的屋子做啥？能省下一點是一點，我看東邊街上熱鬧，做生意才好。」
吳陵也附和道：「是呀，爹，西邊那處雖然大，但會光顧的都是大戶人家，我們這小本生意怕是不好做。」
張木只覺得內心澎湃得血管都要爆開了，兩層小樓、超大的院子，這不就是她心裡一直想要的嗎？她努力壓下心頭的激動，顫著唇道：「爹、娘，我們買那處西邊的屋子吧！」

三人都不約而同地轉過頭來看著張木，見她面色潮紅，嘴唇有些哆嗦，都不由得緊張起來。

「阿木，妳是不是哪裡覺得不舒服？」吳陵摸摸她的額頭，焦慮地問道。

「哎喲，早知道我們就等妳頭三個月過了再出門，阿陵，你趕快去請郎中來。」丁二娘也吃了一驚，媳婦怎麼像是發熱了呢？希望別是風寒侵體了。

張木拍下吳陵的手，努力拉著不讓他走，吳陵見她話都說不上來，心裡更加緊張，哄道：「娘子，妳等我一會兒，我馬上就回來。」說著便要把手抽出來。

張木看著相公真要去給她喊郎中，一急，喊道：「我要開館子。」

吳陵一時懵了。「什麼館子？」

「我方才是太激動了，我身上好著呢！爹、娘、阿陵，我早就想好了，等孩子出生了就開個嬰兒館。」

見三人都有些怔愣，張木緩了緩心神，接著道：「就是給小孩子玩的地方，那個小樓正好，一樓就給爹和阿陵開鋪子，二樓就給我用吧！後院還可以再建幾間屋子。」

早在吳陵做了一個波浪鼓出來給她看的時候，她便動了這個心思，她家嫂子以前就是開這個的，非常賺錢。

張木把自己的計劃跟三人說，吳陵聽完後笑道：「我看妳這幾日在屋裡塗塗畫畫的，還以為妳在練字呢！」

「之前想著等在縣城裡穩定下來再說，但是怕還要一年多呢，沒想到這次竟然遇到了這般合意的房子，就忍不住了。」張木一想到西邊街上的屋子，眼睛都亮了起來。附近都是銀樓、書鋪，環境安靜不說，住的都是一些有餘錢的人家，這對她的計劃來說，真是再合適不過了。

吳陵見媳婦這般激動，也覺得要是媳婦喜歡，買下來也沒有什麼，便對丁二爺和丁二娘說：「爹、娘，既然阿木這般看好，我們就買西邊的吧，銀錢我們出。」

丁二娘適才聽兒媳婦說「樓上的房間可以改成一間間的遊戲房，後面的院子裡還可以掛幾個鞦韆、蹺蹺板」，還沈浸在那畫面裡，一聽吳陵說他要出錢，斥道：「渾說什麼，我們老倆口在，哪還要你們兩個小的花錢？」

一直沈默的丁二爺此時擺手示意道：「別吵，我覺得兒媳說得有點門路，明日我帶你們再一起去看看那處小樓，兒媳要是覺得真合適，我們就買下。」他這身手藝，撐死了也就活個衣食不愁，可阿竹以後若真進了官場，他攢的這點錢怕是不夠塞牙縫的，不得不趁現在找點路子。

到了晚上，張木激動得怎麼都睡不著，巴不得立刻就去看，但是丁二娘叮囑她，有孕的婦人不要走夜路，她對這些迷信一向是寧可信其有，而且又關係到肚裡的小寶寶，只得耐住性子等到明天再去看。

隔天，丁二爺和吳陵帶著丁二娘和張木來到西邊街上，張木一路看過來，銀樓、古玩店和書鋪都各有特色，估計這處小樓便是沿著這條街上的風格而建的，頗有精巧雅致的韻味。

來到小樓門口，東邊的樓頭上是一頭麒麟，西邊的樓頭上則是一隻龍龜，門樓上雕的是兩隻獅子，一隻叼著繡球，一隻頭上頂著一個小瓶子，憨態可掬。麒麟和龍龜都是瑞獸，應該是鎮宅用的，獅子和線團猜測著有「財源廣進」的意味，瓶子八成是討個「平安如意」的好兆頭。

樓下和樓上確實裝潢得像是酒樓，地上還有許多痕跡，應該是桌子長久放置在這裡而留下的。樓上分成八個小房間，其中四間緊臨街道，另外四間則是對著樓裡的小院。

張木來到屋子後面的花園看了看，或許是許久沒有打掃的關係，這棟樓有些灰溜溜的，張木估算著要是買下來的話，樓下要添置一些多寶槅，最好能分成兩邊，一邊是木工、家什，一邊是一些精巧的小玩意兒，中間留個拱門讓人走動，這樣不忙的時候，只要一個人看著鋪子便行了。

柳爺見這回來的這個小娘子彷彿能當家作主似的，心裡覺得有趣，這年頭的小娘子都厲害得很，聽說京裡頭禮部尚書家的小姐便開了間銀樓，日進斗金。

「阿木，妳覺得怎麼樣？」吳陵見媳婦看得高興，笑著問了句，他從來沒見她這般激動過，看著那明亮的眼眸，只覺得一定要為她做些什麼。

張木輕輕點頭，確實是比她想得還要好些。

吳陵見媳婦眼睛亮晶晶的，知道媳婦極為滿意，心裡也很開心。

於是他們以六百兩的價格買下這間小樓，吳陵跟著柳爺去辦理房契相關事宜，丁二爺帶著丁二娘和張木到柳葉巷看看。

柳葉巷口有兩家茶館，一家叫如意閣，一家叫得意樓。

如意閣先開，得意樓後到，聽說當初得意樓的牌匾掛上去的時候，如意閣的掌櫃還在一陣鞭炮聲中破口大罵了幾句。

兩家茶館就在斜對面，像是天生要打擂臺似的，如意閣坐西朝東，得意樓坐東朝西，兩家茶館樓上的茶客可以憑窗說話，不用太大聲，便能聽得清清楚楚。所以當半個月後，丁二爺夫婦帶著兒子和兒媳在如意閣上吃早餐的時候，能夠輕鬆地和對面得意樓上的顏師爺討論著店鋪開張的事。

張木一行人入住柳葉巷已經有半個月了，因為西邊街上的店鋪要稍加改造，而木工活都是丁二爺和吳陵拿手的，所以不用請外頭的人來，爺兒倆每日裡吃完早飯便去鋪子裡敲敲打打。

只是隱藏了口腹之慾幾十年的丁二爺，自從吃了張木做的紅棗糕之後，好像開啟了隱藏的吃貨潛力，來到柳葉巷的第二日，便循著香味，先後進了如意閣和得意樓，至今已知道兩家茶樓的拿手茶點。如意閣的是蒸餃和燒賣，得意樓的則是干絲。

如意閣的蒸餃皮極薄，張木看著眼前皮薄得彷彿透明的兩籠蒸餃，不由得有些驚訝，這蒸餃倒和以前吃的金陵湯包有些相似。

熱騰騰的蒸餃端上來的時候，美人忍不住在吳陵懷裡掙扎，躍躍欲試想往桌上跳，吳陵一把抓住牠的尾巴。

「喵、喵。」混蛋，一會兒燙死你。

丁二娘笑道：「阿陵，把美人放到地上來。」

只見丁二娘挾了兩個蒸餃到碗裡，把蒸餃挾碎，再將碗放到地上。

「喵、喵。」剛落地的美人跑到丁二娘的腳邊蹭了蹭，叫得極溫柔，看得吳陵不由得一陣惡寒，對張木道：「阿木，美人最近越來越捧高踩低了，對娘那樣討好，一見到我就轉過身子。」

「你呀，別把小魚乾掛到房樑上，美人估計就會搭理你了。」丁二娘笑道。

二樓坐著的幾桌子人都不由得側目，那一桌的人竟然把蒸餃給貓吃，一個蒸餃要三文呢！這蒸餃薄又小，三個也抵不上一個包子大，可貴著呢！

吳陵見蒸餃這般小，暗自琢磨著縣城裡的物價真高，同樣三文錢一個，鎮上的餃皮裡塞滿了豬肉，一口咬下去也是肉香四溢，這個小蒸餃他一口就能吞了。

想起在鄭家的時候，外祖母說的細嚼慢嚥，吳陵生生忍住了一口吞下去的衝動，咬了半口，只覺得嘴角一燙，湯汁四濺。

「呀！」張木就挨著他坐，煙霞色的棉襖上飛快地濺上一個個肉色的小圓點，忍不住哀怨地看了相公一眼。

吳陵最受不了媳婦的小眼神，連忙掏出帕子幫媳婦擦。

旁邊坐著的漢子和媳婦們都不由得呵呵笑，有一個婦人還好心地幫吳陵說話。

「小郎君，你莫臊，我們第一回來吃都得濺得一身，這吃食可是從京裡頭大戶人家的灶臺上傳過來的，精緻著呢！要先咬破一小口，將湯汁吸掉才行。」

丁二娘初來這裡，見這婦人面善得很，便存了幾分交好的心思，笑道：「我們一家剛搬來，還真是頭一回吃這般精緻的東西，讓嫂子見笑了。」

張木一聽到京裡，不禁問道：「嬸子可知道是從京裡哪戶人家傳來的嗎？」

「還能是哪家，自是禮部尚書吳家。聽說吳家的小姐主意多著呢，吃食、衣裳沒有一樣不精通的，這個蒸餃還是仿著做的，聽說真正的蒸餃要比這個還要薄且透，裡面的餡料也是有方子的，不過我們小戶人家吃個肉餡的已經恨不得吞了舌頭了。」

一旁一個臉較長的婦人也插嘴道：「這如意閣拿手的蒸餃、得意樓拿手的干絲，都是從吳家傳出來的，都是他家的小姐琢磨出來的吃法。」

張木心頭一震，臉上的血色瞬間褪去，沒想到這姑娘連吃食都插上一手，那她的嬰兒館怕是過一段時間再開張較好……

此時吳陵吃完了一個蒸餃，見媳婦對著蒸籠發愣，挾起一個蒸餃放在張木面前的白瓷碗裡道：「趁熱吃吧！」

張木端起碗，應了一聲，小口地吃了起來。

在這裡，普通百姓的生活太沒有保障，特別是禮部尚書家的那個姑娘，總是讓她莫名地不安，她低頭看了眼正在吃蒸餃的美人，見牠的小腦袋都快埋在碗裡，怕是美人也覺得這味道很熟悉吧？以前她沒少帶蒸餃回去給牠吃過。

她抬起頭，對上相公關切的眼神，在心裡暗暗下了決定，不管怎樣，她得積攢許多錢財起來才能安心。

吃完早飯，吳陵和丁二爺去西邊街上做活，丁二娘便陪著張木在家裡。

新屋已經收拾好了，丁二娘和丁二爺住在第一進的東邊廂房，吳陵和張木住在第二進的東邊廂房，按照張木的意思，這第二進的東邊兩間屋子原是留給鄭老太太明年春天過來時住的，但是吳陵說東邊日光足，冬日又冷，他們先住著，等鄭老太太來了再看情況做打算。

第三十六章

張木肚子裡的寶寶還未出世，丁二娘已經給寶寶做了虎頭鞋和虎頭帽，小衣裳也做了兩身新的，都說嬰兒穿舊衣好，張木來縣城之前，張老娘便把小水小時候的衣裳拾掇出來讓張木帶上。

丁二娘說孕婦動針線傷神，每日裡也不讓張木拿針，可是要做母親的女人總是想給自己的孩子做些什麼，張木便負責在虎頭鞋和虎頭帽上繡上兩隻可愛的小老虎。

下午無事，張木想起西邊大街上有幾家書鋪，便對丁二娘說：「娘，您陪我去一趟西大街吧，我在家整日裡閒著也悶得慌，我想買兩本書回來看看。」

「行啊，我這一針繡完就去，妳先把鞋換上。」

西大街上一共有兩家書鋪，一家在他們買下的小樓東邊第三間，一家在西邊第五間。

張木先去了第一家，小夥計見進來的是兩個婦人，便指著角落矮櫃上的書說：「兩位夫人，那邊都是女子喜歡看的書，您要不也選幾本？」

小夥計態度客氣，張木便走過去看看，畢竟她也很好奇這個朝代的女子愛看什麼書，只見右邊擺的是《列女傳》之類的書，張木微微笑著瞥過，視線瞄到左邊的書，眼睛瞬間瞠大——

《石頭記》、《崔鶯鶯待月西廂記》、《竇娥冤》。

書鋪小夥計見張木看著架上的書微微恍神，打算上前介紹，這時張木轉過頭來問：「這幾本書是誰寫的？」

小夥計看了看她指的書。「這些是禮部吳尚書家的小姐寫的。」

張木點點頭，沒多說什麼，選了幾本書，又挑了一些筆墨紙硯，跟丁二娘走了出去。

小夥計看著兩人的背影，對著在櫃檯後打盹的掌櫃說道：「大掌櫃，剛才我看著那小娘子聽到這幾本書是吳家小姐寫的時候，似乎有些鄙夷，當真是怪異得很，這縣城裡誰聽了吳家小姐的事蹟不敬佩的？」

大掌櫃微微睜開一隻眼，斜睨了一眼小徒弟，漫不經心地道：「女子無才便是德，怕是那小娘子也是這麼想的。」

也就自家這憨厚的小徒弟以為吳家那小姐當真這般厲害，她一個閨閣小姐寫出待月西廂的精妙詩詞尚可理解，可她未出過京城半步，當真能喊出「有日月朝暮懸，有鬼神掌著生死權。天地也，只合把清濁分辨，可怎生糊突了盜跖、顏淵。為善的受貧窮更命短，造惡的享富貴又壽延。天地也，做得個怕硬欺軟，卻原來也這般順水推船。地也，你不分好歹何為地？天也，你錯勘賢愚枉做天！」這些話？

可笑，那書裡除了幾段出奇的，還有許多處文理不通，那一部《石頭記》裡的詩詞更是極端，要麼好得叫人驚心動魄，要麼拗口得出奇彆扭，他總感覺並非出自一人之手，只是若說是多人合寫，這些書卻又是常常上一句精妙無比，下一句便莫名其妙。

當世的大儒傾盡一生也未必能有一部曠世之作，她一個年幼的姑娘竟然能出了三部。

呵，這中間若說沒有隱情，他是不信的，奈何世人皆以訛傳訛，一個姑娘已經被尊崇得宛如燕朝第一奇人了。

小夥計見大掌櫃又閉著眼睡去，只得不滿地嘟囔著去整理角落裡的舊書了。

張木和丁二娘一起去了西邊大街的小樓，吳陵正在打一組多寶槅，已經做出了外形，正在拋光，見娘和媳婦過來，略頓了頓手，問道：「娘、阿木，妳們怎麼這時候過來了？」

「阿木說悶得慌，我陪她去書鋪找幾本書看看。」丁二娘掃了眼已經初步建好的店鋪，兩屋之間的拱門、掌櫃的櫃檯、多寶槅都已經做好了，不禁笑道：「你們爺兒倆的手藝倒是一點都沒退步，這活做得這般耐看。」

「這是我養家餬口的手藝呢，哪敢鬆懈。」丁二爺一邊漆著拱門一邊說道。

待張木走來，吳陵才仔細看清她懷裡抱著的三本書，見最上面一本書皮頗精緻，上頭一個扛著鋤頭的曼妙少女站在花樹下，奇道：「我還沒見過這樣雅致的書，這說的是什麼啊？」

「我以前聽過的幾個故事，沒想到竟是書裡來的。」張木一邊逗著美人，一邊笑道。

中國古典文學的經典之作，她讀大學之前便看過許多遍，《紅樓夢》裡稍出色一些的詩詞，她都背過，《西廂記》也被神經病變的老師要求背過好幾章，《竇娥冤》更是耳熟能詳，沒想到這姑娘竟然這般大膽，毫不遮掩地公然剽竊。

「娘子，妳多看點書也好，以後生出來的孩子一定聰明伶俐。」吳陵將木頭上的木屑吹掉，抬頭看著張木一臉正經地說道。

「相公，你覺得我先開間女學館怎麼樣？」

「啊？」吳陵以為自己沒聽清楚。「女學館？娘子妳教嗎？」

「不，我負責管理，從外面找幾個女紅、女學、禮儀尚佳的女夫子來教。我想著嬰兒館需要多籌備一段時間，許多東西還得慢慢購置，但是女學館的籌劃比較簡單，我今天在書鋪裡聽夥計說，京裡吳家出了個天縱之才的嫡小姐，日進斗金不說，聖人和後宮裡的娘娘都屢有嘉獎，禮部尚書家因著這嫡小姐在京城裡一時風光無二，就連縣城裡的許多人家都在重金聘請女夫子呢！」

「可是我們要去哪兒請女夫子呢？就算我們請來了女夫子，那些大戶人家的小姐願意來我們這裡唸書嗎？」丁二娘聽兒媳又提出新想法，不禁有些不高興，這嬰兒館都準備得差不多了，怎地又鬧出新花樣呢？要知道這一工一木都是銀子呢！況且他們鄉下人家，還想著教富戶家的小姐不成？

「不，娘，我們不一定要招大戶人家的小姐，我們就招一些家境尚可又沒有閒錢給女兒聘女夫子的人家。」張木察覺到婆婆的不滿，也有些尷尬。

「老婆子，反正這竹篾鋪子一時半刻也開不成，就聽聽兒媳的意思吧！」丁二爺見娘子臉色微變，連忙出聲道。

「行了、行了，都別當我是惡人，我不就是怕你們考慮不周全，白白折了銀子嗎？既然你們三個都覺得這事可行，我也不唱黑臉了。」丁二娘說著便拉來一把椅子坐下，說是不管了，可是心裡頭難免有點不痛快。

丁二爺見自家婆娘臉色緩和了一點，便對張木說道：「我們老倆口年紀大了，腦子也不靈活了，你們小的有什麼想法儘管去做，總之還有我們撐著呢！若實在不行，我們就回鎮上守著鋪子過活。」

「爹、娘，我這回確實考慮得不周全，一天一個想法，也是您兩老和阿陵慣著我，隨我折騰，只是這回也不需要多購置些什麼，桌子、椅子家裡都有，女夫子的事還得煩勞爹幫我問一下顏師爺和柳爺，等阿竹月底回來，我也託阿竹幫我問問。」張木硬著頭皮說道。古代女子想做一點事著實不易啊，可是讓她像這裡的女子一樣在家相夫教子，她卻是無論如何也不甘心的，她讀了這麼多年的書，難道就是為了在這裡生孩子、做飯嗎？

不！

這一回張木是不準備讓丁二爺出銀子的，晚上便和吳陵商議著手頭上的銀子。

除了明大人送過來的五千兩銀票外，還有鄭老太太之前給吳陵攢的壓歲錢，足足有八百兩，加上之前他們夫妻倆在鎮上存下來的錢，再扣掉買這小院落花的錢，還有五千六百八十兩。

現銀只有三十兩，其餘的都是一百、五十兩一張的銀票，張木早先便把它們分成四份，分別藏在家裡的某個角落，此時都攤在榻上。

「喵、喵。」美人在一邊盯著繡著花兒的荷包，不停撓著爪子。

「小混蛋，別搗亂，你敢動一下，我再也不買小魚乾了。」吳陵瞪著美人恐嚇道。

「嗚嗚……」美人伏在張木腳背上，表情怏怏的。

「娘子，錢都在這裡了，妳想做什麼，我都沒有意見。」吳陵把裝著這個小家所有家當的四個荷包都遞給了張木。

「阿陵，我會用它們生出好多好多金子和銀子的。」好多好多的金子和銀子，還有她和相公安全無虞的未來。

按照張木的想法，要開設女紅、書、禮儀、烹飪四門必修課，然後棋、畫兩門可以選修，至於琴，考慮到一把琴價格昂貴，不是一般小戶人家可以付得起的，張木決定暫時不開這門課。

至於學費，都是一個月二兩銀子，年末加六兩銀子的年禮。

柳爺把消息一放出去，通台縣的大街小巷熱鬧了好些天，有吳家小姐範例在前，大家對女子入學一事早就欣羨不已，大戶人家的小姐紛紛聘請了女夫子在家傳授，一些家境尚可又疼愛閨女的，一直盼著有女學館。

故夫子還沒招到，就有許多慕名而來的家長來打探情況，像是入學標準、學費，以及學館的功課有哪些。

丁二娘看著這幾日鬧烘烘的家門，有些意外，沒想到竟然真有許多人願意讓閨女來唸書。到了晚上就寢時，便和丁二爺慨嘆一句。「阿木這姑娘，真有點想頭。」

「老婆子，我之前就覺得阿木這丫頭不簡單，妳可記得那一回在鎮上她打趙家婆娘，妳想想，鎮上誰敢這般行事？哪家姑娘不怕壞了名聲？我看她打跑了趙家婆娘以後，還去阿大那裡買了肉回家呢！」丁二爺想起往事，真覺得阿陵眼光好。

丁二娘想起那事，也默然不語。

其實女紅和烹飪的女夫子都好找，繡坊的老繡娘上了年紀，眼力都不好，聽到有人要招繡娘教女學生，有幾十個人來應聘。烹飪有酒樓的廚娘、大戶人家出來的廚娘來詢問，至於書畫也有一些落魄的貴婦人來應聘；但是張木私心裡還是想著託阿竹讓書院裡的先生們舉薦，以往看書，書院裡先生們的娘子總有一些色藝雙絕的人物。

至於禮儀課，她則是寫信託鄭老太太給她在台州城內物色人選，這門課還是要有經驗的老嬤嬤才能讓人信服，不然一些年紀輕些的夫人來教導，嚴苛一點，猜測女學生們也不太服氣。

張木準備給女學館起名叫「公瑾學館」，原因無他，實是周公瑾是她最鍾愛的歷史人物，她猜測著按照吳家姑娘的金手指，搞不好哪一天《三國演義》和《水滸傳》都出來了，一想起這事她就揪心，她可捨不得周公瑾被冠在那姑娘的名下。

按照一家人商量後的結論，女學館便先辦在二樓，待以後再在後院裡的北面建一座兩層的小樓供教學和夫子們的起居之用。

二月二十八日的申時，教養嬤嬤和廚娘帶著鄭老太太的推薦書，來到了西大街的女學館。

張木兩日前便接到了鄭老太太的信，早就有了準備，見來人一個一臉嚴謹，身形筆直，進門以後目不斜視，肅著的一張臉像是生生地被歲月勒出了這麼一副面容似的，不由得想起

「還珠格格」裡的容嬤嬤，心下猜測這位怕是教養嬤嬤了。至於另一個笑容可掬、身形白白胖胖，還穿著一身亮黃襖裙的婦人，應該就是廚娘了。

教養嬤嬤姓王，是雲陽侯府小姐的教養嬤嬤，廚娘姓劉，是明大人家的老廚娘，兩人原是同鄉，王嬤嬤終身未嫁，只因教養的小姐出嫁，便想出來過些沒有拘束的日子。她回到台州，找到寡居的老姊妹，剛一見面，便聽聞鄭家老太太給外孫媳婦的女學館物色女夫子人選的事。

劉氏有一個閨女，嫁給了明大人的長隨，那長隨上有老母、老父，她不好跟著一起過日子，老姊妹倆一思量，便都自薦來了。

張木和丁二娘商議了會兒，把王氏和劉氏都安排在柳葉巷的二進西廂房住著。

這兩人也挺勤快，第二日張木才起床，便見著丁二娘和劉氏在廚房裡客套道：「劉姊姊也太客氣了，妳們是女學館聘來的夫子，哪好煩勞妳來給我們做飯？」

劉氏一邊擀著麵，一邊笑道：「哎喲，東家太太，我啊，就是這勞碌命，一日不下廚，我渾身都不得勁，您啊，可別嫌我添亂才是。」

「哪裡的話，您露一手功夫，以後我們家兩個小的可就看不上我做的菜了。」丁二娘聞著灶上飄出來的香味，又笑道：「我家還有一個男娃，饞嘴得很，趕明兒從書院裡回來，可得煩勞劉姊姊教我兩手給他解饞。」

「好說、好說。」

說曹操，曹操就到，丁二娘早上才說到阿竹，午時阿竹就直奔回來了。

聽到敲門聲，丁二娘不禁笑道：「這小崽子估計肚裡又鬧飢荒了。」說著，便急忙去前頭開門。

張木見劉氏和王氏看著婆婆慌慌忙忙的背影面面相覷，解釋道：「是我家弟弟，每回回來，娘都要跑著去開門，巴不得早點見上一面呢！兩位嬸子瞧，一會兒就得拌起嘴來。」

因為來了幾位婦人，丁二爺和吳陵都在前頭用飯，並沒有跟她們同一桌，而張木猜測著婆婆也會留在前頭用飯，沒想到一會兒丁二娘帶著阿竹過來了，後頭還跟著一位身穿月白色襦裙的婦人，手上牽著一個軟萌的小姑娘。

進了屋，丁二娘對張木說道：「阿木，這是阿竹帶過來的女夫子，姓李。」

張木心念一轉，阿竹書院院長好像姓李來著，這位想來是親眷了。

「東家夫人好，我聽著兄長說這邊在招聘女夫子，便拖著阿竹小郎君帶我過來了，還望東家夫人莫怪我唐突。」

李氏一開腔，音調柔婉沈靜，張木見她眉目間有些大家夫人的模樣，心裡倒有點納罕，雖說是莫怪唐突，實則心裡已將這夫子之位收入囊中了吧！

「嫂嫂，李夫子的書畫是頗有口碑的，她想一人教授書、畫兩門，銀錢按一人的給，只是希望讓小茂林在書院讀書。」阿竹給劉氏和王氏見過禮後，便轉過來對張木解釋道。

原來這李夫子是阿竹書院院長寡居在家的妹妹，聽說縣裡的女學館在招女夫子，興致頗高，跟兄長吵嚷著要來，她雖在家吃穿不愁，事事有兄嫂照應，奈何日子也無趣得緊，膝下的女兒已有八歲，整日悶在山上，她也心疼得慌。

待她將隨身攜帶的書畫作品展開，張木見那幅松石圖旁邊淡淡勾勒出一小姑娘依偎的身影，覺得頗合脾性，她這女學館並不是有意要教導出怎樣的才女，而是希望灌輸給她們一種輕鬆、自由的心態，以及能處身立世的技巧。這李氏自信又隨意，張木真覺得阿竹帶回了寶貝。

因為李夫子也是帶著行囊直接過來的，前院裡有丁二爺、丁二娘和阿竹住著，並沒有多餘的廂房，後院東廂房則有吳陵和張木小夫妻倆住著，張木一時有些為難該怎麼安置李夫子？

沒想到一向不苟言笑的王氏難得開腔道：「東家夫人，我那間廂房騰出來讓給李夫子住吧，我和劉氏兩人住一間，平日裡也熱鬧些。」

李氏旁邊站著的小姑娘早就和美人玩在一塊兒了，聽了這看著有些凶的嬸嬸的話，抱著美人上前，甜甜地道：「謝謝嬸嬸，我晚上讓我娘做桂花糕給妳吃。」

王氏見她仰著臉，伸出手想捏捏她的小臉蛋，手伸到了臉旁，微微往後一挪，摸著小茂林的羊角辮，微咧著嘴道：「不用妳娘做，我做給妳就成。」

第三十七章

公瑾女學館在三月初三正式開學，招收的女學生有三十人，雖然好奇的人有很多，但是最後願意以一個月二兩的束脩送女孩子來讀書的人家究竟不多，更多人還是採取觀望的態度。

這些女孩子從六歲到十二歲都有，有些已識得一些字，而年紀大點的女學生一手繡活也是勉強能拿得出手的。

張木決定分成兩個班，十歲到十二歲的女孩子在甲班，六歲到九歲的女孩子在乙班，上午唸書習字、學習禮儀，下午學習繡活、廚藝，兩個班輪著上課。

教導繡活的是通台縣如意繡坊出來的蘇娘子，早年一幅富貴牡丹圖賣出八百兩的天價，在通台縣頗負盛名。蘇娘子是守望門寡的，這些年積攢了一些私房錢，在柳葉巷不遠的玲瓏巷有一處獨門獨戶的一進小院落，裡頭還有個小丫鬟幫忙伺候起居。

正式教課以後，張木和丁二娘都忙了起來，對於繡活、寫字、廚藝，張木都會一些，所以女夫子們教課的時候，她也常常去搭把手。

女學館裡每日都熱鬧得很，某天傍晚，大夥兒正圍著桌子吃飯時，劉嬸子忽地嘆道：「這日子可比往常有趣味多了，這才像人過的日子啊！」

幾位娘子都沈默了，身為守寡的女子，每日裡可不都得小心翼翼地守著門戶，既要顧忌外頭的嚼舌婦人，又要擔憂無良的浪蕩子，不敢行差踏錯一步，哪有在學館裡這般熱鬧過活？

丁二娘用筷子敲著桌子道：「行了、行了，各位老姊姊、妹妹們別傷懷了，以後這日子啊，總會越過越好的。」

王嬤嬤瞅著丁二娘敲得叮咚響的筷子，默默地說了句。「食不言，寢不語，東家太太的筷子得息聲。」

王嬤嬤突然發難，讓丁二娘尷尬地掉了筷子，只見美人胖嘟嘟的小身子咻地衝上前啣住了筷子，仰著小腦袋討好地看著丁二娘，示意她拿走。

「哇～～美人真棒！」小茂林在一邊激動地拍著小手喊道。

幾位娘子頓時樂不可支，連王嬤嬤臉上都露出笑意，劉嬸子一邊拍著王嬤嬤的胳膊，一邊忍著笑意道：「東家太太，這老貨鬧著玩的。」

丁二娘抬頭一看王嬤嬤，見她嘴角果真翹了起來，拍著心口道：「哎喲，我一時忘形，真給嬤嬤嚇到了，我可不能饒了嬤嬤。」

說著便要過去撓王嬤嬤的癢，小茂林嘴裡含著筷子，驚奇地看著這群瘋魔狀的嬸嬸夫子們。

李娘子攬過女兒，摸著她的頭，含笑不語。

過沒幾日，公瑾女學館來了一位貴婦人。

丁二娘一臉喜色地上樓，喊道：「阿木，後頭那園子裡的當家娘子過來找妳，妳去看看。」

「可有說是什麼事嗎？」近來張木常在二樓看見女學館後面的那個園子裡有一個婦人站在牆角下，身上的衣裳頗為華麗，不是纏著金線，便是綴著拇指大的東珠，身後跟著的丫鬟插著的簪子也在陽光下閃耀著光芒。

這麼個貴婦人找她能有什麼事呢？

丁二娘含笑不語，只管走在前頭。

張木下了樓梯，見一樓西邊的屋裡坐著一個上身著了鏤金絲鈕牡丹花紋蜀錦衣、下身穿了一條暗花細絲褶緞裙的女子，那女子聽到聲響，轉過頭來。

張木這才看見這位鄰居的容貌，一雙柳葉吊梢眉，眼睛裡似氤氳著靈氣，巴掌大的臉上盡顯明豔端莊，好一個美人。

「吳家小娘子好，我家夫人聽聞妳辦了間女學館，特地前來應聘女夫子的缺。」旁邊穿著粉色緞襖的大丫鬟，嫋嫋娉娉地略一彎腰福禮道。

「不知道夫人想應聘的是哪一門課？」這裡女夫子一年得的銀兩，怕是不夠買這夫人頭上那支梅花白玉簪吧！

只見坐在椅子上的女子嘴角緩緩上翹，朱唇微啟。「聽聞這裡女紅、烹飪、書畫、禮儀皆有女夫子了，小女子想著自己棋藝尚可，便來拜訪。」說著，衣袖一拂，露出桌面上已經擺好的一盤棋。

張木頭皮微麻，她不會下棋，便用求救的眼神看向李娘子。

只見李娘子一臉驚嘆，情緒有些激動。「不知這位夫人師從哪位大家？小女子幼時曾從兄長惠山書院院長處見過這盤棋局，聽聞是無出大師從前朝一張殘譜裡找出來的，沒想到夫人竟對這棋局了然於心。」

「家師正是清涼寺的無出大師。小女子幼時曾以俗家弟子的名號拜入無出大師門下。」

高手的世界，張木是不懂的，據李娘子說，無出大師是當朝的國手，一手棋藝出神入化，平生又愛好鑽研殘棋，座下弟子人數頗多，嫡傳弟子只有三個，只是沒想到其中竟然還有這麼一個叫花蕊的女弟子。

張木自是不信花蕊看上她這裡一年三十兩銀子的束脩，只是對這明顯頗有來頭的貴婦人，她是不會拒之門外的。

於是，四月初一，女學館迎來了第五位女夫子——花蕊，而阿竹也終於迎來了備戰許久的院試。

春日的陽光暖暖地灑在小院裡，三三兩兩的女孩子有的在盪鞦韆，有的在踢毽子，有的在丟沙包。

「劉嬸子，今天的點心是什麼啊？」

小茂林看著劉嬸子端著一盤東西走來，鞦韆也不盪了，三兩步跑了過來。

女孩子們都知道她是李娘子家的千金，加上小茂林活潑好動，腦子靈活，乙班的女孩子們都以小茂林為首，也都跟著過來湊熱鬧。

有個粉色衣裙、繫著蝴蝶髮帶的女孩子忍不住從一眾女學生裡探出身子，踮著腳、伸長脖子往劉嬸子的手裡看。

「哎呀，糖糕，妳再拽我的新襖子，我可不饒妳了。」

「千層，妳別生氣，我又忘記了。」身穿粉色衣裳的小姑娘立即鬆了手，滿臉歉意地賠禮。

「噗！妳倆還真這般叫起來了啊，下回劉嬸子再做糖糕和千層油糕的時候，我們豈不是都吃不得了？」張木在院口聽見，忍不住笑道。沒想到這劉嬸子的廚藝真真了得，做出來的點心色香味俱全，勾得幾個小姑娘每次一上廚藝課就捨不得下課。

她看了眼樓上微微開著的半扇窗戶，沒想到花娘子這般大手筆，資助了五百兩給小姑娘們每日備一份點心。

「姨姨，我還叫糖油呢！」小茂林在廚房門口喊道。

「妳就著勁地瘋吧，待會兒妳娘出來了，妳連糖都摸不著，還油。」

「姨姨，摸得到、摸得到，我有糖糕和千層。」小茂林說著便跑進了廚房裡。

二樓北邊的一間房裡，花娘子看著樓下粉裝玉琢的女孩子們，陽光灑在她們的衣裙上，像鍍了一層金粉似的，隨著她們的跑動熠熠生輝。

「花漪，妳覺不覺得這日子似是要好過多了？」

後頭立著的丫鬟看著夫人在陽光下越顯紅潤的臉龐，笑道：「這裡比府裡熱鬧許多，難怪夫人要過來呢！」還一出手便砸了五百兩。

「聽說丁家的幼子要考院試了，可是去台州？」花娘子漫不經心地問道。
「是的，夫人，要奴婢去安排一下嗎？」
「不用了，院試上頭還有鄉試和會試，早著呢！」
「對了，聽說那王嬤嬤是雲陽侯府裡出來的。」花漪湊近花娘子耳邊說道。
「行了，這些事妳聽著便是，不要隨便打聽。」
花漪見自家主子蹙著眉頭有些不悅，只好應下。
另一頭，小茂林在廚房裡看著劉嬸子將幾塊壓得很緊的豆腐乾，用快刀切成薄片，再剁成細絲，放在翻滾的沸水裡燙軟後，撈起來擱在白瓷盤裡，加上香香的麻油、鹽粒、小蝦米、薑絲、青蒜末子，用筷子攪拌均勻，她不由嚷道：「嬸子，我要多一點，不然我肚裡的小饞蟲吃不飽。」
「哎喲，今兒個又換新詞了，不說給妳姨姨端去了？」劉嬸子看著小茂林使勁吞口水的模樣，又一次忍不住心軟，舀了一些到旁邊的小碗裡。「不要給妳娘逮到了，前些天連我都差點吃了妳娘的排頭。」
李娘子不希望小茂林和別的小姑娘有差別待遇，不滿幾位夫子老是給自家女兒開小灶，特別是劉嬸子的這一手吃食，她發現自家閨女都快成一頭小豬了。
小茂林將點心兩、三口吃完，舔了舔唇，又不放心地用小手使勁抹了抹。「嬸子，妳看我牙上有沒有？」
說著，她便咧出一口白牙給劉嬸子瞧。

「沒有，放心出去吧！」

「哎，那我去找姨姨啦！」

劉嬸子看著小茂林跑得有些鬆散的丫髻，無奈地搖了搖頭，也難怪李家娘子那般操心了。

張木正拉著糖糕和千層聊天，糖糕就是前頭書鋪掌櫃的姪女，姓戴，名叫相怡，千層則是東邊大街上包子鋪的女兒，姓曲，名草，和小茂林同齡，平日裡都搗蛋得很，比別家的女孩子要活潑許多，幾位娘子不願太過約束她們，平日裡也都睜一隻眼、閉一隻眼。

丁二娘循著香味過來，見到兒媳婦，笑道：「哎喲，相怡和小草今天這般乖巧啊，不滿院子瘋鬧了？」

兩個小丫頭吐著舌頭，扭捏地往張木身後躲。

「娘，前頭忙嗎？」

丁家的竹篾鋪子已經開張了，賣的東西和以往在鎮上賣的差不多，至於嬰兒館，張木想著還是看看再說吧！

「人不多，妳就在後頭歇著吧！阿竹明兒個就要走了，我過來央劉嬸子做些頂餓的糕點，明早給他送過去。」一想到兒子又要在那丈來寬的小屋子裡住上三天，丁二娘覺得整個心肺都愁得揪在一塊兒了。

「娘，阿竹這兩個月來養胖了不少，熬個兩天沒啥事的，讀書人都要遭這罪的。」過了這重重關卡，迎接他的便是陽關大道了。

第二日一早，整個縣城都沸騰起來，城門附近的商鋪一早備好了炮竹，等惠山書院的馬車經過時，便聽見噼哩啪啦的炮竹聲，炸得紅色紙屑漫天亂飛。

張木一早就跟著吳陵、丁二爺和丁二娘在城門口等阿竹，也有幸見到這古代千人送考的場面。

都說衣錦還鄉、光宗耀祖，古代的讀書人也是有分派系的，一個地方出了一個官，庇佑的不僅是他的宗族，還有同在官場為官的老鄉。

阿竹和院長打了招呼，從馬車上下來，見家裡四人都站在城門口，似乎家裡的幾位夫子也跟著過來了，忙跑了過去。

「爹娘，你們怎麼都來了？」

「呵，我們就是來看看你的。」丁二娘把手上的籃子往阿竹的懷裡一塞。「吶，這是我讓劉嬸子給你做的，千層、油糕都做了十來個，你等等分一些給同窗們吧！」

「哎，好香啊！」阿竹接過，便想掀開上頭覆著的布。

「竹哥哥，羞羞。」

阿竹看著對他比著羞羞臉的小姑娘，滿臉黑線，以前在書院怎麼就沒發現李娘子家的女兒這般頑劣？只得訕訕地縮回了手。

眾人說了一會兒話，送阿竹上了馬車，張木看著漸漸遠去的車影，忽然好懷念以前讀書的日子，靈光一閃，問向身邊的吳陵。

「相公，你也好好唸書，去考個功名好不好？」

「妳希望我去考嗎？」吳陵看著媳婦一臉期待，目光有些猶豫。

「看相公的意思啊，你不想嗎？」就算考舉人不行，憑她的智慧，教個秀才出來應該也行吧？

「娘子，我沒有資格的，在我走進公堂的那一刻，被剝奪的不僅是吳家家產的繼承權，還有仕途之路。」吳陵看著已經望不見的馬車，聲音有些蕭瑟。

他也想努力掙個功名回來，只是這一切早早便沒有了可能。

「沒事的，相公，我們努力當個富家翁婆也好啊！」張木就是隨口一提，見相公為難，連忙拍著他的胸口安撫道。

吳陵握著她的手，笑著點了點頭，他知道媳婦無論怎樣都不會嫌棄他的。

第三十八章

院試考完不久，吳陵收到台州鄭家的信，信上說老太太想來住幾日，吳陵便親自去了一趟台州，阿木不放心，讓他把美人帶著。

吳陵到了台州才知道，二房當初和吳潭狼狽為奸，在阿木的湯裡下了藥，這回還下在了鄭老太太的藥膳裡，幸好老太太躲過一劫。

為了讓鄭老太太坐得舒服，鄭大老爺從莫家借來一輛寬敞的馬車，裡頭的坐墊鋪上一層厚厚的錦被，軟乎乎的，美人樂得在上頭翻了兩個滾。

這回同行的還有大房長孫一家。

阿竹考完試，先吳陵一行人到家，丁二爺把情況簡略地和阿竹說了下，阿竹心裡有個大概，便鑽到廚房找劉嬸子了。

「四十七、四十八、四十九、五十……咦，怎地不見了？」小茂林莫名其妙地看了院子一眼，她的毽子呢？

王嬤嬤不在，下午的禮儀課便停課一回，小茂林和糖糕、千層一起在院子裡踢毽子，其他小姑娘有的窩在屋內練字，有的跑去灶臺旁邊看劉嬸子做糕點。

「糖油，妳看看後面。」千層對著暱稱「糖油」的小茂林眨了眨眼。

小茂林愣愣地轉過頭，見到一個人影鑽進了廚房，那身蓮青色的衣裳有些眼熟……

「哎呀，是阿竹回來了吧？」

已經循著香味走進廚房的阿竹，聽見這小丫頭喊他阿竹，立即從廚房裡退了出來，對著小茂林恐嚇道：「妳怎麼連聲哥哥都不叫啊？小心我告訴師叔，看她不揍妳。」

「阿竹，你不知道有句話叫『男兒要窮養，女兒要富養』嗎？我娘才不會像丁嬸嬸揍你一樣來揍我呢！」見阿竹眉毛氣得快豎起來，小茂林乾脆做了個鬼臉。「嚕嚕嚕，你能奈我何？」

看著眼前扯著眼睛、小手指勾著嘴角的小丫頭，阿竹竟生出一種無力感，為什麼這個小師妹性子這般跳脫？算了，他還是去找吃的吧！剛才看到灶臺上堆的好像是糖油蝴蝶卷，白生生的麵團一看就酥軟可口，想著上回嚐過的香甜口感，阿竹忍不住嚥了嚥口水。

小茂林看著阿竹走了，沒想到竹哥哥竟然這樣無視她，頓覺無趣，便道：「一點都不好玩，我們接著踢毽子吧！」

此時正是四月桃花開，楊樹、榆樹飄飛絮的季節，春光燦爛，滿目青翠，鄭老太太許久沒有出城，加上車伕受了叮囑，一路放慢速度，走的又是官道，鄭老太太沒覺得怎麼顛簸，再見到城外這般風光，心裡也開朗許多。

看著自家小重孫手上抓著的桃花枝，鄭老太太笑道：「這小兔崽子，這般小就愛桃花，以後長大了可別和小姑娘糾纏不清才好。」

莫氏自嫁到鄭家為人婦以後，也是頭一次出城門，見著外頭花紅柳綠，孩子和丈夫都陪在身邊，心裡放鬆許多，見老太太有心情說笑，便也逗趣道：「哎喲，到時您還不得為這小子的事操心，我啊，就希望他以後娶一個合心意的媳婦就行了，許多姑娘也不是好消受的不是？」

莫氏說著，斜睨了一眼坐在對面的相公，沒想到鄭慶衍竟似會意一般，對她點了點頭。

莫氏心裡一甜，手上的帕子都快扭出糖絲了。

吳陵跟著鄭老太太一行人回到柳葉巷的兩進小院落，原想將他們安置在西邊的廂房，可張木執意讓老太太住在東邊的廂房，東邊廂房日光足，較通風，在這春日裡，暖陽加上徐徐微風，鄭老太太應該會喜歡才是。

好在鄭老太太只帶了綠雲一個大丫鬟隨侍在側，不然這房子真是不夠住。

第一天晚上，丁二娘喊劉嬸子來幫忙，準備了一桌菜，都以清淡易消化的為主，王嬤嬤和劉嬸子都與鄭老太太有些淵源，張木便喊女學館的幾位女夫子一起過來用飯。

而丁二爺則帶著吳陵、阿竹和鄭慶衍在前院裡開了一桌。

蘇娘子和花娘子都是第一回來到柳葉巷，見這兩進小院落收拾得頗為精巧、整潔，不禁都在心裡暗道：「丁家兩位娘子當真是勤快人。」（其實是吳陵和丁二爺收拾的。）

由於李娘子、蘇娘子和兩位年紀大些的王嬤嬤和劉嬸子都打扮得十分樸素，席間，鄭老太太不由得在心裡輕嘆，笑道：「幾位小娘子還有好幾年的光景，怎麼一個個都打扮得這般素淨呢！」

寡居的日子，她是最明白不過的了，雖然老頭子走得也算晚，可是這些小娘子合該要有點生氣才是。

老太太的視線轉到在燭光下熠熠生輝的花家娘子，仔細辨認著她身上的料子，才發現是金線、銀線織就的蘇緞，心裡莫名覺得有些怪異，只是坐了半日的馬車，腦子有些暈乎，不願多費神想這些雞毛蒜皮的小事。

這時綠雲悄悄走到張木身邊，用手拉了拉張木的袖子，朝主位上輕輕一瞥，張木才察覺老太太拿筷子的手有些不穩，心裡不覺嘆了口氣。

「外祖母，今日您奔波許久，我可先說好，一會兒您不許在這席上多待。」和老太太相處久了，張木待她也像家裡的長輩一樣隨興。

一番話說出來，幾位娘子都有些愣怔，待反應過來，不免有些羨慕兩人的祖孫關係。李娘子插嘴道：「老人家，您外孫媳婦都發話了，我們可不敢多留您，您得趁著這光景多吃兩口才好。」

這一番話說得鄭老太太也笑了起來。

前頭院裡，幾個爺兒們一陣觥籌交錯之後，阿陵問向阿竹。「這一次可有把握？」他知道爹對阿竹寄予厚望，這次跟著搬到縣城裡，或許也有替阿竹謀劃的意思。

「我把卷子謄給夫子看了，夫子說尚可。」阿竹放下剛挾到碗裡的魚片，規規矩矩地回話。

「行了，阿陵，你一會兒再問他吧，這小子從一回來就惦記著這頓飯了，肚裡正饞得緊呢！」丁二爺喝著小酒，瞇著眼說道。

聞言，一旁的鄭慶衍心裡才微微釋懷，原來不是他貪嘴，敢情這頓飯確實花了人家不少工夫。

吳陵得了阿竹的話，心裡也有點譜了，關於學問的事，阿竹這小子一向比較謙虛，說是尚可，那就是有把握了。他一時心裡亮堂，對丁二爺和鄭慶衍說：「爹、表哥，難得今日這般痛快，我覺得不吼兩聲，心裡都不得勁，我們來猜拳怎樣？」

鄭慶衍在家有個嚴苛的老爹管著，當慣了風度翩翩的佳公子，此時見表弟這般提議，心裡不由得癢癢的。

「好啊，我可是在我爹手上拘謹二十來年了。」

不一會兒，前院裡便傳來幾個爺兒們唱和的鬧騰聲，後院裡的娘子們起初還裝作沒聽見，待那聲音越來越大，李娘子忍不住問了句。「阿木，前頭莫不是出事了吧？」

小茂林早就忍不住了，立刻從她的小凳子上滑下來，抱著美人就想往前院瞧熱鬧去。

李娘子朝女兒瞪去一眼，小茂林只得吐了吐舌頭，窩到蘇娘子的懷裡。

「李娘子是書香人家出來的，怕是沒聽過，這是在唱酒令呢！官戶人家行酒令對的是詩詞，一般平民百姓大多是唱這種淺俗易懂的俚曲。」劉嬸子笑道，她家女婿就愛好這一口。

花娘子旁邊的花漪微微撇了撇嘴，見自家夫人臉上不動，不敢造次，只得規規矩矩地立在主子身後。

花娘子眼角瞟到花漪微微往裙襬裡收了些的繡花鞋，眼光才收了回來。

張木豎著耳朵聽著前院高亢的聲音，除了在幔帳裡，她還沒見過相公這般激動，晚上可得好好盤問一番。

「娘，我可以去前面看看了吧？」小茂林從蘇娘子懷裡抬起頭來，眼神亮晶晶地看著自家娘親。

「嬸嬸、姨姨都在呢，妳也不老實一點，不怕人家笑話。」李娘子對著女兒的腦門彈了一記。

小茂林「呀」地捂著腦門。「娘，您可是淑女，怎麼能對我動粗呢！」

看著一本正經的小茂林，鼓著的小圓臉像劉嬸子蒸的小包子一樣圓，大夥兒都忍不住笑了出來，連花娘子都忍不住破功。

「小茂林說得對，妳娘可是淑女呢！不該對妳動粗。」

花漪看著自家夫人，眼珠子都要瞪出來了。她家夫人的禮儀可是禮儀最好的夫人教導出來的，「笑不露齒，行不擺裙」、「行莫回頭，語莫掀唇」，那夫人教了好些年，誰知自家夫人竟然破功了？她不禁打了個寒顫。

晚上，當醉醺醺的吳陵摸到廂房裡的時候，就見床上坐著的媳婦一臉企盼地看著自己，一雙水眸裡，竟含著比以往還要迷人的水光，襯著搖曳的燭火，一閃一閃的。

「娘子，妳要吃骨頭嗎？」吳陵扶著床，一邊點著頭，一邊含糊不清地問道。

「相公，你覺得是麵條好吃，還是板栗燒雞好吃？」張木晃著腿，並不去攙扶他，隨他滑到地上。

「都、不、好、吃，還是娘子好吃。」吳陵發酒瘋似地猛一出口。

張木臉上一紅，脫了鞋，把吳陵拉上床，開始一陣蹂躪……

到了半夜，吳陵在一陣驚顫中醒來，覺得身下的床有些冷硬，身體內的某個地方好像要衝上雲霄一樣。

藉著從窗戶灑進來的月光，他發現自己躺在踏腳的墊子上，身上蓋了一床棉被。

他輕輕坐起來，看見媳婦在床上睡得很熟，聞了聞自己身上的酒氣，喟嘆一聲。

今晚還是睡在這吧，不然弄醒媳婦，明兒個真沒好果子吃了。以往雖覺得媳婦脾氣有點大，也沒這麼難伺候過，可自從懷孕後，整個人的脾氣竟有變壞的傾向。

第二日，當吳陵知道女學館裡發生的事後，不禁開始感謝媳婦的壞脾氣。

這日上午前兩節是李娘子的課，李娘子看著班上空著的一個位置，再看看自家女兒時不時就偷瞄門外，不覺皺了眉。

千層一早沒來，怎地也沒託人帶信？

巳時正的時候，李娘子剛下課，便聽見前院裡吵了起來。

來鬧事的正是千層的爹娘，東大街上開包子鋪的曲家夫婦，兩人對著張木和丁二娘嚷道：「丁家的，枉我這般信任妳們，將放在掌心上的女兒交給妳家學館教導，妳們怎麼可以這般昧著良心呢?!」

張木知道曲草今日沒來，聽了這話，一時有些摸不著頭腦，好聲好氣地問：「曲家嫂子，不知妳這話是什麼意思？」

「我問問妳，妳家開學館，怎地不教教閨女們一些正經的玩意兒?!」曲娘子咆哮道。她忍著肉痛，給女兒交了許多束脩，就盼著她成為一個知書達禮的小娘子，可是這丁家……真是太黑心了。

想到這裡，曲娘子朝張木張口，便要吐她唾沫，丁二娘早就防著這婦人對兒媳動手，連忙把兒媳拉到一邊，怒道：「曲家娘子，任妳有再多不滿，也不能對孕婦動手啊！妳沒看到我兒媳懷著身子嗎？萬一有個好歹，我可得拉妳去見官。」

張木沒想到曲草那樣可愛的女孩子竟有這般不講理的娘，她耐著性子問道：「不知道妳對我或對這女學館有什麼不滿，妳不說，我們怎麼會知道呢？」

「黑心肝的，妳開女學館，怎地連基本的規矩都不教我家閨女，我可交了一個月二兩銀子的束脩啊！」曲娘子說著，心疼得就要撓肝撓肺了，二兩銀子她得賣多少包子啊！

張木有些莫名其妙。「我們有禮儀、女紅、廚藝課，怎麼就沒教規矩了呢？」

「女德，妳們怎地沒教女德啊？草兒長大了，誰家願意娶啊？」

張木看著有些失控的曲娘子，神情一震。

女德？

這時正在樓上教學生擺棋局的花娘子，對花漪使了個眼色，後者輕輕頷首，退出房間，往樓下走去。

只見張木扶著肚子，從丁二娘身後站了出來，直直地看著曲娘子，語調平緩地問：「不知道曲家娘子可知道女德是什麼？」

曲娘子看著眼前依舊泰然自若的年輕小娘子，嗤笑道：「妳當老娘沒讀過書就不明理嗎？天下的女子再不識文斷字，也定是知道女德的。」想起交給公瑾女學館的銀錢，曲娘子已難再生一絲好脾氣。

「哦，不如曲娘子給我說道說道，也讓我和這學館裡的夫子們知道哪兒不足了？」張木輕輕笑了笑，看上去十分溫和客氣。

曲娘子眼珠子轉了一下，說：「不就是不得犯七出，要伺候公婆、夫君，疼愛小姑，不得忤逆唄。」

見張木一副笑笑的樣子，曲娘子覺得這讀書人定是瞧不上自個兒，忿忿不平地道：「妳別和老娘說這些有的沒的，趕緊退錢。」

「曲娘子嫌女學館誤了妳家閨女，這銀錢要退也可。」

曲娘子聽到可以退錢，眼睛一亮，周遭的人群也紛紛議論起來。

張木微微抬頭，看向看熱鬧的人群，笑道：「不過，這道理我們還是要講清楚的。」她看了眼有些焦急地盯著自己的曲娘子，啟口誦道：「卑弱第一。古者生女三日，臥之床下，弄之瓦磚，而齋告焉。臥之床下，明其卑弱，主下人也……」

張木背的正是班昭的《女誡》，曲娘子有些愣神兒，心裡一虛，伸出手來要打斷張氏的話，卻被後頭的人給拽了回去。

曲娘子回頭一看，是學館裡常跟在花夫子身後的丫鬟，曲娘子想掙開，卻發現這丫鬟的手勁像男人一樣大。

花漪並不搭理曲娘子使勁掙脫的手，這樣一個鄉野婦人，她是不會放在眼裡的。

張木繼續誦道：「夫婦第二。夫婦之道，參配陰陽……夫不賢，則無以御婦；婦不賢，則無以事夫。夫不御婦，則威儀廢缺；婦不事夫，則義理墮闕。」

聽到這裡，花漪不由得微微嗤了聲，不伺候男子還義理墮落來著了？

張木一口氣背完，看向曲娘子。「不知曲家娘子是不是覺得草兒伏低做小得還不夠，故特地來學館裡求個公道？」

曲娘子微微紅了臉，紅著脖子嘴硬道：「妳別當我沒聽出妳話裡的意思，自古哪個女人不是伺候著人過來的?!」

這時嘈雜的人群裡，有一男子喊道：「身為女子就得遵女誡、守婦道，這是聖人之言。」

旁邊的人都附和起來，有人罵道：「妳家開女學館難不成是敗壞風俗的？哪個識字的姑娘不會誦《女誡》？」

「我家學館裡的女孩子不會。」張木平靜地答道。

「如果各位懷疑公瑾女學館的教學宗旨，可以帶回自家的姑娘；只是我想問問諸位，如果吳尚書家的小姐也是這般謹小慎微、低於男子一頭的女子，你們會敬佩她嗎？如果女子只會低首下心、俯仰由人，請問諸位將自家姑娘送進女學館為的又是什麼？」

第三十九章

提起吳茉兒，張木微微有些不適應，可吳茉兒在這裡有些名聲，只能先借她的名號來應急再說。

方才吳陵也趕了過來，不由得對媳婦微微側目，原來媳婦心裡還想著這些，低首下心？俯仰由人？他才不要媳婦這樣呢！

「哎喲喂，你們不知道哇，這女學館裡的夫子不是寡婦便是老姑娘，你們還指望她們能教出什麼知書達禮的姑娘來？」

一個穿金戴銀、如移動首飾鋪子的胖婦人扯著嗓門譏諷道。

張木看著她，心頭有些惱怒，罵道：「哪來的刁鑽婦人，我家學館裡的女夫子們寡居怎麼了？沒嫁又怎麼了？是挖了妳家的墳，還是刨妳家的棺了？要妳在這裡噴糞。」

「喲喲喲，大夥兒看看，還說是識文斷字的小娘子呢，這罵人的話沒比鄉野村婦差到哪去了，這樣的人也能開女學館，我呸！」胖婦人雙手插著腰，朝地上吐了一口唾沫，一副要繼續罵的架勢。

張木深深吸了兩口氣，她懷著身子，可不能為這些人動氣。

「娘，我不讀了，妳不要罵姨姨。」

這時曲草從人群裡鑽了出來，拉著曲娘子的袖子嗚嗚哭道，散下來的髮絲和著淚水黏在小小的臉頰上。

曲娘子看到自家女兒，身子一僵，罵道：「不是讓妳在家看著弟弟嗎？妳來這裡做什麼？」

張木看著曲娘子一巴掌拍到草兒的背上，草兒猛一踉蹌，小臉有些慘白，張木不由得有些心疼。

她從婆婆手裡接過五兩銀子遞給曲娘子，說道：「草兒還小，曲娘子教訓孩子下手輕些才好。」

曲娘子一把抓過幾塊碎銀子，白了張木一眼。「我家的閨女就不勞妳操心了，自己立身不正，還妄想教別人呢！」

草兒不捨地看了張木一眼，昨兒個晚上她才知道娘想讓弟弟早一年入學，就要自己別唸了。

曲娘子見女兒沒移動腳步，猛地把草兒一抓就往外頭拽，草兒嗚咽地哭道：「嗚……小茂林、相怡，我走了，嗚嗚……」

吳陵看著平日總是開開心心跟在小茂林後頭的小姑娘，心裡頗不是滋味，不學女德怎麼了，他家娘子不也好得很？難道非要把一個小姑娘教成跟木頭一樣？

花漪默不作聲地伸出一條腿放在門檻上，曲娘子只顧著拉女兒，沒注意腳下，大叫一聲就要往地下栽。

花漪一把拉住了順勢往下倒的草兒，安撫地摸了摸她的臉。她最見不得這種拿孩子當出氣筒的爹娘了。

曲娘子結結實實地摔了個狗吃屎，旁人都忍不住微微勾了嘴角，張木扶著腰，心裡有點惋惜，如果不是懷著身子，真不會這般便宜了曲娘子。

「哎喲，親家母，妳快拉我一把，我這腰有點動不了了。」曲娘子想爬起來，卻覺得腰部有點刺痛，怕是摔傷了，不敢用力。

張木神情一震。親家母？草兒才八歲，這親家……她看著那戴著一身金飾、銀飾的胖婦人正往門口跑去要拉曲娘子，下意識地不喜。

程太太同是微胖的婦人，她也曾在程太太身上看過許多首飾，只是程太太是一派富貴雍容，這胖婦人怎麼瞅著這麼難受。

胖婦人微微彎腰，想把曲娘子拉起來，奈何曲娘子傷了腰，難以使勁，一時間竟拉不起身。

「哈哈，汪家娘子，妳吃肉可就光長肉，沒長力氣啊！」一名漢子在旁邊樂呵道。

「可不，汪家的殺豬匠每日裡揣著的是豬蹄，卻不長手勁。」另一漢子附和道。

被稱為汪家娘子的胖婦人看著周圍的人都在看著她倆，面上有些掛不住，手上猛一使勁，死命都要把曲娘子拽起來。

「哎哎，親家母，不勞妳了，還是讓我家草兒扶我起來吧！」曲娘子痛得皺眉。這蠢貨當真是蠻牛，這是要把她胳膊拽斷啊！

曲草蹲下，扶著娘親的背要把她攙起來，曲娘子借著小草的小肩膀，慢慢地站了起來，對著大門吐了兩口唾沫，才轉身離開。

汪家娘子趕緊跟在後頭，喊道：「親家母，咱們一道走啊！」

鬧事的走了，眾人也都散了，兩個男子邊走邊議論道：「這女學館也就二、三十個女學生，請了許多夫子，一年能掙幾個銅板？」

「可不是嘛，曲家娘子約莫也是捨不得那幾個錢，畢竟誰家願意一個月出二兩銀子給閨女唸書啊！」

「女子讀書能有什麼用？最多算個帳、描個花樣子罷了，浪費那許多錢做啥?!」

兩人的議論聲並不低，吳陵看了媳婦一眼，怕她難過，捏著她的掌心，寬慰道：「娘子，沒事，妳想做就做，反正不是還沒虧本嗎？就算虧本了，只要娘子樂意，我也會從別處賺些銀兩來貼補。」

「沒事，我不會往心裡去的，」張木看著體貼的相公，笑道：「總有一天，女學館會紅火起來的。」

她就不信，在這個已經允許二嫁、只有和離，沒有休妻之說的朝代，還會有許多女子願意將自己的女兒教成只會唯唯諾諾的木頭人。

隱身在門後的花漪，這時才毫無聲息地找自家主子去了。

房裡的女學生已經去上李娘子的課了，花氏獨坐在椅子上，看著只有寥寥數子的棋局，手裡捏著的棋子遲遲不落子。

聽完花漪的稟報，她左邊的柳葉眉微微動了一下。「哦？張氏真的這麼說？」

「是的，張氏確實說了女學館裡的姑娘不會學《女誡》。」花漪點頭肯定。

「低首下心，俯仰由人……可不是？不管是身分多麼尊貴的女子，哪一個不是低著頭、守著心，一點一點熬過去的……」

花漪聽著自家主子像是在低聲呢喃什麼，沒再開口。

到了晚上，小茂林才知道曲草退了學，立即熱淚盈眶，對李娘子哭道：「娘，我們不收她束脩不可以嗎？草兒那麼聰明，什麼都一學就會。」

「傻囡囡，不收束脩，妳姨姨和娘吃什麼？」李娘子輕輕拍著女兒的背，說不出安撫的話。她也挺喜歡曲草這個丫頭的，只是聽花漪的意思，那曲娘子是極為難纏，這事她們不好出頭，況且這學館正如外人說的，不是寡婦就是老姑娘，因此一定要好好地守著門戶過日子，怎好摻和進這些事裡，豈不是更給人家說嘴的機會？

這晚，李娘子抱著女兒，久久難眠。

另一頭，吳陵和張木等到綠雲照顧鄭老太太上床安歇以後才回到房裡，這兩日，老太太的身子頗有起色，兩人放心許多，也不願再把女學館的事告訴老太太讓她憂心。

春日的夜晚沒有像冬日那樣冷，吳陵身上穿著單薄，在屋裡忙著給媳婦端水洗漱，張木嘴裡含著水，看著相公隱隱顯現的腹肌，覺得手心有點癢，牙齒也有點癢，接著覺得喉嚨裡有點鹹鹹的，緩過神來，才發現自己把漱口的鹽巴吞了下去。

她一邊咕嚕咕嚕地漱口，一邊慶幸這個地方沒有牙膏……

吳陵倒完水再回房時，張木發現早該回自己窩裡的美人竟然跟著過來了，搖著尾巴極有節奏地邁著步子跟在吳陵後頭。

「相公，你怎地把美人帶過來了？」

「娘子，現在是春天。」見媳婦皺著眉，有點不明所以，他又提醒道：「小貓最喜歡在春天夜裡勾搭野貓了。」

「喵，喵嗚～～」美人恰巧在這時叫了起來，抬起前爪扒拉著吳陵的小腿。你這樣誣賴我對嗎？

張木看著美人，想起以前她一直忙著工作，從來沒有想過美人的另一半，難道她耽誤美人好幾個春天了嗎？

吳陵是隨口逗媳婦玩，說者無意，聽者有心，張木倒真琢磨起給美人找夫婿的事了。晚上躺在床上，她拉著吳陵討論巷子裡哪家的貓最好看，吳陵看著在興頭上的媳婦，真覺得她傻得可愛，只是一想到給美人找幾隻小貓配成對的畫面，他不禁想笑——不知道那隻傲嬌的貓會作何感想？

昨晚睡得晚，早上張木便起得有些遲，好在她是孕婦，一家人都慣著她，鄭老太太看她還沒起床，便吩咐綠雲將灶上的小米粥溫著。

然而另一頭西大街的女學館裡，一開門便熱鬧了起來，一早門口就候著好些人，為首的是曲家娘子，其他的都是女學館裡學生的爹娘。

他們吵吵嚷嚷半天，李娘子等人才聽明白，這些人都是來鬧退學的。

花娘子的課在頭兩節，所以她一早就來了，來時看到許多人堵在學館門口，便站在一旁，讓花漪去看看情況。

待花漪聽明白，回來報給主子聽的時候，花娘子不無嘲諷地看了眼鬧事的人群，問道：「可清楚大概有幾家？」

「三家，看著人多，其實一家來的都有三、四個，怕是擔心女學館不退錢，過來撐場子的。」花漪回道。

花氏不再多說，舉步往門口走去，對著人群朗聲喊道：「今日從女學館退出的學生，以後概不接受再入學，除非爹娘代女兒行拜師禮。」

人群倏地一下子安靜下來，大家都不約而同地轉身，見發話的是一個穿著華麗、容貌昳麗的美婦人，不免有些愣怔，這也是學館裡的女夫子不成？口氣好狂妄。

她口裡的拜師禮可是要跪下的，難道讓他們對著這些寡婦、老姑娘跪拜？荒謬，簡直太荒謬了。

然而大夥兒都不敢吭聲，顯然是被花娘子的氣勢震懾住了。

花漪見幾個莽漢盯著自家主子看，上前一步擋在了主子身前。

李娘子被花娘子的話一語驚醒，曲娘子本來就是帶著這些人過來鬧事的，不管她們如何勸，這些人只會蹬鼻子上臉，那還不如退學呢！以後要想再入學，怕是不可能了，雖然有些惋惜，只是這學館的威信還是要立起來的。

她見眾人開始竊竊私語，便道：「要辦退學的就在我這兒登記一下，東家還沒來，那些銀子我們幾個夫子先幫忙墊著。」

「嫂子們，這女學館作賊心虛，大夥兒趕緊領了錢走人吧，不然等等她們反悔就不好了。」曲娘子在一旁慫恿道。

「不，我不退了，我家囡囡要在這裡好好唸幾年書，要是能像這位夫人一樣有氣質，再多的錢也值了。」一位身穿月白色襦裙的婦人看著花娘子，斬釘截鐵地道。就算自家囡囡學不到十分，學個五分也好啊！看這婦人多有氣質，即使生氣，臉上也是不怒而威的氣勢。

李娘子看形勢有逆轉的趨勢，眸子一動，催道：「想退的趕緊退，先說好，今兒個退了，以後我們可是不收的，到時莫要再鬧上門來才是。」

剩下的兩家面面相覷，再抬眼朝花娘子看去，心裡確實不無豔羨。

他們的閨女要是能學到這婦人的幾分氣韻，過個幾年，家裡的門檻怕是都要被媒人踏破了，一時都有些猶豫不決……

張木在家待了一個上午，下午吳陵從西大街回來後，才從他那裡聽說了早上的事。

擺明就是曲娘子挑唆來的，這人帶走草兒就不說了，怎地還見不得學館好呢？

「媳婦，妳也別氣，那三家最後也沒退學，就是早上我們都沒去，麻煩幾位夫子了。」吳陵捏著媳婦越來越胖乎的臉蛋，逗著她笑。

「好啦，相公，我不生氣了，就是那曲娘子有點煩人，咱們最好做點準備，心裡好有個底，下次要是再鬧上來，也好治治她。」張木想想，心裡還是有點上火。

「行，我等等就去幫妳打聽一下曲家的情況，妳今兒個就好好待著，讓劉嬸子給妳弄點好吃的。我看劉嬸子買了羊肉回來，熬了一個上午了。」

吳陵說著，不禁吞了吞口水，最近真是被劉嬸子養刁嘴了。

張木把手指放在吳陵的嘴上，取笑道：「饞了吧？來，給你咬一口。」

「娘子，妳的手指太嫩了，我一咬就會破。」吳陵有些苦惱地看著眼前白嫩的手指，視線移到媳婦凸起的肚子上。

唉，什麼時候才能好好吃一次肉呢？

張木察覺到相公的視線，小臉微紅，斥道：「有什麼好看的，還不快辦正事去，不然回來連片肉都不給你留。」

「欸，那您老在家好好休息，小的這就辦事去。」吳陵捏了捏媳婦越發圓乎的臉蛋，才依依不捨地出門了。

張木看著陽光灑在屋裡的小矮几上，外面的鳥叫得正歡，兩棵桃樹在風中撒下粉紅色的花瓣。

她起身往廚房走去，綠雲正在給鄭老太太熬藥，見張木過來，笑道：「少夫人，灶上的小米粥正溫著呢，奴婢幫妳盛一碗吧！」

「妳忙妳的吧，我自己弄就可以了。」張木笑道，自己盛了碗小米粥坐在椅子上，和綠雲聊了起來。

「我看這兩日外祖母精神越發好了，再過個幾日，我們帶外祖母出去逛逛吧！」

綠雲抬起袖子，拂去額上的散髮，回道：「老太太早就有這個念頭了，就是顧慮少夫人懷著身子，諸多不便……」

「我這才幾個月呢，得多出去走動走動才好。」張木記得孕婦最忌懶怠，這時的醫療設施又太落後，生孩子的時候沒有保障。

想到這一點，張木心裡不免惆悵，在這時代生孩子的風險好大啊！

「少夫人還不知道吧，王嬤嬤是接生的一把好手，當時老夫人特地打聽了，才給少夫人寫信的。」

張木感念鄭老太太的一番心意，下午便和莫氏陪著老太太在廊下曬太陽、做做繡活。

「阿木，妳說說妳都教那些小姑娘做什麼呀？」鄭老太太身子好了些，對女學館有了些好奇。

「書畫、棋藝、繡活、禮儀、廚藝……」張木拉著綠雲和莫氏幫忙選繡線，嘴裡回道。

鄭老太太伸手指了一條正紅色的，笑道：「挑這個吧，顏色俊得很。」

莫氏也笑道：「這小衣裳是給小姪子做的，挑正紅色的好。」

張木明白老年人對正紅色的偏愛，想著這顏色也挺鮮亮，便抽了一根線出來。

第四十章

春風正暖，吳陵覺得腳步也輕快了許多，他決定到縣衙裡找柳爺，畢竟這些市井小人物，顏師爺不一定清楚，但是混跡各大街道的官牙肯定是熟悉的。

柳爺聽吳陵打聽東大街賣包子的曲家，拿著煙斗輕輕往桌角磕了磕，吸了一口，瞇著眼笑道：「呵，算是你小子找對人了，曲家和汪家，我這裡倒還真有一本帳呢！」

吳陵聽到汪家，心念一動，便知是上次曲娘子稱為親家的那個胖婦人，當下便對柳爺揖了一禮。「這事還請柳爺指教晚輩了。」

「呵，你跟我客氣啥？我和你家打了幾回交道，怎麼也算得上是熟人了。」柳爺忙起身扶吳陵。這丁家能在短時間內在縣上開了間女學館，家底怕是不錯，做他們這行的，就是要和誰都能論個交情才好。

吳陵便聽柳爺將曲家和汪家的底細一一道明。

待他從縣衙裡出來，並沒有直接回家，而是繞道去了趟東大街。此時正是下午，街道上的人並不多，曲家包子鋪還開著，屋裡冒著熱氣，或許是正在蒸晚上要賣的包子。

吳陵看見曲草坐在店鋪裡幫忙揉麵團，小腦袋睏得直往下垂。

他在心裡微微嘆氣，轉身走到市集，直接往肉攤走去。

這裡的肉攤只有一家，賣肉的彪形大漢正在剔牙，見有客人上門，也不站起來招呼，只斜著眼看了一眼。

「師傅，來兩斤後腿肉。」吳陵見肉攤上只有半隻豬腿，對著坐在攤子後的大漢招呼道。

汪屠夫扔掉剔牙的竹籤，抄起殺豬刀，一刀下去，一塊半瘦半肥的肉便從那半隻豬腿上落了下來，沒有一點血絲。

只見汪屠夫熟練地用草繩打了個結，扔到吳陵面前的案板上，粗聲道：「六十文。」吳陵從荷包裡取出六十文放到案板上，接著便轉身回家。

晚上就寢時，張木先聽吳陵說想讓丁大一家來縣城裡做殺豬的生意，只是有汪屠夫在，這生意也不知道做不做得起來，接著又聽他說起下午從柳爺那裡打探來的消息。

原來這曲家做包子生意，對豬肉的需求量一直很高，想把豬肉的價格壓低，可汪家一直不同意。

縣上可不比鎮上，大戶人家多得是，豬肉一向供不應求，再說汪屠夫殺的豬，肉質比較好，不像別家的肉有些微的酸味，不愁曲家不買。

雙方僵持不下，誰知後來汪家娘子看中了曲家的女兒，曲草活潑可愛，人又機靈，汪家娘子便為自家的獨子相中了曲草。

能攀上汪家，曲娘子自是巴不得的，兩家便議了親。

前一陣子，汪家娘子聽說曲草進了女學館，覺得女孩子書讀多了會變得有主見，以後免不得爬到自家兒子頭上來，便委婉地和曲娘子提了一句，於是曲娘子才會到女學館裡鬧事。

「娘子，我們才剛到縣城，曲家和汪家一再來鬧事，想是不會輕易放棄。我們勢單力薄，一點根基都沒有，怕是防不勝防，就算有顏師爺這個靠山，也不是長久之計，所以我才想著讓大哥也過來，剛好這裡賣豬肉的不多，說不定在這裡做生意會比之前好。」官衙裡的人最會衡量利弊，今日尚可念著一些情分，來日擺在他眼前的錢帛夠多夠厚，怕是這關係就岌岌可危了。

「相公，我明白你的意思，你和丁大也是一個族譜上的兄弟，守望相助自是沒錯的，只是我們得聽聽丁大一家的意思，不好過於勉強。」丁大如果來，汪家的生意怕是就不好做了，只是他在鎮上待了二十來年，會願意冒著風險來這裡嗎？

吳陵想了想，覺得媳婦說得有道理，決定先想一想再做決定。

幾天後的早晨，張木特地起了個早，前兩日她想到這裡的孕婦生產時都是用命去拚，心裡一直很不安，昨晚睡前便想著早上起來練一套動作和緩一點的瑜伽，只是肚子大了，許多動作做起來有些不方便，便讓相公在一旁協助。

吳陵扶著媳婦的腰，看她慢慢地把腿伸直，心裡有些不放心。「媳婦，妳慢一點啊！」

張木額上微微冒著汗，沒想到以前做起來很輕鬆的動作，現在卻異常吃力，她氣喘吁吁地放下腿，皺著眉委屈地說：「相公，以後你每天早上的任務，就是督促我好好鍛鍊。」

吳陵樂呵地捏著她的鼻尖。「妳怎麼睡一覺起來就怪怪的？放心，我不會嫌棄妳長肉的。」說著還捏了捏媳婦腰上的肉。

張木心裡正憋屈，「哇」地一聲便要哭。這混蛋，竟敢嫌棄她胖。

吳陵一把捂住媳婦的嘴，求饒道：「娘子，我錯了，我不該逗妳，妳可別哭，給外祖母聽到了，她老人家可得逮著我念叨幾天不可。」

張木看著吳陵急巴巴的臉，想到這些天外祖母見到吳陵便說：「有身子的婦人愛多思，阿陵你可不許欺負阿木。」

她得意地對吳陵挑了挑眉。

美人看著床上膩歪的兩人，無聊地默默轉身到院子裡踩花瓣玩了。以往主子也算是個高冷美人，為何現在像朵柔柔弱弱的小白花……

這天，吳陵和張木聽見外面的敲門聲，忙走出去開門，就看到香蘭隻身一人揹著一些細軟，出現在自家門口。

「姑姑，表嫂在家嗎？我是香蘭。」

張木朝香蘭後頭看去。「咦，丁大呢？」

她伸長了脖子，直望到巷口，也沒見到人影。

「不要提他了，我是來投奔你們的，娘家我是不好意思回去了，免得給爹娘丟人。」香蘭頓了頓。「我想在縣城裡找一份工作。」

張木和吳陵看著一臉倔強的香蘭，這才發現以往臉圓討喜的姑娘竟隱約有了尖下巴，知道丁大和香蘭之間肯定出了事，一時也沒再開口問，先把她安頓好才要緊。

香蘭跟著張木一家吃完早飯，這才捂著茶盞，哽咽道：「嫂子，我不想回去了，我來就是想和姑姑討個主意，我想和丁大和離。」說著便伏在張木肩上哭了起來。

「傻妹子，妳先別哭啊，到底是怎麼回事？我們來縣城之前，你們不是還好好的嗎？」

「嫂子，妳不知道，丁大竟然對王茉莉餘情未了。」香蘭嗚咽著喊了一句。

張木被這句話驚得愣住了，丁大和王茉莉或許有一段過去，但是他既然願意娶香蘭，又怎麼還會招惹王茉莉呢？

香蘭哭得有些淒慘，張木不敢提起她的痛楚，眼睛瞟了瞟門外，怎麼阿陵還沒有把爹娘帶回來？

等丁二娘回來，看著自家姪女，好言好語地哄了半天，才從香蘭嘴裡問出話來。

「那姓白的跑漕運常不在家，有幾個地痞跑到白家門口欺負王茉莉，珠珠害怕，跑去找丁大，他、他竟然就去給王茉莉守牆頭了。嗚嗚……姑姑，我要和離，我受不了了。」

丁二娘看著姪女這般可憐，略長繭的手輕拍著香蘭的背，一個是娘家姪女，一個是夫家姪子，她不禁覺得有些頭大。

「傻丫頭，說什麼瘋話，和離是這麼容易的事？」想到兒媳也在，怕揭開她的傷疤，不好再說出和離不好的話來。

張木看到婆婆略微尷尬的眼神，起身對丁二娘說：「娘，您先勸著妹妹，我去和綠雲幫妹妹把鋪蓋鋪好。」

「就先麻煩一下綠雲了，妳稍微搭下手就行了，別逞強。」丁二娘有些不放心地叮囑道。

張木應下後便去找綠雲了。唉，這都什麼事啊！

當天晚上，一家人都睡熟了，家裡的門又被一陣猛敲，後院裡的人都被驚醒了，吳陵起身對媳婦道：「妳先躺著，我去前頭看看，一會兒就回來。」

四月的深夜還是有些涼，張木裹著一床薄被，也不想動，迷糊地應了兩聲，努力撐著眼皮等吳陵回來，沒想到最後還是不小心睡著了。

直到她早上起來才知道，原來是丁大來了。

「這下子，他不想留在縣城都不行了。」張木笑道。既然香蘭不願意回去，丁大真能捨下自個兒的媳婦，去給別人的媳婦守牆頭嗎？若真的如此，那腦子也是病得不輕了。

「昨晚大哥就直接跪在香蘭屋外，我聽大哥的意思，他只是覺得以前那樁事對不起王茉莉，才想多照顧她一下的，誰承想香蘭因此憋了幾個月的氣。」

昨兒個香蘭來的時候，丁大還在外頭賣豬肉，回家後沒見到媳婦，以為她去串門子，誰知到了晚上還不見她回家，問了鄰居，才知道她竟然直接去縣城裡了。

「呵，不顧著自己的媳婦，他也是活該，你若敢這樣，我非扒了你一層皮不可。」張木扭著吳陵的耳朵警告道。其實她能理解香蘭生氣的原因，本來她就有搶了王茉莉姻緣的嫌疑，對王茉莉可能有些心虛，丁大倒好，竟然去護著王茉莉，這事攤到誰身上都得憋屈死。

香蘭整個晚上都沒有給丁大開門，丁大瞅著家裡的事還有一大堆，想著媳婦在這裡，心也放下了，早上吃過早飯後便道：「這趟來得匆忙，家裡的事還沒處理好，我過幾日處理妥當了再過來。」

張木驚得碗都忘了放下，他就這樣不管自己的媳婦了？丁大的神經有多粗啊！

香蘭一早也沒出房門，待丁二娘隔著門跟她說丁大走了，知道他竟然又回去了，原本有些鬆動的心忽地漫上一股淒涼，喃喃道：「怎能不回去呢？那裡還有一個美嬌娘呢，呵，回去得好啊、好啊！」

丁二娘聽裡面一點動靜都沒有，有些擔心，連忙敲門。「香蘭，妳開門，妳早飯還沒吃呢！妳不吃早飯，我心裡放不下，這上午只能守著妳了。」

丁二娘準備再敲，門卻一下子打開了。

「姑姑，我想先洗漱一下……」香蘭走出來，落魄地道。

「欸，熱水都有呢，我給妳端來，妳先整理一下頭髮吧！」

香蘭看著姑姑歡快地往廚房去，心裡有些酸澀。難道她一個人在家就不怕嗎？那樣黑的夜，她就怕有什麼風吹草動，可是有些人不將妳放在心裡，便想不到妳也是一個需要被照顧、被安慰的女子吧！

於是香蘭便在柳葉巷住下了，丁二娘特地帶她出去逛了東、西大街，早上去吃如意閣的蒸餃，中午去望湘樓吃烤鴨，每日都去逛，帶著許多新奇討巧的小玩意兒回來，鈴鐺、香包掛滿了一屋子。

因此美人每日就喜歡往香蘭的屋裡跑，跳上窗臺旁邊的桌子，看著一搖一響的鈴鐺，能瞧上很久。

丁二娘還笑著對張木說：「下回再出門，我可得給美人帶一個鈴鐺回來，就繫在牠的脖子上，看牠這稀罕勁。」

婆婆現在比她還疼美人，以往在鎮上，美人的小魚乾能隔個兩日餵一條，現在不僅每天供應，小魚乾也早就升級了，以往一條小黃魚，美人都得舔爪子，現在小黃魚對牠來說已經不稀奇了，非得小鯽魚或小烏魚不可。

「娘，您掛在牠脖子上，牠可不一定喜歡，這樣牠一偷小魚乾，我們不就知道了？」

「噗，我怎沒想到呢？」丁二娘以前不知道養隻貓能有這許多樂趣，這貓都快成精了，兒媳把小魚乾藏起來，牠都能毫無聲息地偷走。

「姑姑，妳這兩天有沒有見到我掛在帳角的紅色小香包？就是繡著年年有魚的那個……」香蘭想起香包，心裡頗為奇怪，如果掉下來也該掉在地上才對，怎麼就不見了呢？

張木瞥向坐在桌上的美人，見牠的眼神閃躲，心裡便有了數。

「喵嗚、喵嗚～～」那個香包有魚又有花，是人家最喜歡的好嗎？

過了幾日，丁大也沒有來，丁二娘聽到一點動靜都要跑去開門，吳陵和張木心裡對丁大也有了些不滿，怎麼能就這樣不管自家媳婦呢？

尤其是吳陵，他看著香蘭從只會咿咿啞啞學語的小嬰兒一點一點長大，對香蘭的愛護不比阿竹差多少，雖然同為男人，此時也不能理解丁大的想法——不疼自家的媳婦，倒去操心別人家的事了。

吳陵囑咐張木幾回，要她好好開導香蘭，這丫頭自小就對大哥存了念想，這回怕是傷得不輕。

四月底，香蘭已經住在這好多天了，心情一天比一天好，這日吃完早飯，便提出要去女學館裡幫忙。

張木笑道：「妳就是在這裡住一輩子，我和爹娘還有阿陵都歡喜得很，哪捨得讓妳幫忙？妳呀，就在家裡做個愛嬌的小女兒就好，若覺得無聊，就陪娘出去逛逛街。」

丁二娘看著兒媳對姪女這般愛護，心裡不免感嘆，這個兒媳真是萬裡挑一也難找。

香蘭見表嫂說得這般有誠意，不好辯駁，只得委屈道：「我在家裡悶得慌，常去逛街也不妥，我就想做做活，讓自己忙一點。」

聽香蘭這麼說，張木倒真的不好拒絕，她也知道失意的人找點事做最能轉移注意力……她看了婆婆一眼，見婆婆微微點頭，心裡便有了底。

「如果妹妹真的想來幫我的忙，那是再好不過的，既然這樣，我就不推辭了。」張木拍著香蘭的手道。

見張木同意，香蘭臉上也露出笑容。「我就想自力更生，不瞞姑姑和表嫂，我也想試著一個人過日子。」

丁二娘只當姪女還在氣頭上，也不當一回事，可張木看著香蘭臉上的平靜神色，眼皮不由得跳了跳。

女人的自尊心一旦冒出頭，怕是很難再壓回去了，這回丁大可得自求多福了啊！

第四十一章

經曲娘子鬧了兩回，女學館雖然只有曲草一個學生退學，但是風言風語還是傳了開來。

有那假道學的罵罵咧咧地說公瑾女學館敗壞通台縣的風俗，哪一個女子不該待在閨閣裡的？也有人挖出女夫子們的陳年往事，除了劉嬸子和王嬤嬤，因為兩人是從台州過來的，大夥兒不明底細，其他像是一直很低調的蘇娘子和花娘子的背景都被挖了個遍。

「喲，妳聽說了嗎？那公瑾女學館的蘇娘子可是剋夫、剋父的命呢，白虎星一個，那麼多小姑娘跟在她後面，可別沾了煞氣。」

「這個我倒聽說過，雖說蘇娘子一幅牡丹賣了八百兩的高價，但是就那煞命，哪個男人敢靠近？否則這都多少年了，二嫁的婦人不是沒有，她還不是一個沒人要的賤貨。」

蘇娘子站在玲瓏巷口，聽著巷子裡住對門的兩個婦人各自坐在家門裡扯著嗓子聊天，半晌後才轉身離開。

「妳是女子，生來就是要受苦的。」十多年前，阿母抱著她流著眼淚說了這句話。

當時她是不信的，縱然她是女兒身，她也可以掙錢養家。

她掙了許多錢，給阿母送了終，可這些年來，欺辱謾罵她的話一直沒有停過。

她有什麼過錯呢？她只是沒有和其他女人一樣選擇依靠男人過一生。

「還有那個花氏，妳不知道吧，咱家在通台縣住上數百年，也沒有姓花的大戶人家，那花氏是幾年前才過來的，一個小娘子擁有偌大的家私，說不定是台州哪家的外室……」

身後兩個婦人的大嗓門依舊清晰地傳來。

每日，蘇娘子依舊上女學館教課，偶爾也跟張木以及其他女夫子圍在院子裡閒聊，只是有時會心神恍惚，張木也沒多注意。

倒是有個繡活很好的小姑娘婉蘭，在下課後，看著坐在繡房裡發愣的蘇夫子，怯怯地上前問：「夫子，您不開心嗎？」

蘇娘子看著小丫頭黑白分明的大眼裡流露出的擔憂，微微搖頭。「蘭兒乖，夫子只是這幾日晚上沒有睡好，快和她們一起回家吧！」

「夫子，明日我把我的那份糖糕讓給您，我每次一吃，腦子都特別好使，一點都不累。」婉蘭眨巴著眼睛，軟萌萌地說。

「好，那妳明日可別捨不得。」蘇娘子笑道。

「那……夫子明天見。」婉蘭見夫子應下，蹦蹦跳跳地去追小夥伴們了。

香蘭在隔壁灑掃屋子，見蘇娘子眉宇間流露出的疲憊，也有些惋惜。

為何女子的命不能像男子一般自由呢？想到遠在鎮上的丁大，香蘭心裡微窒。

怕是她不在，他更灑脫得很吧！

五月初，鄭老太太的身子完全好了，連著幾日抱著美人去巷口的得意樓和如意閣吃早飯，結果硬是把美人的胃口又養刁了，一到早上，便巴巴地守在老太太的房門口。

張木一連注意了好幾日，實在有些看不過去，之前家裡有婆婆寵著美人，現在又多了個鄭老太太，寵得這貓最近越發猖狂了，走路時尾巴翹得比往日高不說，那圓滾滾的肚子已經讓人不忍直視了。

「相公，你覺不覺得家裡最得寵的不是我？」早上張木做完瑜伽，聽見院門開了又關，有些鬱悶地問。

吳陵看了眼院子裡的身影，好笑地問：「娘子，難不成妳和美人也吃起醋了？」

「怎麼了，不行嗎？是誰以前動不動就和美人鬧彆扭來著？」張木不滿地瞪了吳陵一眼。

「是我、是我，可以了吧！誰教美人不是一般的貓呢！」吳陵被媳婦的小脾氣鬧得哭笑不得，難道懷孕的婦人都如此不講理嗎？

一般的貓？張木心口一陣狂跳，見相公臉上頗為無奈，沒有什麼異樣，心裡才微微放了心。

只是……竟然連相公也看出來美人不是一隻一般的貓了。

「阿木、阿木，不好了、不好了。」院門外突然傳來一陣猛敲。

前院裡的丁二娘趕緊打開門，就見李娘子跑得髮髻都散了，額上覆著豆大的汗珠。

丁二娘疑惑地問：「大妹子，這是怎麼了？怎麼慌成這樣？阿木在屋裡頭呢！」

李娘子只是猛拍著胸口。

「妳慢點說，到底怎麼了？」丁二娘一邊拉著李娘子進屋，一邊勸著。

李娘子擺著手，示意她不進去，半晌終於緩過了氣。「嫂子，蘇娘子出事了，她家的小、小丫鬟說、說她上吊了。」

張木只穿著靸鞋就趕出來，聽到這一句，腦子裡一愣。「上吊？」

李娘子點頭，張木立刻要往外衝。

「欸，阿木，妳別跑——我和李娘子先去看看，妳慢點去。」丁二娘一把拉住作勢要跑的兒媳，對著吳陵吼道：「還傻愣著幹麼？帶阿木過去。」

說著，丁二娘和李娘子先往玲瓏巷跑去。

此時在得意樓和如意閣窗邊吃早飯的客人，見樓下瘋跑的兩個婦人，出言諷道：「這女學館的風氣真差，婦人都能這般不注意自己的行為，成何體統。」

旁邊一個婦人譏諷地回嘴道：「呵，什麼體統？會這般著急，一定是出了什麼事，難道還要求人家邁著小碎步一搖三擺地往前挪不成？真是死腦筋。」

「哎，大夥兒瞅瞅，真是世風日下，娘兒們都能隨便頂大老爺的嘴了……」

不過張木不知道這處發生的熱鬧，等她趕到蘇娘子的一進小院落時，就見劉嬸子和王嬤嬤站在一旁，而蘇娘子則是躺在床上，默默垂淚。

張木見人還活著，猛地吁了口氣，真是嚇死她了。

吳陵見媳婦腳步有些發軟，連忙把她扶到椅子上坐下。

原來，蘇娘子上吊後，被伺候的小丫鬟發現了，連忙踩著凳子、剪斷繩子，拿著繩子便往女學館跑，所幸兩個地方相隔不遠，李娘子去柳葉巷報信，王嬤嬤和劉嬸子先趕了過來。

張木問蘇娘子的小丫鬟翠兒，才知道玲瓏巷的婦人天天聚在巷口罵蘇娘子是白虎星，說她整日一副不容侵犯的樣子，背地裡不知怎樣浪，甚至還繪聲繪影地說某天看見有個男人衣衫不整地從蘇家出來。

就算蘇娘子經過，那些婦人也當作沒看到，依舊罵罵咧咧地罵蘇娘子髒了玲瓏巷的風水。

一眾娘子聽著小丫鬟嗚嗚咽咽地道出緣由，腦袋都氣得發昏。

「這群毒婦。」王嬤嬤咬牙切齒地罵道。

張木看向躺在床上的蘇娘子，只得先寬慰她幾句，心下想著回家後要跟相公好好商量，查出究竟是從哪裡傳出這些亂七八糟的謠言。

過了幾天，鄭老太太正在院子裡和莫氏、綠雲一起打著絡子，見外孫媳婦過來，便問：「阿木，那蘇娘子好些了沒有？」

「嗯，已經好很多了，脖子上的藥換過一回，再過個兩天便好了。」只是郎中說這嗓子怕是有損。

「可查出是誰做的沒有？」鄭老太太再問。這蘇娘子是最寡言的一個人，花娘子偶爾還有幾句笑語，可蘇娘子幾乎是不說一句的，這樣一個小娘子能得罪誰呢？

「阿陵和大表哥去查了，說是之前來女學館鬧事的曲家傳出來的，不僅是蘇娘子，連花娘子和李娘子的謠言也有。」張木接過綠雲遞來的絲線，坐在廊下的靠椅上，跟著老太太打起了絡子。

鄭老太太後來也知道了曲家上女學館鬧事的事，聽張木這麼說，點了點頭，查出是誰傳出來的就好，以後也好防範。

由於椅子上鋪了厚墊子，張木沒坐一會兒便有些犯睏。

鄭老太太見外孫媳婦面上有些乏，便道：「阿木，妳先回屋休息吧！這兩天妳一直四處奔波，也該累了。」

「是啊，阿木，妳去休息一會兒吧，老太太有我陪著呢！」莫氏也勸張木回去。

鄭老太太看著外孫媳婦走進廂房的背影，對身邊的莫氏道：「媛媛，阿木和阿陵還年輕，經驗不多，這事妳和阿衍搭把手吧！」

莫氏看著老太太眼裡迸出的凶狠，心頭一凜。「祖母放心，這事相公已經知會過我了。」

見老太太點頭，莫氏才發覺手心裡竟出了汗。

她是莫家嫡女，自幼便與鄭家訂下婚約，本就是為了做鄭家下一代的當家宗婦而培養出來的，在未嫁過去之前，娘就和她說過鄭家的發家史，當時隱約鬧過幾場人命官司。

「媛媛，這是大家宗婦的手段，妳莫起婦人之仁。」

這是臨走前娘囑咐她的，既然對有血緣關係的二叔一家都可以割捨，那詆毀鄭老太太心尖上人兒的曲家呢？

被趕回屋休息後不久，張木在一片嘈雜聲中醒來，此時天還亮著，美人在一旁見她醒來，伸出舌頭想舔她的手。

張木頓時哭笑不得，這貓被一堆女人寵著，竟然還這般稀罕自己？她伸出手摸摸牠的小腦袋，心情也好些了。

就讓外面吵去吧！她這兩天真是累壞了，也不知道那些女人是怎麼盯上女學館的，蘇娘子的事一出，這辱罵竟在市集裡都能聽到了。

「少夫人醒來了嗎？」綠雲站在屋外側耳傾聽了許久，聽到貓叫，才敲了敲房門。

「醒了，綠雲妹妹進來吧！」張木穿上鞋子，繞過屏風出來。

綠雲斟酌了下用詞，才開口道：「少夫人，前頭是香蘭姑娘的夫婿在鬧呢！老太太說還是讓妳出去勸解一下為好。」

張木也知道外祖母是怕一會兒丁二娘回來了，見她沒有出面，會惹婆婆責怪。

「難為老太太替我想得周到，我這就過去，煩勞綠雲妹妹走這一趟了。」

「少夫人客氣了，奴婢先告辭。」

綠雲一張瓜子臉帶著少女獨有的紅潤，一顰一笑都顯露出大家風範，張木心裡不免想起，難怪有人說「寧娶大家婢，不娶小戶女」，真是萬分認同啊！

「香蘭，妳為何要和我這般鬧彆扭呢？」

丁大杵在香蘭門外，手上捏著和離書，不明所以。

張木出來的時候，剛好瞄到丁大手上的和離書。好傢伙，香蘭都在上頭簽字了。

「你真不知道香蘭為何生氣？」

丁大聽見聲音，轉過身來，才發現廊下不知何時站了一個少婦，那熟悉的身形已微微有些豐滿，他的視線掠過張木的臉，悶聲道：「我許久沒來看香蘭了。」

其實他知道那幾個晚上香蘭一個人待在家裡，只是對著溫柔纏綿的娘子，他總莫名覺得有些心虛，所以才會出去。

張木看著那微微後退半步的黑色緞子鞋，想起前些天看香蘭似乎在縣城裡住得頗開懷，相公便請人把之前的計劃告訴丁大，讓丁大想一想，此時問道：「如今已經安置好家裡，準備在縣城裡定居了？」

「嗯，家裡已經安置好了，明兒個就讓二叔帶我去找間小院落。」丁大說著，又看向香蘭緊閉的房門，心裡一時也不明白是什麼樣的滋味，只得對張木拱手道：「還麻煩弟妹幫我勸勸香蘭。」

「香蘭妹妹正在氣頭上，你也不要氣餒，妹妹這裡我幫你哄著，你還是先去學館裡找阿陵和爹吧！既然準備在縣城裡落根，還是早點尋個妥當的營生才是。」

「那這邊就先煩勞弟妹了。」

丁大直接去了西大街，這邊香蘭聽著腳步聲越來越遠，直到聽不見，才「嘩」地一下子打開房門，見門口果真沒有丁大的身影，抬頭猛地撞見張木打趣的眼，臉上不禁一紅，跺著腳，轉身入了房。

門沒有關，張木便跟著進來了，臨窗的桌上還放著紙和墨，顯然是剛才寫和離書用的。

「香蘭妹妹，夫妻吵架是正常的事，下回還是不要寫這和離書了，要是丁大腦子一衝動，火性真的上來了，妳還真準備就這麼和離了啊？」

「他敢?!」香蘭一聽，立即從床上起身，一臉憤憤地站在屋裡。

「妳不也一衝動就寫和離書嗎？人家就不能衝動簽字了？」張木看著鼓著頰的香蘭，暗自好笑，就算成婚了，還是當姑娘的脾氣。

香蘭頹然地倒在床上，看著床頂，吶吶地問：「嫂子，妳說我是不是太不爭氣了？我明明那麼怨他，恨不得再也見不到這個人，可是他一出現在我面前，我看他一著急，心便軟了。其實那和離書是試探他的，我就想知道，我如果真的願意成全他，他會不會就此與我撇清關係？」

這姑娘果然還是對自己搶了王茉莉姻緣一事放不下。張木扶著香蘭的肩，讓她起來，委婉地哄道：「妹妹，妳這是有心病了，妳為什麼會認定丁大不想和妳好好過日子呢？他如果真的不想和妳在一塊兒，還會捨下鎮上的房子和肉攤子，追妳到縣城裡來？」

香蘭聽完她的話，也覺得有些道理，眼裡漸漸生出了期待。

女學館的一間屋裡，鄭慶衍正和吳陵商議事情。

「表弟，這事你和弟妹不用管，老太太已經和我放了口風了，讓我來辦就好。」

「大表哥，這事怎好——」

鄭慶衍擺了擺手，打斷吳陵要出口的話。

「你要說什麼我都知道，你和弟妹畢竟實誠，這事不狠下心絕對做不好，況且弟妹還有孕在身，你別嚇著了她。」

提到媳婦，吳陵剛站起來的身子又不由得坐回椅子上。

「那就麻煩大表哥了。」

「你我兄弟兩人客氣什麼？」鄭慶衍見表弟終於點了頭，心情也暢快了一些，這才有心思打量這間臨街的鋪子。「我看你東西都準備得頗齊全了，打算什麼時候開張？」

吳陵看了看架子上堆著的竹篾物品，心裡也開朗了一點。「原本是訂在兩日後的，只是出了這檔子事，怕是一時不好開張……」

鄭慶衍的手指微微彎起，敲著桌子，沈吟了一會兒才道：「也好，先拖個幾日，待——」

「爹、爹，我中了！」

阿竹的聲音忽然從門外傳來，吳陵連忙起身，舉步要衝出門，鄭慶衍猛地拉了他一把，他才站穩，發現阿竹已經從門邊衝了進來。

吳陵不自覺地摸了摸鼻子，差一點就撞上了。

「哥，我中了。爹和娘呢？」

第四十二章

晚上，劉嬸子和丁二娘一起準備了兩桌菜，前院裡五個爺們一桌，後院裡鄭老太太、莫氏、張木和女夫子們一桌，蘇娘子的嗓子還沒好，不能吃太重口味的食物，只和丁二娘道了喜，晚上就沒過來了。

花娘子身穿一襲玫瑰紫牡丹花紋錦月華裙，一進門的時候，鄭老太太的眼睛不由得亮了亮，笑道：「還是花家小娘子打扮得最俏，比我們家小茂林都要好看。」

「奶奶，等我長大了，也會和花姨姨一樣漂亮的。」小茂林噘著嘴嘟囔道。

李娘子這回倒沒賞女兒一個爆炒栗子，攬著她說：「妳要是學到妳花姨姨三分氣度，我就得笑得合不攏嘴了。」說著便又講起上次有人鬧退學，最後那些人家的娘子因為花娘子的氣度而折服的事。

「莫說那幾位小娘子，便是我老太太一把歲數了，看到花家小娘子心裡都愛得很，通身的氣質不知道是哪個大戶人家教出來的？怕是官家的嫡小姐也莫過如此了。」

花漪眼眸微垂，花娘子抿嘴笑道：「老太太厚愛了，來來來，我得敬老太太一杯水酒，望老太太以後多誇我幾句才行。」

一旁的莫氏忍不住打量了花娘子幾眼，照理說，人家問到門戶，應該會提兩句才是，可花娘子竟然反常地岔開了話題，見老太太樂呵呵地喝了半杯酒，莫氏收回視線，耐心地餵懷裡的小胖墩吃果脯。

「對了，娘，我聽說這次的案首是葉同？那不是我們鎮上葉地主家的孫子嗎？」關係到楚蕊，張木自然而然敏感了起來。

丁二娘放下筷子，笑道：「是啊，沒想到葉家這一輩的公子竟然還有個這般有出息的，他和阿竹都在惠山學院，功課一向好得很。」

「嬸嬸，還有比阿竹哥哥更厲害的人啊？」小茂林心裡門兒清，在長輩們面前得收斂點，不能喊「阿竹」，不然她娘又得拉著她念叨幾天。

看著小女娃眼裡流露出的詫異，丁二娘莫名地被滿足了，果然不是只有她覺得她家阿竹是最厲害的，心裡這樣想，嘴上還是謙虛道：「比阿竹哥哥厲害的人多著呢，如果小茂林好好讀書，以後也會比阿竹哥哥厲害。」

小茂林眉毛一皺，仰著頭對丁二娘說：「那嬸嬸要好好管管阿竹哥哥，讓他成為最厲害的才好。」

李娘子挾了一隻鳳爪到女兒碗裡。「妳還是趕緊啃爪子吧，怎啥都有妳的事啊？」

看著色澤透亮的鳳爪，小茂林嚥了嚥口水，直接忽略她娘的話，開始吃起來。

吃到一半，小茂林突然要哭不哭地張著嘴，拽著她娘的袖子。

張木一看，噗哧一聲笑了出來。「小茂林太饞，磕掉了一顆牙。」

大夥兒一看，原本整齊的一排小貝牙，中間突然少了一顆，看著傻乎乎的，老太太佯瞪了張木一眼，看著小茂林已經擺出準備放聲大哭的架勢，忙哄道：「小囡囡別聽妳姨姨的，妳這是換牙呢！妳姨姨小時候也換過的。」

可是已經來不及了，小茂林的睫毛上已經掛了豆大的淚珠。

至此，八歲的小茂林終於迎來了人生中痛苦又尷尬的換牙期，而同樣迎來痛苦人生的，還有曲家娘子和汪家娘子——

丁大來的第三天，便和香蘭和好了。

「相公，你嚐嚐這個。」香蘭挾了一個如意閣的蒸餃到丁大面前的白瓷碗裡，對上表嫂打趣的目光，微微垂了首。

一桌子的人都笑了起來，莫氏先開口道：「前幾日我可不知道香蘭妹妹還有這麼體貼入微的時候呢！」

見娘子耳根子都紅了，丁大默默地說了句。「娘子一向都很體貼。」

是他當初沒有勇氣對上那含情脈脈的水眸。

「對了，你們聽說了嗎？曲家娘子和人私通，被曲二當場逮到了，現在大街上都在傳這事呢！」李娘子突然說道。

張木一驚，筷子上的燒賣掉到了桌上。

「東大街賣包子的曲家？」

「可不是嘛！」

張木看向旁邊的吳陵，見他也一頭霧水，不由得看向了莫氏，因為今天早上是表嫂喊他們出來吃早點的，表嫂竟然沒提這件事？

莫氏見張木看過來，放下咬了半口的蒸餃，問：「阿木可是不舒服？」臉上笑容爽朗得體，像春風拂面似的，讓人心頭愉悅。

「哦，沒有，只是一時腦子有些懵……」張木含糊道。

「沒事就好，就怕妳孕吐又犯了，趕緊趁熱吃吧！」

下午，張木從出去採買回來的劉嬸子那裡得知，曲家娘子昨夜被外出突然歸家的曲二意外撞破私情，現在正鬧著和離呢！

「就是可憐了曲草和她弟弟，這兩個孩子以後就沒有親娘照顧了。」劉嬸子一邊揀著菜葉，一邊嘆息道。

「嬸子，可聽說曲家娘子搭上的是誰？」

劉嬸子手上的動作猛一停頓，微微嘆息道：「是汪屠夫。」

張木心下有些吃驚，怎會這般巧？可她早上看表嫂的神色，像是不知情一樣，難不成這事真的是巧合嗎？

第二日，曲娘子便被曲二趕出了家門，不過曲二倒是沒做得太絕，曲娘子的衣物和首飾都給她了。看著悲痛欲絕的媳婦，曲二也有些心痛，雖然媳婦以往刻薄掐尖了一點，可是對他和孩子一向上心得很，都將草兒頂給汪家了，又怎會和草兒的公公扯上呢？

可無論是看上汪家的錢財也好、被陷害也罷，他是親眼見到兩人纏在一塊兒的，這件事他怎樣都忍不下。

「當家的，你要相信我，我真的是被冤枉的，我是被害的啊！」

曲二閉上眼，轉身閂上了門。大丈夫何患無妻，妻子可以再娶，沒有了這個，還有別的美嬌娘，他曲二待她也不算薄了。

曲娘子死命捶著門哭叫，卻喚不回丈夫的心了。

鄭慶衍站在人群外，瞥了一眼，轉身往西大街去。

此時，柳葉巷的丁家後院裡，鄭老太太微瞇著眼，在廊下的躺椅上攬著自家曾孫，問向孫媳。「這事阿木發現了沒有？」

「好像有些懷疑，早上還一直看著我，我顧著吃蒸餃，裝作不知情，阿木倒像是有點不好意思似的。」莫氏手裡拈著絲線笑道。

「沒懷疑到妳和阿衍身上便好，阿陵和阿木兩口子還年輕，經歷的事還不夠，心還軟著，以後這事妳也別提，阿木懷著身子，知道了難免多慮。」老太太囑咐道。

莫氏見老太太對吳陵夫婦這般上心，心頭一時有些吃味，看著老太太透澈的眼，苦笑道：「祖母，我怎覺得您這心偏著呢！」

「哈哈哈，妳這丫頭，自小有事就會說。」老太太見孫媳這般爽快地指責她，心情大好，這才是一家人過日子的正理，如果藏著捂著，難免傷了情分。「妳和阿衍是長孫、長媳，鄭家以後都是你們擔著，難道還能像阿陵和阿木一樣無虞地過日子呢？」

老太太這般說，很明顯是更倚重她和相公，莫氏也見好就收，倚在老太太的臂上，擺出小女兒家的親暱狀。「既然祖母這般寄予厚望，我和阿衍就只好多吃點苦了。」

接下來幾日，曲家娘子和汪屠夫的骯髒事一下子吸走了婦人們所有的注意力，什麼女學館、蘇娘子，早已被人忘得一乾二淨。

曲娘子為人一向尖酸刻薄，跟許多婦人鼻子不是鼻子，眼睛不是眼睛的，一朝落水，大夥兒都恨不得回家燒灶高香，感謝老天爺有眼。

到了第四天，大夥兒才發現買不到豬肉吃了。

汪屠夫個性霸道狠戾，之前硬是把其他賣肉的屠戶趕走了，偌大的市集只有他一個人做豬肉生意，以前大夥兒畏懼汪屠夫的威勢，這會兒人不見了，就有人罵罵咧咧地說：「小娘養的，自己吃飽喝足痛快了，害得老子想打個牙祭都不行。」

玲瓏巷裡一同出來買菜的四個婦人也在詛咒汪屠夫和曲娘子，一個個頭遠高於其他人的婦人大罵道：「賤人自己不要臉，還坑了大夥兒。」

一旁臉上有幾顆麻子的婦人原先沒要買肉，可見高個子婦人異常氣憤，也跟著義憤填膺地罵道：「可不是嗎？我今兒個還準備了一百文來買些肉呢！」

高個子的婦人聽了這話，眼神不屑地掃過麻子臉婦人手上捏著的荷包，心裡的鄙夷更甚。「這般扁的荷包，裡頭能有一百文？」

後頭另外兩位婦人聽了這話，都不客氣地捂著嘴笑了起來。

麻子臉婦人臉上頓時青白交加，看著一個個面上露出譏笑的婦人，故意捏了捏手裡的荷包，一驚一乍地說：「哎喲，今兒個忘了把錢帶出來了，還好賣肉的沒來。」

又過了兩天，來市集買菜的百姓忽然發現消失幾日的豬肉味又飄在了空氣中，仔細一看，汪屠夫的攤子依舊是空的，倒是汪屠夫的對面開了一家豬肉攤子。

賣肉的是一個虎背熊腰的漢子，被饞蟲勾了幾天的大夥兒，聞到了肉香，原本不準備買肉吃的人也忍不住上前看看，只見那漢子一刀下去，半點血絲也沒有，切口平整俐落，和汪屠夫不相上下。

接著人們發現這邊一斤肉的價格足足比汪屠夫的便宜兩文，買肉還送一把小蔥。

原來這賣豬肉的漢子就是丁大，第一天開張異常順利，晌午之前便被搶購一空，竹簍裡備著的小蔥一把也不剩。

丁大把兩隻豬蹄扔進竹簍裡，看了下日頭，還能回家吃午飯。

他拎著特地留下的兩隻豬蹄，經過一個巷口，見到前面圍著許多人，他一心想著回去燉豬蹄，也沒多加留意。他和香蘭昨兒個才真正圓了房，這心裡不知怎地，一直抓心撓肺地想回去見她。

「大人啊！我沒有偷東西啊！你們抓錯人了。」婦人慘烈的哭聲從人群裡傳了出來，丁大腳步微微一頓，這聲音好像是今早來買肉的一個婦人，記得個頭頗高來著……

他側身往人群裡瞅了一眼，巷口人太多，只能看到最上面寫著「玲瓏巷」三個字，丁大搖了搖頭，便回去了。

到了柳葉巷，腳步反而猶疑了。他見著媳婦後該說什麼呢？昨晚他都沒管她的哭求，越想心裡越有些虛，站在門口，愣了半天也沒敲門。

「阿大，我遠遠地就看到你站在家門口了，怎麼不敲門呢？」

丁二娘從後面過來，見到丁大奇道。

丁大像是被窺出了心事一樣，面紅耳赤地站在門口，拎著兩隻豬蹄，眼睛都不好意思望二嬸一眼。

「你們怎麼都不敲門？」張木嘩地一下拉開院門，對著兩人說：「我在裡頭都聽見你倆的聲音了。」

「哎，阿木，剛才阿竹從書院裡傳話過來，說明兒個要請書院裡的同窗們一起吃個便飯，我回來拿銀子呢，看到阿大，倒把這事忘記了。」丁二娘忽地想起她是回來拿銀子的。她一邊往裡頭走去，一邊嘆道：「人年紀大了，記性也差了。」

張木看著婆婆腳步輕快的樣子，哪有一點年紀大健忘的症狀？想著阿竹考中以後，婆婆臉上幾日都沒消失的笑容，不由得摸了摸肚子。

這一胎不知是兒子還是女兒？

張木沈浸在自己的憧憬裡，忽覺得頭頂上的目光有些灼熱，仰頭便看見丁大還站在自己面前，按捺住心裡微微的不適。「怎地不進屋呢？」

丁大猛然間回神，他不是應該去找香蘭嗎？「哦，我正想問弟妹，香蘭在屋裡還是去了女學館？」

「在廚下忙活著呢！」看見丁大放下的竹簍，裡面兩隻豬蹄上的毛已經褪得乾乾淨淨，笑道：「這是今兒個要吃的嗎？我拿過去吧，你也去休息一會兒。」

丁大默默地將繫著草繩的豬蹄遞給張木，看著懷有身子的小婦人嫋嫋地進了廚房，裡頭立即傳來自家媳婦的歡笑聲。

「表嫂，我幾日沒吃豬蹄了，今兒個一隻紅燒、一隻燉黃豆好嗎？」

丁大將空的竹簍放在廊下，往屋裡去了。

美人窩在廊下，看著丁大的背影，無限惆悵地吐了一個泡泡——丁大要是賣魚的，那有多好啊！

中午吳陵沒有回來，因為竹篾鋪子才剛開張，要忙的事很多。

前面一樓西邊是一些竹編的籃子、小木凳，簸箕等等，東邊擺著的是大件的櫃子、碗櫥的樣品，東、西之間有個半圓的拱門，不忙的時候，丁二娘在西邊的櫃檯上就可以看顧整間店面。

此時丁二娘取了錢，直接去望湘樓訂了明天的兩桌酒席，望湘樓在鎮上算是最好的酒樓了，一桌最少也要一兩銀子，好些的五兩、十兩都有。

丁二娘咬了咬牙，決定訂三兩的。

望湘樓的小二先收了二兩的訂金，送走了丁二娘，忙去後面廚房和大廚打了聲招呼。

「大師傅，掌櫃的說明兒個的兩桌是丁家小秀才訂下的，務必要謹慎些。」

大廚捋著袖子，正在一個勁兒地翻炒菜蔬，不耐煩地瞪了小二一眼。「俺啥時做菜不用心了？忒多事。」

身量有些瘦削的小二脖子一縮，半隱在門後，探著腦袋道：「得，您脾氣大，說啥是啥。」

見大廚哼哼一聲沒再接話，小二才不甘心地回到前頭招呼客人。

大廚對著小二的背影翻了個白眼，這掌櫃的太滑頭了，一個小小的秀才也這般示好。

傍晚，花府裡，花漪匆匆進了廂房，見主子正在卸妝，豆大的藍寶石耳墜在燭光下熠熠生輝，饒是見慣了主子那幾箱珠寶的花漪，也不由得暗嘆，這個擁有眾多珠寶的主子，前生該是積了怎樣的厚德，這輩子才能有這樣的福氣？

「可是有事？」花娘子從鏡子裡見到貼身侍女去而復返的身影，朱唇微啟，漫不經心地問道。

花漪邁著黑底粉面的繡花鞋，上前半步，稟報道：「回夫人，剛才望湘樓的掌櫃來報，丁家太太給丁竹訂了明日的兩桌席面，掌櫃來請示您，需不需要好生招待？」

「嗯，按十兩的辦吧，燕窩、魚翅這些莫上，以免讓阿竹發現，以後丁家的一律好好招待。」花氏卸下髮上的最後一支簪子，一頭墨色秀髮一下子散落至膝。

花漪朝一旁伺候的小丫鬟使了個眼色，那丫鬟便上前拿著梳子替主子一遍遍梳起頭髮。

另一頭，張木換了寬鬆的衣衫，鑽進被窩，吳陵靠上去攬著她的肩。

「娘子，今兒個我聽來往的客人說，玲瓏巷裡有個婦人犯了偷盜罪，被衙役押起來了，我琢磨這事，似乎像是有人故意為之。」

這幾日沒再聽見議論女學館的聲音了，若說沒有人暗中幫助，他是不信的。

張木看著吳陵像是窺破了什麼秘密的模樣，笑道：「相公，你心裡有數不是？」

吳陵神情一鬆，看著媳婦了然的微笑，略無奈地笑道：「還是多虧了大表哥在啊！」

前幾日，他去哪裡，表哥就去哪裡，整日一副無所事事的樣子，這幾日沒跟在他後頭晃，看來事情都成了。「那曲家猜想也是表哥的手筆……」

吳陵臉上的欽佩和落寞一一落進張木眼裡，從相公離家的那一日開始，便注定了他不會與他的表哥，甚至是庶弟那樣，有如此強勢的手腕。

「相公，表哥和我們成長的環境不一樣，處事方式自然也不一樣，相公不必妄自菲薄，在我心裡，相公一直都是很厲害的。」張木靠在吳陵懷裡，溫言安慰道。

「娘子，我明白，我會好好學習的。」吳陵摸著媳婦柔軟的頭髮，暗自下了決心。他會護著娘子，以及他們的孩子，隨著他們在縣城裡一日日站穩腳跟，該來的是非一樣也不會少，他不可能一直靠著表哥保護他的家人。

這是一個身為男人的責任。

「喵嗚，喵嗚。」美人搖著尾巴窩在吳陵腳旁，暗示自己的存在。

「娘子，真的不能讓牠下去嗎？」吳陵剛剛湧出的男兒血性，被美人這一叫喚，立即就散得無影無蹤。他瞪著旁邊的祖宗，直覺得心在流血。

「喵嗚，喵嗚。」美人見主人不作聲，有恃無恐地對著吳陵叫喚，那微微仰著的小腦袋十足地傲嬌、得意。

在丁家溫馨靜謐的夜裡，誰也沒有想到，那個被寄予了全家希望的幼子，在明天就會提前看到官場上那掩埋了太多黑暗的大染缸……

第四十三章

吳陵一早便起來了，拎起窩在他旁邊的美人，放到了屋外，才又折回來抱著媳婦睡覺。

「喵嗚，喵嗚。」小氣的男人。

美人不甘心地抬起前爪扒著門，張木聽見美人的聲音，咕噥了一下，吳陵厚顏無恥地說：「美人要去外面玩，我抱牠出去了。」

看著媳婦臉上染著緋紅，吳陵忍不住用手摸了摸媳婦的臉，溫熱的觸感像電流一樣，通過指尖傳向他的四肢百骸。

睡得矇矓的張木，隱約感覺到一個溫潤的吻印在自己的臉上、鼻上、唇上以及下巴，酥酥癢癢的，像小手在她心裡撓一樣，便睜開了眼睛。

相公的臉在她眼前放大，她從溫暖的被窩裡伸出柔嫩的手臂，一手扣住了相公的後腦勺，迷迷糊糊地咬住相公的嘴角，一點一點探索、深入、纏綿。

這是一個溫柔繾綣的早晨，伴著美人肉乎乎的小爪子扒在門上的聲響，吳陵覺得自家媳婦還是一貫地野蠻霸道啊……

丁大和丁二爺一早就出去了，近日來神出鬼沒的大表哥也沒了蹤影，吳陵便在後院裡跟著女眷一起吃早飯，看著媳婦臉上的點點飛霞，心裡的小人一直在引吭高歌。

「咦，阿陵的嘴角怎麼了？怎麼腫得那麼大？」

丁二娘正抱著美人餵小魚乾，見美人一直盯著阿陵看，不由得看了過去，這才發現阿陵的一邊嘴角似乎腫起來了。

「可能是昨晚睡覺時自己無意間咬的……」

吳陵強自鎮定，耳根卻不由泛起了紅潮，瞪了美人一眼。

「喵嗚，喵嗚。」活該，誰教你要趕我走。美人鄙視地叫了兩聲。

「喲，美人飽了，我帶牠出去曬太陽，阿陵你一會兒記得找點膏藥抹抹，春日裡蟲子多，要是蟲子咬的就不好了。」

某個正挾著青菜的蟲子的手一頓，接著若無其事地喝起了粥。

「對了，姑姑，今兒個阿竹不是要在望湘樓請同窗吃飯嗎？妳一會兒要不要也過去看看？」香蘭喊住丁二娘，問了一句。

在她的印象裡，阿竹一直是個貪嘴的弟弟，讓他宴客，會不會只記得自己吃，忘了招呼大家？

「不去，那麼大的人了，給他自己招待吧！他們一幫同年紀的，我去了他們反而不自在。」丁二娘說著，和老太太招呼了句，去了前院。

阿竹的同窗在午時才陸續抵達望湘樓，今天來的約有十幾個人，其中有四、五個是此次考中的，還有七、八位要等三年之後再下場。

通過院試的童生俗稱秀才，其中又分為三種：廩生、增生和附生，廩生領取的廩銀最多，一個月有四兩，增生和附生分別是二兩和一兩。

阿竹排在第十四名，和葉同一樣是廩生。

阿竹在書院裡和葉同並沒有太多來往，但夫子和同窗們都知道他們倆是一個鎮上出來的，平日提及葉同少不得帶上一句「他那同鄉丁竹……」。

今日葉同也受邀在列，他一身白色錦衣，腰間配著犀角帶，上頭繫著一枚玉質通透的玉珮，同行的程渙看著葉同這一身行頭，眼神不免有些嘲諷。

看到阿竹從前頭迎來，程渙才收斂神色，對著阿竹笑道：「今兒個我終於能一飽口福了，我惦記著望湘樓的酥皮烤鴨可有一段日子了。」

程渙是農家裡的長子，下面還有一個弟弟，因此來縣城裡讀書已是頗為不易，平日裡很是節儉，大家也都知道他的境況，難得的是，程渙人窮志不窮，說起自己的窘況一點都不自卑羞怯，反而有種志氣凌雲的豪邁感，同學們大都很喜歡他，偶爾回家也會帶他一起回去打個牙祭。

此時阿竹見程渙這般自我調侃，笑道：「行，我還存了幾兩私房錢，一會兒程兄要是還有什麼想吃的，儘管點。」

阿竹拍著胸脯，一副「包在兄弟我身上」的架勢。

這一行人裡，阿竹年紀最小，平日裡有個饞嘴的名號，大家見他像是找到了同道中人一般，也都隨著笑鬧了兩句。

葉同已經找了個位子坐下，端著一盞茶慢慢喝著，努力忍著對這一群泥腿子出身的同窗的不屑，只不過是望湘樓的桌席罷了，值當什麼？

有些想要和葉同交好的同窗，見葉同獨自坐在那裡，便湊了上去，嬉笑著問道：「聽說葉兄家中豪富，不知哪天能吃到葉兄的宴席？到時我們可以好好地再解一回饞了。」

葉同眼珠微轉，見面前站著的是跟程渙同一班的，好像叫什麼肖航的，視線在他袖口那朵梅花上頓了頓。

肖航不自覺抬起手，將袖子往上面移了移，那朵梅花是他娘為了補袖口破掉的洞才特地繡上去的。

「肖兄客氣了，過幾日安排妥當，一定宴請諸位。」葉同放下茶盞，臉上掛著淺笑應道。

肖航見葉同說完這句後又自顧自地端起茶盞，只得摸摸鼻子尷尬地離開。

程渙悄悄對阿竹使了個眼色。

待人到齊後，小二陸續端著酥皮烤鴨、琵琶雞、剁椒魚頭、淮揚干絲等招牌菜上桌，程渙食指大動，阿竹還記著端著主人家的身分，並沒有像往常那樣直接開吃，舉杯對著大夥兒說道——

「我來書院的時候年紀還小，承蒙諸位兄長照顧，丁竹一直銘記於肺腑，今後一別，希望來日還能再與諸位兄長常常相聚。」

程渙放下手中的雞腿，抹了一把嘴，帶頭端起酒杯笑道：「呵，你小子年紀最小不假，運氣也最好，才十四歲，便成了一個月四兩廩銀的秀才，這一杯酒我得乾，沾沾喜氣也好啊！」

說完，程漁便仰頭喝完了杯中的酒，接著大呼一聲，顯然沒想到這酒還有點勁頭。

一幫人都被程漁誇張的表情逗樂了，有人忘情地說了一句。「要是我能像阿竹一樣，十四歲就考取廩生，可以多領好幾年的銀子呢！」

阿竹眉頭一皺，不由得看向了葉同，見對方正舉箸挾著干絲，心裡才微微放下。

阿竹此時還不知道，這一句話會造成葉同與他不死不休的十來年。

三日後，葉同也在望湘樓請客，來的多是上一次阿竹請的同窗，另外加上眾位夫子，席開三桌，第一道菜是魚翅豆腐羹，第二道菜是蟲草銀耳，第三道菜是油燜鮑魚，第四道菜是烤乳鴿……

阿竹點的是望湘樓口碑較好的菜，葉同點的則是望湘樓最貴的菜，阿竹挾著一塊鮑魚，對著程漁搖搖頭。直到此時他才明白，一向低調示人的葉同，在中了案首後，已經有些急切了。

他一口咬下油燜鮑魚，肉質又鮮又嫩，只覺得要咬掉舌頭了，回去他一定要和劉嬸子研究一下這鮑魚的做法。

傍晚，吳陵從鋪子裡回來，在巷口見到站在那裡的丁大，正望著什麼出神。

吳陵走到他身後，不由得循著他的眼光看去，原來是誰在放風箏，風箏上頭畫的是紫鳶花。

吳陵嘴角一彎，這肯定是媳婦，她就喜歡紫鳶花來著，這兩日她的頭上就簪著一支紫鳶珠花，還是王茉莉當初送的。

吳陵從丁大背後探出身子，準備拍他肩膀嚇嚇他，卻猛地頓住，心口一窒。

從側邊看去，丁大眼裡的迷戀及失落顯而易見，讓他深受震撼。

丁大真正在看的，到底是什麼？

八月十五，劉嬸子一早便去市集買了許多菜回來，為了準備女夫子們晚上來吃晚飯的菜色，張木則扶著腰，小心翼翼地在桃樹下用竹竿挑著桃子。

此時已是八月中旬，桃樹上的桃子早就被摘了一大半，吳陵看媳婦每日就喜歡摘桃子玩，便幫她在竹竿上套上一個小網子，只要兜進去轉兩下，桃子就離了枝。

阿竹也拎了一大籃桃子去書院送給夫子和相好的同窗吃，而女學館裡的幾個小姑娘也是每天都盼著木姨姨來，但不是為了那幾個桃子，而是她們喜歡摸張木越來越圓的肚子。

有一次相怡在摸的時候，被肚子裡的胎兒踢了幾下，便垮下小臉對張木說：「姨姨，妳要生個妹妹才好，要是生弟弟，我可不喜歡。」

「為什麼呢？生弟弟不好嗎？」

「如果是弟弟，就不能跟我們一起穿好看的衣服了，弟弟從小就要認真讀書練字，準備考科舉啊！」相怡皺著眉苦惱地說，況且小妹妹香香軟軟的，才可愛呢！

張木見小姑娘耷拉著小腦袋，柔聲問道：「所以相怡覺得，女孩子就不用努力唸書了嗎？」

相怡一愣，問道：「我們不是會識字就行了嗎？我爹說，只要我能寫會算就成，女紅和廚藝才需要厲害一點。」

在幼小的相怡眼裡，男孩子一出生的命運就和女孩子不一樣，他們是要成家立業的，一出生便背負著爹娘的期望；而她們呢，只要吃好穿好，學會了廚藝、女紅，以後會照顧人便成了。

眼前的姑娘才八歲，嫩嫩的臉頰像能掐出水來，一雙大眼睛水汪汪的，頗有小美人的氣質。

「那相怡有沒有想過，以後用什麼養活自己呢？」張木看著相怡的眼睛，露出探詢的神色。「相怡要知道，如果向別人伸手要錢，就得聽對方的話才行，妳想成為被別人擺布的女孩子嗎？」

張木看著相怡懵懂的臉龐，還有在院裡盪鞦韆、扔沙包的小姑娘們，她們不學女誡只是第一步，最重要的是，這群小女孩們要學會謀生的手段。

一開始張木想要開女學館，只是覺得這在通台縣是一件能賺錢的事情，也比嬰兒館這種大家聞所未聞的東西更容易接受；她沒有想到的是，聽這些稚嫩、可愛的小姑娘用軟軟的聲音喊她一聲「姨姨」，或是看到她們淘氣地圍在劉嬸子身邊扒拉著糕點時，她忽地就希望這群姑娘們能有一個有保障的未來。

這個保障，便是她們能夠自力更生，擁有自己的一片小天地。

也許是懷著孩子的緣故，張木總覺得自己比以往更心軟、也更多愁善感了。

此時的她不再將女學館當成一種謀生的手段，她更希望這些可愛活潑的女孩子們能夠無憂無慮地過生活。

既然天意讓她來到這裡，陰錯陽差地開了這間女學館，給她改變這些女孩子命運的機會，那她就千萬不能辜負。

張木一邊想著，一邊把網子裡的桃子倒出來，在一旁等候許久的美人，一見桃子落地，就用爪子推著它滾。

吳陵從外頭回來，見到美人正在咬破了皮的桃子，對已經放下竹竿在院子裡走動的媳婦道：「阿木，妳怎麼又讓美人糟蹋桃子呢？牠每次都只滾著桃子玩，也不吃兩口。」

「相公，美人是不喜歡吃桃子的皮，牠可能覺得澀口，你沒看牠等皮磨得差不多了，就大口咬啊？」

吳陵看著桃子磨碎淌出來的汁液，心裡還是有些吃味，為什麼媳婦這麼輕易地把桃子讓給了這隻臭貓？

「喵嗚、喵嗚。」因為我可愛啊！美人似是看出了吳陵的心聲，歡快地叫喚兩聲。

「啊！」張木忽地覺得身下濕淋淋的，好像是羊水破了，摀著肚子大叫。

吳陵被媳婦的驚叫聲嚇得渾身一哆嗦，立即衝上前去。

「娘子，妳怎麼了？要生了嗎？」

見媳婦摀著肚子，吳陵心下一凜，打橫抱起媳婦，連忙往屋裡跑去——

「娘、外祖母，快來啊！阿木要生了。」

已經過去兩個時辰了。

吳陵站在後院裡，聽著裡面傳出的悶哼，急得像熱鍋上的螞蟻。

他三番兩次想闖進去，都被守在門口的莫氏攔住了。「阿陵，女人家生孩子，爺們可得避諱，你進去了，阿木也不能安心。」

吳陵想著外祖母的叮囑，一甩袖子，咬著牙退了兩步。

裡頭，張木正咬著一朵香菇。她一直疼得嚷嚷，王嬤嬤怕她喊得沒力氣，便讓劉嬸子找東西來塞住她的嘴，劉嬸子急得亂竄，直接跑到廚房裡拿了七、八朵今天才買的香菇過來。

肥碩的香菇眼看又要斷了，這是張木咬的第六朵了，她額上豆大的汗珠一顆一顆往外冒，汗濕的頭髮緊緊黏在脖子上。

張木紅著眼，急切地看著王嬤嬤，不明白孩子為何一直不出來，突然，她肚子一抽，只覺得自己要暈過去了。

「阿木，妳再使點力，孩子的頭還沒出來。」王嬤嬤伸手摸了摸張木的下體，心裡也有點擔心。

「阿木，妳不要多想，妳就想著往肚子上使勁，使勁啊！」鄭老太太心疼地用半濕的熱毛巾替張木擦額上和脖子上的汗，女人生孩子，都得經歷這一遭。

「不行了，我使不出力了……」張木腦子裡糊成一團，嘴裡含著的香菇「咚」地一聲掉落在床上。

「嬸子，不好了，阿木暈過去了，這可怎麼辦才好?!」丁二娘看著昏過去的兒媳，急得一個勁兒地問鄭老太太。

「趕快掐她的人中，我來。」

外頭吳陵聽到娘的叫聲，心頭一激靈——

阿木昏過去了？

他再也顧不得外祖母的囑咐，也沒心思管攔在門口的表嫂，就這麼匆匆忙忙地衝進產房。

產房裡的三個女人現在也顧不上吳陵了，一個掐著人中，一個按著肚子，一個看著張木下體的動靜。

而這時自然也沒有人注意到蹲在角落裡的美人跑到了床底下……

當張木醒來時，已經是第二天了。

她是被孩子的哭聲吵醒的，她隱約記得自己昨兒個在相公的喊叫聲中驚醒，然後拚著一口勁生出了孩子。

「阿木，妳醒了。」伏在床邊的吳陵憑直覺醒來，就見媳婦轉著眼珠子。

「以後我們再也不生孩子了。」沒有人知道他見到媳婦閉上眼睛時心裡的恐懼，什麼綿延子嗣、傳宗接代，都沒有媳婦重要。

「相公，你的手怎麼了？」張木躺在床上，看吳陵胳膊上纏著的紗布，覺得有些奇怪，怎麼過了一晚，相公的胳膊就受傷了呢？

「嘿嘿，沒事。」吳陵伸出一隻手摸著張木的眼，這星星點點般的亮光，原來早已成為照亮他生命中的光彩。

「相公，我們的孩子呢？」張木記得自己好像是被孩子的哭聲驚醒的。

「表嫂怕她哭會擾了妳休息，抱到外祖母的屋裡了。」吳陵說道。

「是男娃兒還是女娃兒？」張木這才想起她好像還不知道那孩子是男是女。

「是閨女。」吳陵想起皺巴巴的小閨女，嘴角忍不住露出一絲笑意，難道媳婦小時候也這麼醜？

「喵嗚、喵嗚。」那是你閨女呢！你這樣還算是親爹嗎？而且為什麼不說跟你一樣醜？

美人彷彿看出吳陵的心裡話，看了眼和主子頭碰頭、絮絮叨叨說著小孩醜的男主子，默默地搖著尾巴從門的縫隙爬了出去。

「相公，我們給孩子取個名字吧！」張木喜孜孜地說道，女孩子好啊，自個兒攢的小東西以後都是她的了。

「對了，我們是不是要給她攢嫁妝了？」她記得大戶人家的小姑娘都是從小就開始攢嫁妝的，要不他們先種兩棵香樟樹？還是在地底下埋女兒紅？

吳陵看著媳婦，腦子一呆。媳婦這是傻了嗎？他家小閨女才出生一天呢！

見媳婦睜著眼，一臉期盼地看著他，吳陵只好點點頭。「娘子說得對，我一會兒就跟外祖母還有娘商量……」

過沒多久，吳陵來到鄭老太太的屋裡，把來意說了出來。

老太太和丁二娘看著硬著頭皮來請教的阿陵，後者愣了一下，這麼小就要準備嫁妝了？

鄭老太太拍著椅子笑了起來。「還是阿陵考慮得周到，當了爹就是不一樣，咱們小囡囡的嫁妝當然得先備起來，當時你娘的嫁妝，我和你外祖父可準備了好些年呢！」想到早逝的夫婿和女兒，再看著眼前已為人父的外孫，鄭老太太眼裡又冒出了淚花。

站在一旁的綠雲立即遞了帕子過去。

「不礙事、不礙事，阿陵也當父親了，我這是高興的眼淚啊！」鄭老太太擦著眼角，一邊擺手笑道：「對了，名字可起好了？」

「我和阿木想了下，大名就叫吳蠻，刁蠻的蠻；至於小名，阿木說讓外祖母取一個，沾沾外祖母的福氣。」

「好、好，我來想一個。」

鄭老太太想了想，最後拍手道——

「就叫福福吧！」

第四十四章

張木看著懷裡皺巴巴、閉著眼睛的小嬰兒，想把她含在嘴裡的手指拿出來，卻被吳陵制止了。

「娘子，這小傢伙脾氣大著呢，妳把她弄醒了，一定對著妳哭。」

「我看她含著手指好彆扭啊！」張木心裡像小貓撓癢似的。

「嘿嘿，娘子，這下妳也只能忍著了。」吳陵看著媳婦憋屈的臉，心裡不禁樂開懷，以前他在家裡地位最低，現在來了這麼個小寶貝，阿木也得往後站了。

張木看著相公臉上幸災樂禍的樣子，一副「也有妳動不得的時候」，手心一癢，直接拉起相公的耳朵。

「哎、哎，娘子，妳還坐著月子呢，別動肝火……」吳陵一邊說著，一邊把作勢要起來的媳婦重新按回床上。看著媳婦消下去的肚子，他眸光微閃，心裡某種念頭又開始蠢蠢欲動，但想起王嬤嬤的叮囑，轉身朝門口走去。「我去看看廚房燉的銀耳好了沒。」

看著逃也似的相公，張木並未多理會，她現在滿心都是這個在襁褓裡的小嬰兒。

看著睡熟的小吳巒咂著嘴，她心裡那一抹惆悵竟奇異地消失不見了。

她在產房裡暈過去的時候，夢見自己回到現代，她飄在半空中，看到那個世界裡的自己辭掉了工作，在薇薇的幫助下開了一間繡品店，她掃了繡品上的針線一眼，便瞬間頓悟了。

在現代世界的是真正的張木。

她跟在這個張木後頭，看到哥哥、妹妹似乎都很喜歡張木，一家人坐在一起吃飯的時候，妹妹還給張木挾菜，哥哥也詢問她繡品店裡的生意需不需要幫忙。

接著她還看到一個和相公很像的身影進入了那家店，她正準備過去多看兩眼，就被一股力量吸了回來。

她替代了這裡的張木，張木也替代了現代的她，自兩人調換後，一切便按照她們所在世界的軌道重新運轉，正如這裡已經沒有人惦記著原主一樣，在那個世界裡，也沒有人再記得她，她們是被命運之神拋入異時空的棄兒，唯有自己努力，才能謀取自己的幸福。

「阿木，我給妳端銀耳來了。」王嬤嬤的聲音打斷了張木的思慮。

張木抬頭，看到穿著一身翠藍菊紋馬面裙的王嬤嬤端著一盅銀耳從屏風前頭繞了過來。

「嬤嬤，相公怎麼又煩勞您過來了？昨天您也累得不輕，怎麼不好好休息一天？」

「呵，妳和我客套什麼呀，我見阿竹過來喊阿陵，像是有事，便把銀耳接了過來，正好我也有事要和妳嘮叨嘮叨。」

王嬤嬤在通台縣住了這些日子，雖然舉止言行依舊一板一眼的，可張木知道這是那些高門府邸教給王嬤嬤的東西，已經深入骨髓，很難再改變，不過王嬤嬤臉上的神情已經柔軟許多，平日話也變多了，就像現在，還能和張木親暱地聊兩句家常。

見一盅銀耳見了底，王嬤嬤從張木手裡接過碗勺，眼神溫和地掃了眼張木的脖頸和蓋著肚子的薄被，說道：「阿木，我以前從老嬤嬤那裡學過一點去妊娠紋的方法，妳要不要用？」

「真的？那就有勞嬤嬤了。」張木心頭一喜，沒想到王嬤嬤手裡還留了這一手，生產是女人脫胎換骨的好時機，如果調養得當，想恢復女人一生最佳的狀態也不是不可能。

想到這裡，張木看向王嬤嬤的眼神不由得多了兩分敬佩，若是王嬤嬤想要待在哪戶高門府邸養老，應該也是頗為吃香的吧！那些高門大戶裡的女子尤其注重容貌，若不是王嬤嬤藏拙，怕是還離不開雲陽侯府。

王嬤嬤見張木欣然應允，心裡也有些高興，常年眉目不動的臉上竟隱約發亮，整個人都溫柔許多，她這一手技巧一直沒有用武之地，今兒個可以拿出來大顯身手了。

有些蒼老的手按在張木的肚皮上，時而用力、時而輕緩地遊走，張木竟覺得異常舒服，忍不住瞇起眼，享受起來。

美人看著主子一副微醉的模樣，蹭到王嬤嬤的鞋面上，「喵嗚、喵嗚」叫喚了兩聲。

王嬤嬤看著美人水潤的綠眸，心裡明白著，那日在產房裡，眼見阿木那樣昏了過去，是這隻貓跑到了床底下，她便覺得腳下出奇暖和，像有個小暖爐一樣。

這些年她見慣了各種後宅婦人的手段，多少婦人在生產時命懸一線，就此長眠不醒。

看來貓比人有情啊！

在房裡坐足了月子的張木，在小吳鑾滿月的時候，泡了個熱呼呼的艾草浴。

鄭老太太看著小人兒裹在襁褓裡，抬頭對著大夥兒說：「世間重男輕女多，我老婆子盼著這個小囡囡卻盼了好些年。」說著從懷裡掏出一塊晶瑩剔透的玉蟠桃，拿在手上能直接看到膚色，和福福的手掌心一般大。

花娘子在一邊看著，眼睛也不由得多打量兩眼，這玉質比她戴的那支翠玉如意鐲只好不差，說是鄭家的傳家之寶也不為過。

吳陵和張木見外祖母在眾目睽睽之下拿出來，知道是不想讓他們推辭，張木便上去接過，親自給女兒繫上。

老太太看著膚色瑩白如玉的小娃兒戴著這枚她和老頭子捂了半輩子的玉，覺得這輩子沒有什麼遺憾了。

丁二娘塞給福福的是一只小金鎖，因為福福屬牛，下頭綴著的鈴鐺是兩隻小金牛樣式的。

阿竹則畫了一幅肖像畫，圖中，福福趴在床上，胖嘟嘟的小屁股朝著床頂翹著，小臉上是櫻桃小嘴、還看不出特色的小鼻子，以及軟軟的小耳朵，阿竹這幅畫像，處處透著福福的憨態可掬，張木和吳陵看了都愛不釋手。

女夫子也各有添禮，連學館裡的婉蘭、相怡、小茂林都跑過來湊熱鬧，送了一支珠花、一支冰糖葫蘆、一隻小百靈鳥。

福福目不轉睛地看著那隻婉轉啼叫的百靈鳥，烏溜溜的黑眼珠像寶石一樣璀璨，花娘子忍不住對張木說：「這娃兒伶俐得很，給我做乾女兒吧！」

一旁的花漪看著布毯上的小人兒裹在一身大紅色的小衣裡，看得她也有些心癢，只是聽到主子的話，還是忍不住驚詫了下。

別人喜歡自家閨女，張木也歡喜，故意逗著趣說：「那行，到時我家閨女出嫁，妳可得添半副嫁妝。」

趴在布毯上咬手指的吳蠻，在若干年後，將會無比感激當年老娘的機智。

晚上，張木把福福哄睡以後，問向吳陵。「相公，我怎麼沒見到丁大和香蘭過來呢？好像許久沒見到他們了。」

那回她和香蘭在院子裡放風箏後，丁大和香蘭說要回老家拿些東西，再回來後兩個人竟然就搬出去住了，起初張木也沒有放在心上，小夫妻兩個想自己住，是再正常不過的。

只是自那以後，好像便一直沒見到他們了。

「哦，大哥和香蘭一起去清涼寺求子了，娘說那裡靈驗，大哥和香蘭就起了念頭，本來說好今兒個會回來的，想來是半路耽擱了吧！」吳陵一邊褪下長衫，一邊隨意地應道。

丁大確實和香蘭去了清涼寺，卻不是耽擱不回來，而是故意留在那裡。

那日在院子門口，吳陵神色不明地問丁大。「大哥，你在瞅什麼？」

丁大心頭一慌，見吳陵眼裡清明透澈，像是窺探到了他心裡最隱密的地方，讓他頓時覺得無地自容。

他滿臉通紅地對吳陵說：「阿陵，是大哥魯莽了，你我兩人是兄弟，還望你原諒兄長心裡的這點歧念，以後不會再有了。」

吳陵猛一拍丁大的胳膊，笑道：「大哥說什麼莫名其妙的話，弟弟我一向視你為兄長，哪來的原諒之說？走，趕緊回家吃飯去。」

吳陵神色自若，彷彿前一刻的憤怒只是丁大眼誤而已，可是肩上傳來的陣痛，讓丁大心裡不由得苦笑。阿陵是選擇原諒了他這一次，卻也給了他一拳以示警告。

此時張木對著面前猛地開始攻城掠地的小餓狼，已經顧不得遠在清涼寺的丁大和香蘭了。胸口傳來酥麻的觸感，帶著些微涼，像是夏日裡一碗沁人心涼的酸梅湯，一遍遍澆熄她心口竄著的小火苗。

美人捂著眼睛溜下床，躲角落去。愚蠢的人類，你沒發現我家主子又胖了一圈嗎?!

自從孩子生下來後，張木才發覺家裡有長輩的好處。

丁二娘常自告奮勇要幫忙帶孩子，而鄭老太太在吳蠻滿月後的第三日，便帶著鄭慶衍一家回台州去了，家裡一下子安靜許多，丁二娘便對張木說：「阿木，妳要不要捎信問問妳娘，想不想過來住上一段日子？」

張木想到遠在水陽村的張家，心裡也有些掛念，婆婆這般為她著想，她心裡感激，笑道：「那我一會兒便寫信託人帶回去。」

張家一接到信，馬上雇了馬車趕過來看閨女和外孫女。其實張木生孩子的當天，吳陵便託人帶了信回去，張老娘連小衣裳都給福福準備了兩套，料子花花綠綠的，各種顏色、花樣都有。

張木看著張老娘溫柔地幫福福換上，心裡微哽。以前她總想著這是原主的娘，雖然感激張家人對她的疼惜、愛護，可是卻一直想著受人恩惠，應該怎樣報答。

可現在，她在現代的家人已經成了張木的親人，那張樹、桃子、小水、張老爹、張老娘是不是也是她真正的家人了？

「娘，這身衣服剛好呢！」

張老娘托著福福的手微微一頓，忍不住抬眼看向女兒，為什麼她覺得女兒今天這聲「娘」有些不一樣，像是含著許多依賴孺慕之情？

「桃子妳看看，阿木有了孩子後，就開始明白為娘的苦楚了。」張老娘說著，眼裡便噙了淚。女兒終於守得雲開見月明，她盼了多少年啊，阿木總算有了嫡親的骨肉了。「女兒好啊，先開花，後結果。阿木，只要妳能生，男孩、女孩都好，都好。」

張老娘看著懷裡馨香的小外孫女，眼睛笑得都快睜不開了。

這是心裡還惦記著男娃兒呢！張木微微一笑，也不戳破張老娘想表達的意思，母女之間，哪需要說得那般清楚呢？「娘，我明白的，您放心吧！我想多生幾個孩子，以後家裡也熱鬧些。」

「哎，好閨女，這樣才對，雖說男孩、女孩一樣疼，但是多幾個孩子家裡也熱鬧得多啊！兄弟姊妹日後大了，也好相互扶持。」

張木看向一邊穿著一身青色的小布褂和褲子站著的小水，招了招手。「小水過來，怎麼也不喊姑姑呢？」

小水咧著白牙，笑了起來。「姑姑，我在找美人呢！」他一進來就沒看到美人。

「你還惦記著牠呀，牠去女學館玩了，晚上我讓你姑父抱回來。」想起美人去哪都得人惦記，張木一時真有點羨慕了。

桃子看著小姑嫣然一笑，一雙手更細嫩柔軟了，如墨雲一般的秀髮隨手綰了個圓髻，上頭只插了一支木釵，可是整個人卻閃耀著幸福、愉悅的光芒，心裡不禁有些豔羨。

這女人哪，遇到對的人，才能這般明亮。

「對了，阿木，小水也不小了，我想讓他來縣裡的書院唸書，妳覺得怎麼樣？」張老娘想起老頭子說的話，還是徵詢一下女兒的意見。

旁邊的桃子也有些緊張地看著小姑，雖說是住書院，但是小水才多大，還是需要小姑經常過去照看一下的。

張木拉著嫂子的手，笑道：「我前兩天還在跟阿陵說要把小水接過來呢！嫂子和娘放心，我們學館的李夫子是惠山書院院長的妹妹，到時請他關照一二，想必是沒問題的。」

桃子聽了，心裡的石頭落下大半，有熟人關照就好，不然小水那麼丁點大，她還真放心不下。

張老娘輕輕拍了兩下女兒的手，一時心頭頗為複雜。兩年前誰能想到阿木還有這般造化？如今不僅脫離趙家那個泥淖不說，還嫁了個好夫婿，又遇見一對和善的公婆，現在還能拉拔大兒子一家了。

看著女兒水嫩嫩的臉蛋，張老娘覺得自己好像也年輕了許多，腳步也輕盈了起來。

第四十五章

如今家裡又多了張老娘幫忙帶孩子，張木這些天過得特別輕鬆，每天不僅可以去女學館看看，還可以逛街。

經過西大街的書鋪，她想著買些紙筆給小水帶回家，小水入學在明年下半年，這半年時間可以在家裡好好練字。

書鋪的小夥計見張木進來，立刻迎上前說道：「吳夫人今兒個是要買書還是紙筆？」聽張木回答紙筆，小夥計便拿出一些紙筆給張木挑選，接著忙去櫃檯後面推了推一直在打盹的掌櫃，他記得掌櫃家的姪女也在女學館唸書來著。

「女學館的？咦，那不就是相怡的夫子？」掌櫃迷迷糊糊地睜開眼，聽見小夥計說女學館，腦子慢了半拍才反應過來。

他大半輩子行事乖張，妻子過世後一直未娶，姪女相怡也是他手把手教著識字的，當初聽到西大街開了間女學館，便自掏腰包讓相怡過來唸書，兄嫂聽到這等好事，自然沒有推拒。

現在遇到女學館的夫子，掌櫃的準備給這夫子留個好印象，便探頭往書櫃那邊看了一眼，發現這女子有些眼熟，好像有來過？

張木選好了紙筆，往放著新書的架上走去，不知道吳茉兒最近有沒有出新書？

才這麼想著，一本《水煮三國》就這樣映入眼簾，張木抽出來一看，果然是吳茉兒寫的，書裡還夾了一張三國時期的分布圖，翻開目錄，一一列著「痛失荊州」、「銅雀深處」等四個字的標題，裡面的內容則是吳茉兒自己的語意，並不是三國裡半白話、半文言的語言。

劉備、周瑜、曹操這些人物的名字都沒有改，可見這姑娘並不是怕被人發現才用自己的語意，而是對三國並不是很熟悉，只知道故事的大概罷了。

這邊張木看得頗為認真，那邊櫃檯後面的掌櫃看著一舉一動都透著書卷氣息的女子，眼裡的驚詫毫不遮掩地流露出來。

張木拿著選好的書和筆墨來到櫃檯結帳，看見一個男子坐在後面的靠椅上，一本黑色的書半遮在臉上，像是要擋住從窗外投射進來的陽光一般。

張木掏出荷包，正準備付錢，小夥計卻擺手笑道：「夫人，掌櫃的之前說了，您要是來買書，就當贈送了。」

「為什麼？不知你家掌櫃貴姓？」張木一聽覺得有些奇怪，先前她來買書時還和娘一起來，也沒聽說娘認識這家書鋪的掌櫃啊！

「我家掌櫃姓戴，在您學館裡唸書的相怡姑娘正是我家掌櫃的姪女。」小夥計按著掌櫃之前交代的說給張木聽。

張木看著後頭像是睡著的人，有心問問小夥計他是不是掌櫃，但是人家在休息，她也不好貿然打擾，看著手裡的荷包，她還是掏出一塊碎銀子放在櫃檯上。

「我承了你家掌櫃的好意，勞小哥幫我轉達一下謝意，但不能讓掌櫃的平白贈送給我，這一點銀子，小哥也莫和我推辭了。」

離開書鋪後，張木拎著筆墨和書來到女學館，還是覺得有些不對勁，見到吳陵，將事情說了一遍，末了問道：「相公，你認識這家書鋪的掌櫃嗎？」

「不認識，我和爹來往縣城好幾次，也沒聽過縣城裡還有親戚的。」看著媳婦嫩得能掐出水來的肌膚，吳陵忽地福至心靈，覺得自己似乎洞察出其中的關鍵，卻依舊對張木說：「大概是想讓我們多照顧一下相怡吧，況且妳也付了錢，不用想太多。」

聽見吳陵這般勸慰，張木真覺得自己有點多疑了。

九月二十日，阿竹的鄉試成績出來了，這次參加鄉試的人比較少，夫子們讓他們自行去看榜，阿竹便和程渙結伴去了。

丁二爺和丁二娘一個在竹篾鋪裡，一個在家裡等著兒子回來，可是從下午到夜幕漸黑，西大街和柳葉巷裡一直都沒見到阿竹的身影，這麼晚了也不好去書院問，吳陵便想到葉同在縣裡也有一處宅子。

待吳陵從柳爺那裡打聽到葉同家的位置，再過去敲門的時候，已經是深夜了。

開門的僕人估計已經在屋裡打盹了，迷迷糊糊地看著站在門口的吳陵，一聽是自家公子同窗的兄長，連忙請吳陵進屋。

他聽跟在少爺後頭的書僮說過，書院裡也就丁竹能讓自家少爺看得上眼。

葉同還沒有就寢，下午從台州趕回來，身子雖有些疲乏，可是要解決的事多，容不得他休息片刻。聽了僕人的稟報，寫給父親的信紙上倏地落下一滴墨，就印在一手飄逸的小楷上，顯得特別刺眼。

吳陵在前廳裡喝了半盞茶後，葉同便出現了，一見面即拱手道：「先道一句大喜，子澹弟弟這回又為我們書院揚名了，竟是第三名呢！」

吳陵一聽阿竹又中了，心裡十分驚喜，但還是沒有和葉同多客套，開門見山地道：「因為阿竹還沒有回來，我們還沒聽說這事，家中長輩甚為擔心，不知道葉公子這一趟可有遇見阿竹？」

「兄臺客氣了，我在看榜時遠遠看到子澹弟弟在前面，身邊還有程渙，子澹弟弟可能是和程渙一起去喝酒慶祝了，想必明日就會回來的，兄臺不必過於擔憂。」

提到喝酒慶祝，葉同眉間微微一展，面上也帶著些許寬和的笑容，像是對阿竹這樣的書生意興，既羨慕又無力參與似的。

吳陵見對方也不知道阿竹的消息，沒興致多待，便道：「恭祝葉兄弟高中，叨擾了。」

葉同看著吳陵往院口走去的背影，眼眸微縮，修長的手指撫著玉珮上的紋路，回想起在看榜時興奮得跳起來的丁竹，指尖微微用力，一邊隨侍的書僮不自覺地縮了縮腳。

哐噹。

伴隨著大門門上的聲音，前廳裡傳來瓷器落地的聲響。

書僮站在牆角，看著吳陵剛才喝過的茶杯已經碎得四分五裂，眼觀鼻、鼻觀心地站在角落裡不敢出聲……

張木抱著福福坐在床上等著吳陵回來，美人則窩在一旁打盹。

白天福福給誰帶都行，一雙烏溜溜的大眼睛，見誰都笑呵呵的，可一到晚上，不是張木抱她，就張著嘴哭，哭得撕心裂肺，聽得丁二娘和張老娘心裡揪得快滴出水來。

張木當了母親後，才明白媽媽以前說「妳是我身上掉下的一塊肉」時是怎樣的牽掛與愛憐，此時張木看著女兒紅嫩的小嘴巴，嫣紅的嘴唇像稍微用點力就會瘀青一樣。

福福盯著娘親手裡的波浪鼓，慢慢地合上了眼，張木看著窗外要圓未圓的月亮，正想著相公什麼時候會回來，就聽到窗外匆匆的腳步聲。

吳陵繞過屏風，見媳婦抱著女兒，一時不敢太靠近，怕深夜的涼意傳給女兒，只得小聲道：「葉同也不知道阿竹的消息，倒是說阿竹這回中了舉人，可能在台州和同窗喝酒慶祝去了。」

「當時要是讓香蘭他們照看一下阿竹就好了。」張木想著還在台州沒有回來的丁大和香蘭，皺眉說道。

「娘子，這麼晚了，城門也關了，我和爹說好了，明天他去書院跟院長打聽消息，我去台州城看看。」

感覺身子暖和了一些，吳陵上前接過媳婦懷裡睡熟的女兒，輕輕地放到了搖籃裡。

第二天，吳陵和丁二爺一早便出了門。

惠山書院的院長看著站在面前焦慮的丁二爺，摸著山羊鬍子，思索片刻，開口道：「我這就召集昨兒個去了台州城的學生過來問問。」

然而，除去丁竹和程渙，同去看榜的十三個人都說看過榜以後，沒有注意阿竹的動向。

丁二爺心頭的憂慮更深，阿竹一向最喜歡熱鬧不過，怎會就這樣和大夥兒不打個招呼就走了呢？

另一頭柳葉巷的丁家，顏師爺帶著兩個衙役一路敲鑼打鼓上門，鼓上繫著紅綢，其中一個衙役手上捧著一個托盤，上面也蓋著紅綢。

許多人都跟著鼓聲過來，看那喜慶的顏色，都知道是喜事。

在家等消息的張木和丁二娘聽到敲門聲，又聽見外頭熙熙攘攘，一時都有些困惑，張木把福福交給張老娘後，和丁二娘去前院裡開門。

顏師爺見門開了，笑著說道：「我這回是道喜來的。阿竹高中鄉試，縣太爺說這是為我們縣掙了光，特地讓我來賀喜。」

「哎喲，我家相公和兩個兒子都不在家，沒想到你們今兒個會來，快進來喝杯茶吧！」丁二娘昨晚從阿陵那裡得知兒子中了鄉試，此時見顏師爺特地帶人過來道喜，心裡又是喜悅、又是憂慮，不禁暗嘆要是阿竹在多好。

聽說當家的男人都不在家，顏師爺笑著搖頭道：「我們還要回去給縣太爺回話，改天再來討杯喜酒吧！」

說著，他身子微微一側，後頭捧著托盤的衙役走上前，將托盤遞給了丁二娘。

丁二娘接過，差點手軟，那衙役似乎早就料到丁二娘的反應，手並沒完全放開，托盤才堪堪穩住。

這、這怎地這般重？丁二娘看著被紅綢蓋起來的托盤，有些驚愕，轉頭看了兒媳婦一眼，又見顏師爺後面跟著許多來看熱鬧的人，一時也不好問出口，只得福了一福道：「顏師爺和兩位小郎君好走，改日再請三位來家裡喝杯薄酒。」

外人一走，丁二娘將托盤拿進屋，一掀開紅綢，兩人看著桌上那一盤金燦燦的金元寶，不禁面面相覷。

這縣太爺出手也忒大方了吧！

阿竹中了一個鄉試，就掙得他們在縣城裡置辦所有房產和家當的銀兩。

「娘，既然縣太爺是以賀喜的名義送的，我們暫且收下，等阿竹回來再說。」張木看著這些閃得人眼睛的金子，一時也有些拿不定主意。

「唉，阿竹這孩子也真是的，怎麼好好地就不知道回家呢？」丁二娘想起不知在哪逗留的兒子，心裡又添了一層憂愁。

台州城鄭家，鄭老太太看著面前狼吞虎嚥的兩個小郎君，忙說道：「吃慢點，別噎住了。」

這兩人正是丁家一直在找的阿竹和程渙。

阿竹吃完了一大碗雞絲肉粥，放下碗，接過綠雲遞過來的手帕，擦了擦嘴才道：「外祖母，這回幸好看到了衍哥，不然我和程渙真得繼續流落街頭了。」

「好孩子，來到我家就不用擔心了，等你們休息好了，我再讓慶衍多帶幾個人送你們回去。」

鄭老太太看著眼前頭髮被樹枝刮得亂糟糟的兩個小郎君，心裡也唏噓不已，光天化日之下，竟有人這般大膽打劫。

當吳陵為了找他們尋到鄭家的時候，已經是下午了，逃竄了一夜的阿竹和程渙正在鄭家的客房裡休息，門口小廝一見到吳陵，便道：「表少爺你可來了，阿竹少爺在府上呢！」

聽到阿竹竟然在這，吳陵微微訝異了一下，直接奔到榮華園找外祖母。外祖母在通台縣待了好幾個月，阿竹和她自也是熟識的。

此時的吳陵無論如何也想像不到，自家弟弟差點成了在街頭流浪的乞丐。

原來兩人在回家的路上被打劫了，被劫以後，兩人跑到官府去求救，台州府衙的明大人聽下頭人稟報，立刻掏了十兩銀子給阿竹和程渙當作盤纏回鄉，府衙還派人去追查打劫的土匪。

奈何阿竹和程渙剛出縣衙不久，銀子又被人給搶了，這下兩人也沒臉再去官衙求助了。兩人在街上窩了一夜，第二天阿竹餓得兩眼昏花時，剛好看到出來辦事的鄭慶衍，這才得救。

吳陵看著已經洗漱過的弟弟，心頭有些刺痛，這事明顯是有人針對阿竹和程渙來的，想著阿竹此次高中舉人，八成是想讓阿竹在外頭流浪丟了臉面。

「你們可好些了？要是沒有什麼不適，我們這就回去吧！」吳陵拍著弟弟瘦弱的肩膀，不免慶幸那幕後主使者沒有膽量鬧出人命，不然他貪吃純善的弟弟就……

鄭家派了護院，一路將阿竹、程渙和吳陵送回丁家，丁二娘看著小兒子回來，眼淚一下子就流了下來。

「娘，您別難過，我這不是回來了嗎？」阿竹見到一向潑悍的娘親哭了，心裡也有點酸楚。

「阿竹，我也不多留了，我準備回家看看，我爹娘怕是還不知道我中舉人的消息呢！」程渙見丁家一家團圓，心裡的歸思也越發冒出頭了。

「程兄，你真的不考會試了嗎？」阿竹想到路上程渙說的話，心頭頗不贊同。

「你也知道，我家只是一般的農家，家裡供我讀書已是不易，上京考會試還要諸多打點，我僥倖中了鄉試，會試就不敢想了，以後就看你的了。」

阿竹見程渙主意已定，也不再多勸，這次的事，對他們兩人的影響不可謂不深；其實他和程渙那晚窩在街上瑟瑟發抖的時候，就已經猜出是誰下的手了。

程家畢竟和他們家不同，他家兄嫂已獨立門戶不說，還能幫襯他許多，可程家上有老、下有小，都等著程兄高中回去幫襯家裡。

「程兄，盼你以後當個安心的富家翁，有空還要書信多多往來啊！」

「哎，就算我忘了誰，也不會忘了你的，以後我還要送我家妹妹和女兒來你家的女學館讀書呢！」程渙臨走前，終是抱了一下阿竹。

他這幾年的書院生涯，多虧這個善良的小同窗多番救濟呢！

第四十六章

丁二爺準備隔兩日在望湘樓宴請阿竹的師長和幾位同窗，因為縣太爺送了賀禮過來，便也給縣太爺、顏師爺和上次的兩個衙役送了帖子。

丁二娘這次狠下心，砸下二十兩銀子到望湘樓置辦酒席，哪想到胖嘟嘟的掌櫃笑呵呵地擺擺手道：「丁太太客氣了，令公子高中舉人，為我們通台縣掙了榮耀，這銀子哪還要您出？理當我們招待才是。」

「這怎麼好意思？」丁二娘不禁有些錯愕。

「丁太太別和小人客氣，以後還得仰仗您家公子多多照應才是。」

看著掌櫃笑成一張胖菊花臉的丁二娘，心裡也扭成了麻花，兒子這一中，難道自此就踏入達官貴人的行列了？

一直到回到家，丁二娘腦子還是有些轉不過來，院裡張老娘正在掃落葉，小水蹲在樹下，手裡拿著一條小魚乾逗美人，張大郎等人前幾天就回去了，丁二娘跟張老娘打了聲招呼，直接去了兒媳房裡。

「福福，乖乖，趕緊吃，不然一會兒娘走了，妳可得餓肚子了。」張木正哄著福福，可福福只咧著嘴笑，一雙靈動的大眼都快陷在小肥肉裡了。

「阿木，福福又不吃了？」

「哎，娘，您回來了啊！可不是嗎？每次餵她，她不吃，一會兒又得餓著哭。」張木見到聽了這話笑得更歡的女兒，覺得手癢，忍不住捏了捏她臉頰上的小肥肉。

見婆婆半天沒接話，張木不由得看去，這才發現婆婆臉上有些恍惚。

「娘，可是遇到什麼事了？」

「今兒個望湘樓的掌櫃沒收我的錢，說是他招待阿竹的。先是縣太爺送了賀儀過來，現在又是酒樓的掌櫃不收錢，阿木妳說，以後時間長了，會不會壞了阿竹的名聲啊？」丁二娘皺著眉，深深為兒子憂慮起來。

「哈哈，娘，您該不會怕阿竹以後橫行鄉里吧？」

「唉，這都考中了，怎麼事情還這麼多呢？」丁二娘伸手從兒媳手裡接過小孫女，要是阿竹直接繼承家裡的鋪子，和阿陵一樣娶妻生子……抱著懷裡的福福，丁二娘直接斷了這個念頭，她知道那不是阿竹該走的路。

「娘，您也不用多想，阿竹的名聲肯定不能有一點污點，望湘樓的錢，明日還是讓爹帶著，吃過飯以後，直接塞給掌櫃便是。他也就大方一次，讓我們家承他個人情，真見到銀子，還能不收？」

張木整了整衣衫，看看身上有沒有福福弄上去的奶漬後，才對丁二娘道：「娘，福福就先託您帶一會兒，我去一趟女學館看看。」

「好，妳去吧，家裡還有福福外婆呢！」

福福歪著頭看著娘親往外走，小手忙伸出來揮著，丁二娘抱著福福將兒媳送到了門口。

前院裡美人見福福出來，也不搭理小水了，「喵嗚、喵嗚」地求小主子注意。

「等小福福再長大一點，美人就能和她玩了。」張老娘門上院門，回頭看見美人舉著前爪，趴在丁二娘的腿上，一個勁兒地仰著小腦袋，笑著說道。

「可不是嗎？小福福一生下來，美人就趴在床邊不肯離開，守了好幾天，可見牠稀罕著福福呢！」

丁二娘想起兒媳剛生孩子那幾日，美人就窩在旁邊，吃飯都不出來，還得將牠的小碗拿進去餵牠呢！

張木到女學館的時候，甲班的女孩子們正在上李娘子的識字課，乙班的小姑娘們則在上王嬤嬤的禮儀課，張木站在門外，和女夫子們微微頷首，沒有進去。

早些時候，她便想著要教這些小姑娘們一點謀生的技能，識字是必須的，刺繡也是這個年代的女孩子們必學的活兒，至於管家和理財，張木決定拿自家的竹篾鋪給小姑娘們練練手。

「行啊，阿木，這竹篾鋪子也沒掙幾個錢，給小娃們折騰去吧！說不定還能折騰出一點花樣呢！」

丁二爺聽了媳婦的建議，樂呵呵地笑道，他家這兒媳，點子還真多。

「爹同意，我也沒意見，只是阿木，妳還是先跟她們的爹娘商量一下比較好，不然肯定又有人要鬧上門來。」吳陵說道，他對上次的事還記憶猶新呢！

張木見相公眼裡的陰鷙一閃而過，趕緊安慰道：「相公，我明白的，你放心吧，我今日就讓她們回去跟自家爹娘說一聲；再說，你和爹一直在這邊，我才不擔心呢！」

午休時，張木和幾位女夫子商量了一下，李娘子的眸子都亮了，這完全是按照教養大家小姐的方式來教導這群姑娘，這樣她家小茂林也算沾光了，當下便笑道：「我手裡也有兩間鋪子和一個莊子，就是有點遠，在惠山書院的山腳下，如果有用得著的地方，阿木妳儘管拿去使。」

她自幼跟著兄長唸書識字，也學琴棋畫，卻因親娘早逝，唯獨沒有人教她管家理財，那兩間鋪子和一個莊子要不是每年還有送些錢財過來，她早就拋在腦後了，全因其收益甚微，一點存在感也沒有。

花娘子坐在一旁，一雙美眸裡也帶了些笑意，看樣子，這女學館說不定會培育出蕪朝第一批學以致用的女學生來呢！

她放下茶盞，盈盈笑道：「阿木，我手裡還有一間酒樓，生意一向很好，等姑娘們練上手了，我那酒樓也可以拿去給她們使一使。」

在旁邊伺候著的花漪，已經被主子三番兩次的異常舉動給嚇到麻木了，此時聽到主子要將望湘樓給女學生們練手，面上也沒有露出一絲驚詫。

張木和一眾女夫子倒是有些驚異，小飯館雖有許多，可這酒樓，縣城裡也就四、五家，東大街三家、西大街兩家，其中四家生意雖比不上望湘樓，卻也頗為可觀。

「花家妹妹，我實在有些好奇，妳家哪來這麼多錢財給妳一個小婦人花用呀？」劉嬸子忍不住好奇，還是開口問了出來。

先前給小姑娘們添吃食的銀兩不說，就說花娘子住的那院落還有她口中的酒樓，沒有萬來兩銀子是撐不起來的。

「老姊姊妳猜呢？」花娘子眨眨眼，笑而不語。

「我猜？我猜妳就是天上掉下來的仙女。」長得好看不說，銀子也大把大把的，還孤身一人住在那般大的院落，可不是天上掉下來的？

「劉嬸子，妳可真猜對了，我家夫人啊，就是天上掉下來的仙女。」花漪被劉嬸子的話逗樂了，一想，她家夫人可不就是天上掉下來，在這裡偷閒度日呢！

「別聽這丫頭渾說，我啊，命苦著呢，這都是先人留下來的家產。」花娘子佯瞪了侍女一眼，拉著劉嬸子的手解釋道。

一旁王嬤嬤看著花娘子伸出手時露出的一截皓腕，上頭戴著一只看來價值不菲的手鐲，眸光微閃。

張木在一旁笑看女夫子們開玩笑，只是她沒想到的是，女學生們帶話回去的第二日、第三日，陸續有家長找上了門。

「婉蘭，妳今兒個怎地來得這般早啊？」李娘子剛開門，就見到婉蘭站在門口捧著三字經看。

「李夫子早，我娘讓我以後上學早些來讀書。」清晨，西大街上人跡杳然，婉蘭的聲音格外脆響。

後頭的劉嬸子跟著笑問：「小婉蘭，早飯吃了嗎？」

「吃過了，劉夫子。」此時小姑娘們正是換牙的年紀，婉蘭說話還有些漏風。

「小茂林已經起來了，婉蘭去和小茂林一起讀書吧！」

「好，李夫子，劉夫子，那我先過去了。」婉蘭福了一禮，熟門熟路地往後院裡去。

小茂林正在院子裡背誦古詩，見婉蘭過來，笑著點頭，接著背下去。「相去萬餘里，各在天一涯；道路阻且長，會面安可知……」

婉蘭也見怪不怪，接著背她的三字經。「人之初，性本善，性相近，習相遠。苟不教，性乃遷，教之道，貴以專……」

劉嬸子從廚房裡探出頭，看著兩個搖頭晃腦的小女娃，心裡暖融融的，握著鏟子攤平鍋裡的烙餅，不一會兒，撒著青蒜末、桂花瓣的烙餅便隨著熱氣，散發出香氣。

小茂林加緊背了兩遍，覺得記牢了，倏地把書扔到屋內的小桌上，撒著腿就往廚房跑。

婉蘭還規規矩矩地立在後院裡的樹下，搖晃著小腦袋。

蘇娘子出來的時候，便見著自己最鍾愛的學生口裡唸著「知某數，識某文，一而十，十而百，百而千，千而萬……」。

她站在廊下看了半晌，微微一笑，才抬腳往廚房去幫忙。

自從自戕未果以後，蘇娘子就搬來女學館居住，因得知丁大和香蘭要找宅子，原來玲瓏巷的屋子便租賃給他們住了。

她想通了，她這一輩子無牽無掛，就是這一手繡活可惜了，在女學館裡教幾個女學生，一輩子也算留有一筆。

等女學生們都到齊時，已經是辰時三刻，幾個小姑娘分成六排在後院裡扭扭胳膊、伸伸手臂，這是木姨姨最近教她們的健身術。

王嬷嬷站在前頭，糾正姿勢不夠優雅的女學生，被逮到的小姑娘吐吐舌頭，又一本正經地踢腿、扭腰。

張木過來的時候，先去了前頭的竹篾鋪子，吳陵一見到張木，便說：「娘子，有兩個學生的娘過來了，說要見妳，可能是有事和妳說，我看她們客客氣氣的，就讓她們去後院裡等著了，妳要不要去看看？」

張木心下思忖，猜到極有可能是為了女學生們要去鋪子裡練習的事而來的。

後院裡，兩個打扮得體的婦人見到一個身材婀娜的小婦人進來，年紀略輕的婦人笑道：「幾個月不見，吳家夫人當真又好看了許多，臉皮嫩得快和我家雅兒差不多呢！」

張木立即反應過來，這是那個叫沈雅音的女學生娘親，另一個年紀略長的她倒是記得，應是仇青青的娘親。

「沈夫人客氣了，許久未見，兩位夫人氣色更好了。」

看她們的態度，張木判斷兩人這回來是「有話好好說的」，不然不會這般客氣，連她的容貌都這般恭維。

「不知兩位夫人這次過來是為何事？」她一會兒還得回去餵福福，沒有辦法耽擱太久。

沈夫人和仇夫人互相看了一眼，沈夫人才抿嘴笑道：「我們兩個也是昨天才聽雅音和青青說的，吳夫人可是打算教她們中饋？」

一旁的仇夫人身子不由得往前傾了傾，仔細看著張木的表情，見張木點頭應是，才又往後坐了點。她家雖有百畝良田和一間小鋪子，可是沒有到大富大貴，來往不過百十來兩的銀子，一年有個二百兩進帳就得阿彌陀佛了。

她自己都不知道中饋是什麼，青青回來說時，她還有些不信呢！

「吳夫人，不瞞妳說，我們家雖然日子過得去，但是沒辦法如此給女兒折騰，我家雅音還要多勞妳和幾位女夫子教導了。」沈夫人得了準話，對張木便多了兩分誠心誠意的感激。

仇夫人舔了舔唇，像鼓起勇氣一般，紅著臉道：「我自小就在家學著針線活和灶上的活兒，一輩子除去生了一雙兒女，不知道還有什麼趣味，但是我希望我女兒不要和我一樣，煩勞吳夫人多多照看了。」

張木看著面前兩位婦人，她們的額上已有了細紋，常年的低眉順眼，使脖頸和臉部肌肉都有些下垂，她上前握著兩位夫人的手，笑道：「兩位真是客氣了，我既然開學館，自是會好好照顧這些學生的，我還要感謝兩位夫人相信我和學館裡的夫子們，將妳們的掌上明珠交給我。」

最後，沈夫人和仇夫人都心滿意足地離開女學館，張木送她們到前頭竹篾鋪門口，看著兩位夫人相偕回家，眼裡有些動容。

雖然她們這輩子是困在宅子裡了，可是母親對女兒的愛，讓她們能夠清醒，為女兒選一條不一樣的路，縱使她只是嘗試，她們也願意給她一個機會，一個改變她們女兒命運的機會。

「娘子，兩位夫人有說些什麼嗎？」吳陵見媳婦臉上似有憂色，不禁問道。

「沒事，我就想著沈夫人和仇夫人挺不容易的，聽說她們家境雖可觀，但是她們的丈夫都不大贊同女兒來女學館，兩個在家裡向來低頭慣了的婦人，為這幾兩銀子，怕是陪了許多小心呢！」

「阿木，別想太多，她們既然相信妳，妳好好做便是。」吳陵勾起媳婦鬢邊落下的髮絲，替她攏到耳後。

只是當修長的指尖碰到張木的耳朵，瞬間被電得一麻，連忙縮回了手。

「相公，怎麼了？」

「沒、沒事，娘子，妳去後頭看看吧，我再去編幾樣小玩意兒。」吳陵強自鎮定地哄著張木去後院。

張木瞥見相公耳朵上泛著可疑的緋紅，只裝作不知，去了後院。

小茂林那班剛上完李娘子的課，正收拾著書和紙墨，準備去王嬤嬤的禮儀教室上禮儀課。

張木這才發現，她們的書本都是放在一個小背簍裡，或者乾脆放在一個一尺來寬的盒子裡，把筆墨和書本放進去時，還發出哐哐噹噹的聲響。

張木忽然想起來，那書袋呢？

蘇娘子對張木說的書袋非常感興趣，但是對她所說的在書袋兩側留個小口袋，卻提出了質疑。

「等等，阿木，我覺得兩側還是不要留小口袋比較好，學生們年紀還小，東西露在外面，路上的人隨手便能拿去了。」

張木神情一窒，她怎麼就忘記了，這裡的偷盜情況比現代更嚴重，大街上流浪乞討的人還是挺多的。

「蘇姊姊提醒得是，小姑娘們都有荷包，零碎東西也有地方放，這口袋便省了吧！」

下午的女紅課，女學生們得知，她們近日的功課是裁剪出一個可以裝書的書袋，蘇娘子拿出自己已經裁剪好的書袋，補充道：「可以做和這個一樣的，也可以以這個為範本，再自己稍微變化一下。」

女學生們一時都蠢蠢欲動，排著隊去蘇娘子那裡領麻布料子和絲線。

小茂林的女紅一向不好，她蹙著眉看向蘇娘子。「蘇夫子，我針線還沒入門，就做個書袋，不繡花可以嗎？」

蘇娘子一聽到小茂林開口，就知道她想說什麼，因為住在一塊兒，蘇娘子對小茂林也熟悉得很，此時看小姑娘蹙著眉、嘟著嘴，便道：「也可以，只是最後一名的那位，那天下午的餐茶就沒有了。」

打蛇打七寸，蘇娘子已經知道怎樣才能拿捏這小姑娘。

果真，小茂林一聽，立刻恭敬地對蘇娘子行禮道：「蘇夫子放心，我這幾日一定和婉蘭好好學習，絕對不會成為倒數第一。」

劉嬸子在後院裡揀菜，聽到裡頭小茂林和蘇娘子的聲音，對著在一邊看書的李娘子說道：「李大妹子，妳看連蘇大妹子那樣的溫和女子也給小茂林刺激得會耍招了。」

李娘子放下手中的《水煮三國》，嘆氣道：「劉家姊姊，那丫頭還不是給妳們慣出來的，她性子這般跳脫，以後可怎麼辦啊？」

劉嬸子把菜籃往旁邊一挪，對著李娘子道：「李大妹子，按照女學館的方法教出來的閨女，妳還指望她們像我們這些老傢伙一樣，規規矩矩地守著一方院落過日子嗎？我看難哦！以後啊，這一方天地可困不住她們。」

到了晚上，夜深露重，吳陵在媳婦甜言軟語的挑逗下，才說出白日裡他好像觸電的感覺。

張木看著吳陵甜蜜、喜悅又為難的糾結神色，猶疑了好一會兒，想著還是不要告訴他觸電只是天乾物燥而已……

第四十七章

秋高氣爽，丁二爺和阿竹請夫子和同窗在望湘樓吃飯，同來的還有顏師爺、兩位衙役，以及通台縣的縣太爺。

這回端上桌的菜色，不說阿竹，就連縣太爺也有許多沒吃過的。

菜上齊後，掌櫃的過來問候縣太爺，堪堪才二十有八的縣太爺，已經膘肥體壯，腆著個圓滾滾的肚子，對著點頭哈腰的掌櫃說：「我說老艾，敢情你今兒個才把拿手菜端上桌啊，我以前來怎麼都沒見過？」

掌櫃的覷了一眼，心裡暗罵，面上仍誠惶誠恐地說：「大人說笑了，這是知道您這次要大駕光臨，怕您膩了味，特地從台州運過來的。」

「行啦，我就是多嘴問一句，討個喜意。老艾，你忙你的去吧，趕明兒我再來找你聚聚。」縣太爺粗短的肥手掌一揮，掌櫃立即識趣地退了下去。

阿竹和書院裡的一眾夫子、學生都不由得暗自皺眉，這縣太爺怎麼看著有點魚肉百姓的意思？

掌櫃帶上門後，忍不住長吁了一口氣。「得了，這回又得虧本了。」

掌櫃的邊說，邊往後廚房走去。鮮貝和魚唇是那麼好買的嗎？要不是自家主子叮囑自己務必辦得比葉同的好，他才不會從台州城進這些食材回來。

掌櫃心裡煩躁著，一腳踢開了後廚房的門。「魚唇和鮮貝可有了？」有些胖的大廚正坐在門邊的小凳子上指揮著幾個小徒弟，猛地被踢開的門一嚇，肥厚的身子立刻往前跌了個狗吃屎，心頭火大，出口罵道：「哪個狗娘養的……」

小徒弟們一下子鬨笑開了。「大廚你說啥？我們沒聽清楚。」

大廚話音未落，已經聽見了掌櫃的怒吼聲，他狠瞪了小徒弟們一眼，轉頭看著掌櫃。「哎，掌櫃，你怎也不吱個聲啊，我這一跤可摔狠了。」

「去、去，別和我哼唧，老子我現在心頭火大得很。」

「怎麼了？又有啥不長眼的？」大廚忙把剛才自己坐的小凳子拿過來，示意掌櫃坐下。

「還不是那個周扒皮，哪能想到今兒個丁家竟然也請了他呢？這下好了，昨兒個買的鮮貝、魚唇，沒有也得再變出來。」

掌櫃想到這裡，心頭都要滴血了。

大廚瞅著掌櫃一臉肉痛的神色，建議道：「不然再拜託一下顏師爺？」

「唉，一次、兩次可以，不能次次找顏師爺幫忙啊！」

掌櫃說完，看著灶上冒的氤氳熱氣，深深地嘆了口氣。

另一頭的包廂裡，酒過三巡，縣太爺儼然有些醉，晃悠著腦袋對阿竹說：「子澹小兄弟，今兒個怎地沒見到你家兄長啊？」

「回大人，家兄承了我爹的手藝，在西大街看著鋪子，脫不開身，便沒過來，望大人見諒。」阿竹看著面前胖臉上掛著假笑的縣太爺，只覺得剛嚥下去的豆腐都要翻滾出來了。

此人是同進士出身，好歹也算是讀書人，怎麼為官幾載，卻已經是這番德行？見院長對他輕輕搖頭，阿竹只得按捺住心裡的噁心。

「子澹小兄弟，我聽說我在老家的小師妹李秀兒嫁的是你家嫂子的前夫啊？可有這回事？」

丁二爺和阿竹此時都覺得腦子一懵，這裡是讀書人的場合，縣太爺竟然提起這種婦人家的難言之隱？

一旁正挾著魚唇往嘴裡送的顏師爺也是倏然一驚，大人今兒個怎麼糊塗至此，不說阿竹是鄉試第三，便是惠山書院的李院長培養了多少高徒，此人的名望也不是大人能罔顧的。

顏師爺看著微醺的縣太爺，輕咳了一下，接過話頭道：「大人竟如此念舊情，往日啟蒙的恩師也這般惦念，真是我等讀書人的楷模，來，我敬大人一杯。」

說著，顏師爺便一杯酒下肚。

「好、好，你一向爽快，本大人陪你喝，來。」縣太爺瞇著眼，端起桌上的一杯酒，一乾而盡。

接著顏師爺又提議大家理當同敬本縣的父母官一杯，話題便這樣打發過去了。

阿竹和丁二爺身上的汗水早已濡濕了長衫，只是一個是悲憤得氣血上湧，一個則是提著心怕兒子衝動，幸好是深秋，外頭的衣衫顏色深不說，裡頭也加了裡衣，不然父子倆真是難交代。

好好的一場謝師宴，因為縣太爺的胡攪蠻纏，硬是鬧得大家都窩了一肚子火，書院院長臨走前，拍著阿竹的背，叮囑道：「路漫漫其修遠兮，吾將上下而求索。」

望著人去樓空的包廂，阿竹胸口悶悶的，半晌才問老爹。「爹，周狗今天故意當著這麼多人的面挖出嫂嫂的往事，您說，以後縣裡的人會不會和鎮上的許多婦人一樣，在背後說嫂嫂的閒話？」

他是親耳聽見的，嫂嫂還沒嫁進來之前，鎮上有許多長舌婦人議論嫂嫂二嫁之事，還說她死後會被閻王剝皮，就算嫂嫂和阿陵哥成了婚，那些人還繼續罵。

他的嫂嫂能幹又善良，為什麼那些人就看不到她的好呢？

看著眼眶微紅的兒子，丁二爺心裡的鬱悶也久久難以消散，末了只好嘆一句。「阿竹，人在屋簷下，不得不低頭啊！」

這裡是通台縣，周狗就是這裡的土皇帝，莫說只是言語輕浮，就算真的搶了他們的錢財，他們也無處可以訴苦。

「不，爹，我一定要讓他向哥哥和嫂子道歉。」

阿竹從來沒有像這一刻一樣這麼希望自己能夠飛黃騰達，而這也成了少年阿竹在往後的十年、二十年，甚至是三十年奮發向上的動力——

他要保護家人的尊嚴。

下樓的時候，丁二爺從懷裡摸出銀子扔到櫃檯上，喊了一句。「結帳，莫找。」

小夥計喊掌櫃過來的時候，丁家父子已經走了，掌櫃拿著手上的銀子，像被割了肉的心臟微微好受了點。

在西大街竹箴鋪子和女學館裡忙活的吳陵和張木，沒有想到，今天丁二爺和阿竹會因他倆而鬱悶，晚上兩人從西大街收拾回來，吳陵還特意去找阿竹聊天。

誰知丁二娘卻跟他說：「這兩人今兒個不知道喝了多少酒，一回來都悶頭睡下了。」

「娘，應酬也是難免的，再說今兒個爹和阿竹都高興，您也別往心裡去。」張木從婆婆手裡接過福福，一邊勸道。

張木覺得每日裡出去再回來後，女兒好像都會長大一些，惹得吳陵老笑話她。「就妳眼尖，福福頭上冒一根頭髮，妳都能瞅得出來。」

這時丁二娘突然想起一樁事，提了一句。「哎，阿木，親家母後天就要回去了，妳這兩天抽個空帶她出去逛逛，買點東西帶回去吧！」

一旁的張老娘搖頭笑道：「不用了，丁家妹子，我家囡囡真是積了幾輩子的福氣，才能遇到像妳這般和善的婆婆。我啊，啥都不缺，就盼著你們一家好好過日子，阿木能再添個大胖小子。」

張老娘說著，眼裡便泛了水氣，女兒這日子過得真是比待字閨中的小姐都要輕鬆，只要再添個小子，日子就真正圓滿了。

「親家母，阿木和阿陵都孝順著呢，妳就隨他們出去看看熱鬧，不然等妳走了，這兩人心裡可得要懊悔一陣子。」

這些日子丁二娘覺得張老娘人實誠、好相處，她對阿木這個兒媳很滿意，也願意花點心思好好經營親家關係。

只是他們並不知道，日子不是他們想過得好就能過得順遂的。

沒幾日，縣城裡又開始流傳風言風語，直說公瑾女學館是教風塵女子的地方。

這一次的流言比上一次的來勢更凶猛，上一次是汪家娘子和曲家娘子在街市裡與來往的婦人嚼舌根，可這一回是從縣太爺那裡傳開的，雖然那日設宴是在包廂裡，在場的人又是阿竹的師長和同窗，奈何流言還是紛飛四起。

張木連兩日出門，覺得路人似乎都多看了她兩眼，眼神頗為奇怪，總隱含著一股意味深長的味道。

她回家和吳陵說，吳陵看著媳婦皺起的眉，輕捏她的鼻尖，笑道：「娘子生下福福以後，臉蛋越來越水靈了，難怪旁人都要多瞅幾眼呢！」

張木嗔怪地瞪了相公一眼，見他伸出修長如玉的手，覆在她的眉間輕輕撫摸，像是要抹平眉間那一點皺摺，不由得往後一仰，作勢要後退，哼道：「快拿走你的小爪子，我才剛抹完面脂呢！」

吳陵卻上前一步，把她撈到身前。「沒事，就算娘子不抹，也是美人。」

張木乍一聽見一向內斂的相公竟說出這般誇讚她的話，罕見地臉上微燙。

吳陵看著媳婦光滑的臉頰瞬間湧上淡淡緋紅，不覺加深了擁抱的力度。

窩在福福搖床下的美人微微瞇起眼，看了眼相擁的兩個主人，又低著頭繼續咬自己的尾巴。

當天吃完晚飯，丁二爺突然提議。「好久沒和阿陵、阿竹嘮嘮嗑了，今兒個給我們三個溫一壺酒，我們要好好地聊到深更半夜。」

丁二娘輕笑，瞪了相公一眼。阿竹中了舉人，老頭子這興奮勁還沒過啊！

不過她還是依言給丁二爺備了一壺酒，還親自去灶上準備一碟油炸花生米、一碟醬黃瓜、一碟醬牛肉。

丁二爺看著老妻端進阿竹書房裡的食物，強自壓下心頭的苦澀，笑著擺手道：「趕緊出去，別偷聽我們爺兒們談話。」

「你個老頭子，多大年紀了，還這般愛耍。行，我這就走。」

丁二娘也不稀罕留下來聽，她還寧願去看她的小福福呢！不過她壓根兒沒有想到，他們爺兒們就是想背著她們娘倆說話。

聽著丁二娘的腳步聲漸遠，丁二爺才長嘆一聲，看著阿陵，緩緩道：「阿陵，阿木的事其實是從阿竹宴客那一日鬧起的……」

見長子一副不明所以的樣子，丁二爺便將那天的事娓娓道來，包括顏師爺幫忙岔開話題的事一併說了。

當他說完，看見長子已經握緊的拳頭，心頭微嘆，還是理智勸道：「阿陵，形勢比人強，你和阿竹都不能衝動。」

「可是嫂嫂的名聲怎麼辦？現在外面說得比當初鎮上傳的還難聽。」阿竹紅著眼睛，只覺得胸口的憤怒怎麼樣都壓不下去。

「不，爹、阿竹，我有法子。」

吳陵的聲音平靜，像是從一彎幽泉裡流淌出來的丁泠聲。

丁二爺和阿竹都看向了吳陵，卻沒有問出口到底是什麼法子。

這一刻，丁二爺不願意打擊這個自幼命途多舛的孩子，而阿竹正屏著呼吸，生怕打斷了哥哥的話頭。

吳陵的眼裡映著桌上明滅的燭光，跳躍著火花……

晚上張木洗漱好後，對著鏡子梳頭髮，看著鏡子裡拿著銀票發愣的相公，心裡不由得嘀咕。

家裡有什麼開銷，需要一下子拿一千兩？

「相公，是不是出了什麼事？感覺你有事瞞著我？」張木轉過身試探地問。

「娘子，我在外頭金屋藏嬌了。」吳陵看著媳婦，神色懊惱地說道。

「切，鬼才信你的話。敢問相公，你是在睡夢裡會那美人去了嗎？」

相公平常不是在家裡，就是在鋪子裡，金屋藏嬌？他還真扯得出來。

「娘子妳看，小嬌娘就在那呢！」吳陵手一指，窩在搖籃下的美人正咬著一條小魚乾。

「行啦，你不說就算了，趕緊睡吧！」張木把棉被一扯，自己先鑽進去睡了。

吳陵暗暗吁了口氣，女子生過孩子以後，果真會笨個三年，以往媳婦可沒這麼好糊弄。

他走到搖籃旁看著女兒含著小手指，已經進入夢鄉，才吹熄了蠟燭。

劉嬸子這幾日忙得很，也不知怎地，大家都知道女學館裡常出來買菜的微胖婦人是台州明大人府上的老廚娘，除了得意樓和如意閣不說，就連望湘樓的掌櫃也想從劉嬸子手裡買下一、兩道菜餚的方子。

不過大夥兒不知道得意樓、如意閣抑或望湘樓到底得到方子沒有，卻有人見著劉嬸子進出縣太爺家的後門好幾回了。

呵，難不成連縣太爺家也看上了劉嬸子的這一手廚藝？那搭上縣太爺的劉嬸子可不得飛黃騰達了啊？

連著幾日，劉嬸子去市集買菜，都覺得菜販比以往還要客氣熱絡許多，給她的菜價都是最低的，看著菜籃裡今日幾乎半買半送的菜，要不是以往在明府時見慣了這副場景，饒是劉嬸子已過四十，怕也招架不住這架勢。

如往常一樣，劉嬸子買好了菜，直接去了縣太爺的府上。她已經一連七日給縣太爺做飯了，遠遠看著周府的賈廚娘已經候在了後門口，劉嬸子的嘴角微微嘲諷地翹了翹。

「哎呀，賈大妹妹，今日又勞妳多等了。」劉嬸子走近，熱絡地招呼道。

賈廚娘見來人是劉嬸子，面上一喜。有了這老貨，老爺那刁鑽的嘴就少折騰他們了；不過每日求著這老貨來廚房幫忙也不是長久之計，還是得多灌她兩壺酒，早點把她手上捏著的灶上竅門騙過來才行。

賈廚娘拿著帕子掖了下嘴角，接過劉嬸子手中的菜籃，笑道：「您那女學館每日竟要做這麼多飯，可不把老姊姊累壞了？您還不如來我們府上呢，只需要操心老爺一個人的吃喝，最清閒不過了。」

「哎，我可沒大妹妹妳這般福氣，在周府待了這麼多年，深得老爺和夫人的信任，我一個不知根底的，就算憑著外地這一口新鮮的吃食在府上謀了差事，也不是長久之計啊！」

賈廚娘見劉嬸子確實沒有頂了她位置的心思，心裡對劉嬸子又親近了許多，兩個人邊話著家常邊走進廚房。

沒幾日，不知哪裡來的風聲，說縣太爺家新娶的第八房小妾竟然和縣太爺的弟弟搞上了，說得有鼻子、有眼睛的，那小妾面色潮紅、嬌喘連連，這才驚動了外面巡夜的僕人，那僕人也精明著，連忙跑去敲響周夫人院子的門。

周夫人是縣太爺的元配，在縣太爺還沒中秀才之前便成了婚，按照縣太爺一連娶了八房美嬌娘的架勢，元配在周家應該沒什麼地位才對，奈何周夫人的肚皮十分爭氣，一連生了四個兒子，深得周家老太爺和老太太的喜歡。

周夫人早看不慣那一院子的鶯鶯燕燕，這下不僅踹開了小妾的門，還帶著一院子的下人闖進去。

那八姨娘嬌嫩的肌膚被冷風一吹，守在門口的小廝們都不由得嚥了嚥口水。

周夫人立即下了命令，將兩人綁起來扔去柴房。

第二日，縣太爺從纏了他一夜的第七房小妾房裡出來的時候，才知道昨晚戴了頂綠帽子，而隨著大夫到縣府為被凍得已經呼吸微弱的第八房小妾看診後，縣太爺戴綠帽的消息也在一夜間傳了開來。

接下來幾日，縣太爺都沒有上公堂，聽說是被氣病了。

劉嬸子也藉故回台州看女兒，許久沒去縣太爺府上。

張木每日都在籌劃如何教女學生們理財，沒閒工夫去外頭晃悠，只是最近從家裡走到女學館的路上，常覺得街坊氣氛特別激昂，像是發生了什麼大事一般。

丁二娘去市集聽來許多消息，只是她還沒有機會跟每日忙得暈頭轉向的兒媳說縣太爺府上的風流韻事，便聽說縣太爺已經臥病在床了。

這晚，張木哄睡了女兒，看著相公的心情格外好，臉上的笑意一直都沒有褪去，不禁問道：「相公，有什麼喜事不成？」

「娘子，妳沒有發現嗎？福福長高了好些，妳量量。」

張木忍不住又過去看了一眼裹在花棉被裡的小福福，笑道：「傻子，哪家的孩子不長個的？」

吳陵猛地抱住了張木，努力嗅著她髮間的茉莉花香。「娘子，我覺得有妳和福福真好。」

張木被吳陵這突如其來的告白弄得有些愣怔，但是既然相公表白了，她是不是也該做點什麼？

過了許久，張木才低低地開口——

「相公，我們去翻翻紅浪好不好？」

第四十八章

劉嬸子不在的日子，女學館裡的夫子和女學生們一個個都不習慣，即便是優雅高貴的花娘子，也發現自己已經被劉嬸子的一手家常廚藝養刁了嘴。

說起劉嬸子出發的上午，小茂林聽到外面的動靜，眼睛忍不住往外面瞟，看到劉嬸子揹著一個藍布小包裹，和木姨姨、王嬤嬤道別，小茂林的心都要提起來了。

「小茂林，妳往哪瞟呢?!」李夫子對女兒怒吼。

小茂林這才委屈地收回眼睛。嗚嗚，沒得吃了……

張木在窗外聽著李娘子訓著女兒，看了一眼，見耷拉著腦袋的小茂林時不時往劉嬸子身上瞟，戳了戳劉嬸子，笑道：「嬸子，妳快看小茂林那眼神，妳可得快回來，不然李姊姊非得傷神死不可。」

小茂林接觸到劉嬸子的目光，眼睛一下子便亮了，哀怨地看著劉嬸子。

其他女學生像是有所感應一樣，都不約而同地順著小茂林的視線看過去。

李娘子看著這一群小吃貨們個個冒著星星眼，覺得有必要好好跟其他夫子商量一下，本是按照大家閨秀的方法教養的，誰知現在竟然改了性子，這下子都是妥妥的吃貨了。

「唉，這下我在那邊心裡也不得安生了，我過個幾日便回來。阿木，這幾日就辛苦妳了。」

劉嬸子心裡頗有感懷，這裡雖不比明府舒坦，但是跟這一群活潑開朗的小姑娘相處，她覺得自己的心也暖融融的，自從女兒出嫁後，她很久沒有這樣過日子了。

「嬸子說啥呢，什麼辛不辛苦的，不過妳可得早些回來才是，不然她們要是嫌棄我的手藝，到時我可就丟人了。」

張木之前懷著福福，最多就是在一旁給劉嬸子打個下手，仔細一算，她已經許久沒有生過火了。

劉嬸子笑著搖頭，看著張木臉上的無憂，猜想她估計到現在還不知道縣太爺家的事和她有什麼關聯，一時心裡感慨，一個女人嫁給一個能遮風擋雨的男人，才是一生之幸啊！不過她是沒這福分了，老頭子早走，她一個人含辛茹苦地將女兒養大……劉嬸子仰望著深秋的天空，萬里無雲，湛藍藍的一片明朗，下半輩子，就在這裡過吧！

劉嬸子不在的第一日，女學館裡的夫子和女學生們便遭受了張木暗黑料理的禍害——

小茂林盯著碗裡飄著不明物體的羊肉湯，忍不住看向張木，眨巴著大眼睛問：「木姨，這個能吃嗎？」

一旁的幾個小姑娘捧著碗，一時都有些猶疑。

張木神色有些尷尬，她好久沒生火，今天不小心燒焦了。

「賣相有點難看，但味道還可以，小茂林妳嚐嚐。」張木用狼婆婆的口吻誘哄道。

樓上的花娘子瞧著樓下張木尷尬的神色，對後頭的花漪說：「明兒個讓府裡的廚娘過來幫忙吧！」

「是，主子。」

台州城的明府裡，天色微暗，各處的燈籠已經點亮，劉嬸子走在迴廊裡，只覺得恍如隔世。

如果沒有回來，她差點就要忘了，她是有主子的。

柳亞見岳母從後院裡過來，對著岳母頷首，進去向主子稟報。「大人，嬸娘過來了。」

「哦？快請她進來。」明皓放下手中的書信道。

他手指微彎，輕輕敲著桌面，聖人在信中說吳家旁支已經沒有了，怕是京裡的吳家也布局得差不多了吧！

「大人最近可好？」

明皓看著已經施禮候在一旁的劉嬸子，收回心緒，微微笑道：「劉嬸不在，我的嘴裡寡淡了許多。」

「老奴這次回來，再多教廚房幾樣新菜色，給大人換換口味。」劉嬸子見主子也貪這一口口腹之慾，心情放鬆了一些。

「對了，劉嬸這次這麼遲才回來是為了？」明皓轉著拇指上的玉扳指，漫不經心地問。

「稟大人，因為那邊發生了一些事，吳家少爺讓老奴回來避避風頭，這才遲了些。」劉嬸子看了上方的主子一眼，將這些日子在通台縣發生的事一一敘述一遍。

明皓聽完，才道：「妳在周家廚房下的藥是從哪裡來的？」那能致人迷了心性的藥。

「回大人，老奴聽吳家少爺說，是他花了千兩銀子從一個行腳大夫手裡購得的，他試驗過，沒有毒性，只是能致人暈眩，產生幻覺。」

吳陵讓她下的藥是慢性的，最多會讓人每日稍感睏倦而已，她早就從賈廚娘嘴裡打聽到八姨娘出軌的事，因此讓縣太爺每日吃那些藥，待他發現八姨娘出軌的事，便會氣血上湧，激發出藥性，一旦藥性突然發起，會慢慢侵蝕腦子，讓人神志不清。

周府的七姨娘在八姨娘沒有進府之前，可是風光了好幾年的，八姨娘一來，便搶了她的風頭，所以那晚身邊的丫鬟跟她說八姨娘和二老爺今晚有約會後，她讓人在八姨娘和二老爺的晚膳裡加了點催情的藥，編排了這場縣太爺親自捉姦的戲碼。

縣太爺自此急火攻心，一病不起，在外人眼裡，自然也會歸咎於這頂綠帽子。

不說吳家少爺，這件事便是和她劉嬸子也沒什麼干係的，只能說如果自己平時行得正，又怎麼會被害？

明皓點點頭，讓她回去休息，劉嬸子猶疑了一下，最後還是開口道：「大人，若是可以，老奴的下半輩子就想待在通台縣了，望大人通融。」

正在思忖著方才那事的明皓，眉毛不禁微微向上一挑，笑道：「劉嬸子覺得那裡比府上還舒坦？」劉嬸的女兒嫁給他的貼身長隨柳亞，因此劉嬸在府裡一向頗受敬重。

「那裡和大人府上自是不能比的，只是老奴和那裡的老姊妹與姑娘們有些感情了，希望能和她們一起終老。」劉嬸子想起小茂林望向她的眼神，眼裡也流露出了慈祥。

早些日子，她收到了大人的口信，說吳陵那裡不需要她觀察了，是她自己硬拖著辦完吳陵託她的事，才藉口要避嫌而趕緊回來。

有時候小孩子比大人還要靈敏，小茂林竟然看得出她有可能不回來了，而木丫頭，包括吳陵，都以為她只是暫時回台州罷了。

「劉嬸，妳在我家也有幾十年了，妳這一點要求我自是能滿足妳的，只是這事妳還是和柳亞夫婦倆商量一下吧，不然以後兩口子可得怨我了。」明皓瞧了一眼站在旁邊的長隨笑道。

這便是應允了。劉嬸子心裡高興得不得了，對著明皓恭恭敬敬地行了一禮。「老奴以後一定常回來給大人做頓吃的。」

位於京城的禮部尚書吳家，吳老太太看著跪在腳下的女子，眼裡微微露出一絲不耐煩。但她終究還是忍住想掉頭就走的衝動，溫和地對著還在苦苦哀求的女子說：「沅丫頭，妳既然來投奔我家，我老太婆自是不會不管妳的，今日天色已晚，我先讓下人帶妳下去休息，妳好好睡一覺，其他的改日再說吧！」

正喋喋不休地訴說著自家不幸遭遇的吳芷沅，有些愕然地抬頭。

上方的老太太還和她記憶中一樣的溫和莊嚴，嘴角微微噙著笑意，只是那眼裡的涼薄卻和月色如水的寒夜一樣，讓她心裡涼颼颼的。

「是……老太太，芷沅明日再來給您請安。」

見老太太頷首，旁邊的丫鬟上前道：「沅小姐，奴婢帶您去安歇吧！」

「嗯，好，麻煩這位姊姊了。」吳芷沅走到門口，忍不住回頭看了眼吳家老太太，見她端著茶，吹著上面的葉片，眼神不由得暗了下去。

爹爹和哥哥進了大牢、娘不見了，而她呢？腦海中，那一間小屋子的記憶一閃而過，她努力忽略，如今她來到了京城吳家，以後再也不怕那些人了，那些人再也找不到她了。

「祖母，您真準備收留她嗎？我聽下人說，她有可能不是吳家的血脈。」吳茉兒看著吳芷沅走遠的背影，忍不住問道。

吳老太太看著越來越標緻的孫女兒，一身茜紅色的掐腰襖裙淺淺勾勒女兒家的曼妙身形，眼裡露出掩不住的喜色，笑道：「茉兒，既然妳不喜歡她，祖母以後就不會讓她出現在妳眼前，妳大可當作府上沒有這個堂姊。」

吳茉兒眼波微轉，身子不由得往前傾了一些。「祖母的意思是？」

吳老太太看著孫女像發現趣事一般亮晶晶的眼睛，微微搖頭。「先養著唄，一口飯食罷了，以後妳就明白了。」

吳茉兒見祖母不願露一點口風，臉上又換上一副乖巧伶俐的模樣，換了話題，卻在心裡暗罵：這老東西真是越來越難伺候了。

未來的幾個月裡，吳茉兒都沒有再見到吳芷沅，不說去給祖母請安的時候，就是她偶爾逛個院子或去嫂子、堂妹那裡轉轉，也沒見過吳芷沅的身影。

有一回，她好奇老太太到底在打什麼主意，便派人去看看吳芷沅的近況，才發現吳芷沅早已不在吳家大宅裡了，聽說老太太把她送到了郊區的莊子上，說是讓她修養心性。

吳茉兒聽了一耳朵，自此便擱下這件事了，她是京城禮部尚書家的嫡小姐，上頭有祖母和爹娘寵著，下面有兄嫂護著，和投奔來的旁支堂姊確實沒有什麼干係。

只是在來年的三月，隨著上京考會試的學子越來越多，有一日，吳茉兒竟然發現許久不見的吳芷沅回來了，祖母還要她以堂妹的身分帶著吳芷沅出去應酬。

再次打照面，吳芷沅已非那夜狼狽投奔到她家的旁支小姐，一張巴掌大的瓜子臉上眉目如畫，行走間柳腰軟步，別有一番美嬌娘的風流韻致。

春日，院裡的兩棵桃花都綻放了，美人懶洋洋地窩在樹下，張木站在一旁，手裡拉著福福腰上繫著的軟布條，福福則在院子裡蠕動著小虎頭鞋。

福福已經能含糊地說出「爹」了，張木為此懊惱了好些日子，哪家小孩不是先喊娘的。

丁二娘當時笑道：「阿木，妳整天跟著女學生們轉，早上出門的時候，福福還沒醒，回來的時候，福福都已經睡著了，可不只得認得爹嗎？」

不過，經過兩、三天的集訓，小福福在說出爹之後，終於也會說「娘」。

那一刻，張木覺得她一輩子也難以忘懷。

春光暖暖地灑在福福胖乎乎的身上，張木提溜得已經有一點吃力，看著還一個勁兒地想往美人那裡衝的女兒，深深地嘆了口氣。

雖然丁二娘說福福最親的是爹，可是據她觀察，福福最親的是美人，每回一聽到美人叫喚或是見到美人過來，小傢伙的眼睛立刻就散發出光彩，炯炯有神。

吳陵在廊下給碗櫥雕著花樣，見媳婦額上冒出細細的汗珠，便放下手中的小刀，過去接過媳婦手中的布條，笑道：「娘子，我倆都這般苗條，沒想到小福福卻是一個小胖墩。」

「唉，我娘說我小時候也是胖乎乎的，以後等小福福長個子就會瘦下去了。」

丁二娘從前院過來，聽到這話，開口道：「阿木說得對，小孩躥個子就瘦下去了，咱們家福福現在看著多可人啊！」

「娘，阿竹去京城的行李收拾好了嗎？」

「好了，明兒個早上在城門口等著，等書院的馬車到了再拿給他就成。」丁二娘想起兒子又要進那小屋子待幾天，心裡就有些難受，回來一定又瘦一圈。

本來中了舉人後，阿竹便不用再去書院了，但是書院院長對資質較好、期望較高的學生，還是希望他們能繼續到書院學習，因此阿竹和葉同都收到了院長的邀請。

可最後只有阿竹一人回到書院，葉同以家裡為他在京城聘請了大儒，不好辜負家中長輩的心意為由提前去了京城。

李院長並未多言，後來便一心一意教導阿竹，從水利河道、莊稼農事、刑法律令、為官之道一一向阿竹闡述，阿竹在瞠目結舌之際，驚訝地發現隱居在通台縣山頭的院長，正是當今許多學子追捧的大儒之一。

想到那日葉同的推辭和院長臉上淡漠的神情，阿竹莫名覺得若是葉同知道了，怕是會嘔血吧！

鑒於先前阿竹在台州城被劫之事，丁家一家人都不放心讓阿竹獨自一人上京，奈何丁大和吳陵都走不開——香蘭懷孕了，丁大此時自是不能留她一人，竹篾鋪裡近來接的活很多，吳陵也不能離開那麼多天。

丁二娘憂煩了兩日，最後還是被李娘子問出來，李娘子當下捂著嘴淺笑道：「妳愁什麼，這事還需妳費神不成？我家兄長肯定會安排妥當的。」

丁二娘眼神一亮。「李夫子的意思是？」

「我聽家裡的嫂子說，兄長將家裡的一個護院派給阿竹了。」李娘子心裡隱約知道，兄長這般照顧阿竹，怕是要替自己賣個人情給丁家。

「哎喲，那真是太好了，真是託了妳的福了。」

丁二娘又何嘗不明白李院長的心思，惠山書院每年都會出一、兩個優秀的學子，要是院長給每個人都派一個護院，李家豈不早就沒個能使喚的下人了？

張木和吳陵從丁二娘口中得知這件事，也都為阿竹高興。丁家只是一般的市井百姓，即便想護著阿竹的安危，也不在他們的能力範圍內，現在有李院長派人照顧，他們也能放心許多。

另一頭的花府，花娘子聽了花漪的稟報，沈默地把玩纏在手指上的髮絲，半晌才說道：「妳去和艾掌櫃說一聲，要確保安全。」

「是，主子，奴婢這就去轉告。」

花娘子仔細打量著鏡中的女子，她來這裡多久了？可那個人還是沒有來接自己——還是沒有來。

已經走到院門口的花漪，突然聽見屋內傳來砸碎物品的聲音，腳步微頓，待裡面沒了動靜，才招呼守門的丫鬟。「一刻鐘後，進去收拾一下，砸壞的東西列個清單給我。」

「是，花漪姊姊。」旁邊的小丫鬟溫順地應道。

終於來到出發的日子，張木抱著福福，跟丁二娘和吳陵一起來到城門口，丁二娘看見李院長派來的護院肩寬體壯的，心裡安穩許多。

她將一個大包裹塞到阿竹懷裡，叮囑了兩句。「好好照顧自己，晚上睡覺莫貪涼。」

阿竹在馬車上點點頭，揮手作別。

張木看著漸行漸遠的阿竹，從童試、鄉試一路考過來，如果再中會試，誰也不能否認，偏僻小鎮上的一條鯉魚，真的躍出了龍門。

馬車裡的阿竹，抱著自家娘親塞給他的包裹，隱約聞到糕點的香味，不由得深深吸了兩口氣。

如果會試再中，以後他是不是就可以護著家人了？

阿竹上京後，丁家的日子照常地過，只是丁二娘每日裡必定會念叨阿竹的過往，讓大夥兒聽得都有些膩，如果見到丁二娘魂不守舍地坐在那發呆，腳步都會不由自主地往其他方向轉。

早在阿竹考童試和鄉試的時候，他們就已經聽遍了阿竹小時候的種種趣事了。

但小茂林還是一如既往地對師兄充滿了興趣（或者說是惡趣味），常往丁二娘旁邊湊，仰著小臉問：「嬸娘，妳上回和我說過，阿竹哥哥小時候尿床是在幾歲來著？」

「八歲。」丁二娘一提起阿竹便有了精神。哎，每次兒子去那小屋子裡應考，她這心裡就抓耳撓腮得難受。

「那上回妳說的，他偷吃了家裡待客用的雞是九歲的事嗎？」小茂林認真地扳著手指頭算了一下。

丁二娘看小丫頭這般認真，心裡一時有些糊塗，那年那小子幾歲來著？為什麼她覺得小茂林對自家兒子有興趣過了頭？

第四十九章

阿竹在試場裡待了九日，待考完，整個人都像脫了一層皮一樣。也不怪自家娘親擔心他，他這副小身板，每次從考場出來，小腿都要打顫。

李院長派來的護院遠遠地在人群裡看到阿竹，立刻擠上前，把阿竹護著拉了出來。

兩人回頭看著黑壓壓的人群，心裡都不由得慶幸，幸虧阿竹出來得早些，不然一定會被擠扁。

放榜是在四月中旬，阿竹先前便和家裡說好了，等放榜後再回去，他準備拿著李院長的介紹信去拜訪他的幾位昔日故友，倒也忙得不亦樂乎。

過些日子，街上隱約傳出禮部尚書家的庶出小姐和葉同訂了婚，這本是一樁好事，奈何葉同的父親竟然帶著平妻也一同來了京城。

而葉同的這個小娘，竟然說葉同的未婚妻曾經入過勾欄。

阿竹聽到這個消息的時候，正和護院李二在飯館裡分食一隻雞，李二是李家的家生子，李院長待他頗為信任，阿竹自是不會把他當作下人一般看待。

兩個人一個嚼著雞頭，一個啃著雞腿，正吃得不亦樂乎，猛地聽見隔壁桌的人道：「聽說這葉公子的未婚妻是勾欄出身……」

這話驚得他差點被喉嚨裡的雞肉噎到，這到底是怎麼回事?!

京城的吳家，吳茉兒看著跪在老太太腳下的吳芷沅，面色平靜地轉了轉手上的玉鐲子。

吳老太太看著底下低著頭看不見表情的吳芷沅，心裡的輕蔑已經不再掩飾，沒想到她也有被鷹啄了眼的時候，以為只是一個落魄來投奔的旁支庶女，沒想到竟還能鬧出這麼多么蛾子。

「沅丫頭，妳私自勾搭上葉同，我也不追究了，畢竟妳爹娘不在身邊，有失管教也是難免的，可這勾欄一事，老婆子我這回卻是無力幫妳了。」

這丫頭原本是她手裡的籌碼，可是卻被她自個兒給搞砸了。

「老太太，這回芷沅也不求您的諒解和幫助，芷沅是來向您告辭的，感謝您之前的收留。」

吳老太太微瞇著眼，看著對她叩首的少女，眼裡閃過一絲殺意。

吳茉兒也愣住了，她這是什麼意思？她就這麼拋下吳家了？

「呵，沅姊姊好大的口氣，離開了吳家，妳要怎麼存活？難道再回勾欄不成？」

「不勞茉兒妹妹操心，芷沅已經有了去處。」吳芷沅不卑不亢地對上了吳茉兒的眼睛。

這時外頭的丫鬟忽然來報。「老太太，雲陽侯府的世子爺來家裡向老爺求親了。」

聞言，吳茉兒的眼睛猛地掃向進來稟報的丫鬟，家裡未訂下婚約的嫡小姐只有她一個，雲陽侯府雖為當朝頗為受寵的世家，可世子已經有二十五歲，比她大了十來歲，她才不要嫁過去呢！

可爹前幾日似乎才說過，要是家裡多個適齡的女兒能嫁到雲陽侯府便好，後來是娘親替她解圍的——

「老爺莫糊塗，能配得上雲陽侯府世子的只有咱家的嫡女，可家裡就茉兒一個寶貝疙瘩，你可不能推她入火坑。」

「瞧夫人說的，咱家茉兒是連聖人都誇過好幾回的，哪能便宜了雲陽侯府。」

話雖這樣說，可是吳茉兒依舊能感受到爹看向她時意味不明的眼神。

早在她穿越來這裡的時候，她便知道身為吳家這富貴窩裡的女兒，遲早是要為這無憂無慮的閨閣生活付出代價的，而她的籌碼便是婚姻。

她努力讓家人正視她的能力，無論是編寫許多書籍、讓許多新菜色問世，還是鞋履、服裝的設計，她的才華不僅使家人震驚，甚至驚動了聖人，可這依舊不能改變她身為吳家女兒的事實。

「雲陽侯府的世子？是向茉兒求婚嗎？」老太太驚喜地問。

吳茉兒覺得心裡有些寒涼，如果她只是一般富貴人家的女兒，憑著她驚世的才華和經商的頭腦，她一定可以掌握自己的命運。

只是吳家不僅僅是京城禮部尚書府，那隱藏在後面的身分，注定了她這一輩子都逃不開。

十多年前，她便是爹娘手中的珍寶，或許因她年幼，許多事情也不曾避諱她，她斷斷續續從爹娘的談話中知曉爹的不臣之心，而台州的吳家就是他的聚寶盆。

從那時候開始，她便隱隱有預感，她的姻緣不會像一般官宦之家的女兒那般簡單，她的身價會水漲船高，爾後謀一門能幫助爹爹大業的親事。

她那般努力，是想讓吳家人意識到她並不輸給任何一個男兒，她以為自己可以掌握自己的命運——

「不，老太太，是向、向沅小姐……」

「什麼？妳說誰？」老太太尖銳的聲音差點刺破了吳茉兒的耳膜。

吳茉兒第一個反應是荒唐，荒唐至極。

她看向依舊跪在地上的吳芷沅，什麼時候她的脊背挺得這樣直了？而她看向自己的又是什麼眼神？

吳茉兒伸手要去拿桌上的茶盞，剛換上來的茶水還有些燙。

吳芷沅看著吳茉兒忽地變得有些瘋魔的眼神，直覺不妙，想往後退，可是雙腿足足跪了有一刻鐘，已經有些痠麻，還來不及反應，那只盛著茶水的杯盞已經向她砸了過來。

電光石火之間，吳芷沅只能抬起右手護住臉龐，她身上哪裡都可以受傷，唯獨臉，這是她最後的籌碼。

「茉兒，妳太衝動了。」

吳老太太一陣驚愕，吳芷沅只是一個旁支的庶女罷了，還真能翻出天不成？她淡淡瞥向吳茉兒身後立著的侍女。「碧翠，扶妳家小姐回房歇息。」

「是，老太太。」碧翠恭敬地應下，便要伺候自家主子起身回房。

「鬆手。」

吳茉兒一聲大喝，驚得碧翠連忙往後退了一步。

吳茉兒起身，走上前拉著老太太的袖子道：「祖母，是茉兒莽撞了，茉兒知錯了，您就讓茉兒在這裡待著吧！茉兒也很好奇，雲陽侯府的世子怎會求娶名聲有損的沅姊姊呢？」

吳茉兒說著，看了一眼被茶水濺得頭髮濕淋淋的吳芷沅，瞧著她狼狽的樣兒，心裡格外爽快，即使是她吳茉兒不要的，也不允許這賤蹄子得到。

「行，那茉兒妳可不能再對妳沅姊姊這般無禮了，妳去扶妳沅姊姊起來吧！」老太太抽出吳茉兒拉著的手，端起茶盞，無可無不可地說道。

吳茉兒瞥了碧翠一眼，碧翠立即上前連拉帶扯地扶起吳芷沅。

吳老太太微微地皺了眉，這個孫女以前內心玲瓏，處事處處小心，怎地被聖人誇讚了兩回，性子就生生地驕矜了起來呢？莫說這回來求娶的是雲陽侯府，便是葉家願意娶吳芷沅，茉兒都該待她和善幾分，這以後可都是他們家的助力啊！

不說吳家老太太打得一手好算盤，也不說吳茉兒的怒氣攻心，沒兩日，京城的街頭巷尾以及茶館酒肆都鬧烘烘地議論起來，雲陽侯府的世子和應試的葉姓舉人竟爭搶起一個勾欄女子，而這女子竟來自禮部尚書吳家。

阿竹帶著李二，整日裡除了拜訪李院長的故友外，還愛上打聽這些小道消息。由於他個頭小，體格又瘦弱，看著便是一個半大兒郎，旁人都沒細想他和這香豔事能有啥關聯，以為就是一個情竇初開的小子對情愛之事好奇罷了。

於是阿竹就在家書上提及這件事，吳陵和張木看完後才知道，吳芷沅竟去投奔了京城吳家。

「還不確定吳芷沅是不是吳家的血脈吧？怎地京城吳家還會收留她？」張木忍不住問道，這種大家族不是最講究血緣嗎？

吳陵收起書信，說道：「娘子，妳知道達官貴人的家裡，都有收留女孩子的習慣嗎？」從六、七歲開始，詩書禮儀、琴棋歌畫地教養著，待養到十三歲，要麼做為家中女兒的陪嫁出門，要麼便是商場或官場上應酬的禮物。

就像吳芷沅的親娘，不就是這樣的出身嗎？

「相公，你的意思是，吳家是以一口飯食將養著吳芷沅，好待價而沽？」

張木此時才發覺，自己這個半吊子的古人和這個時代的人之間還是有些差距的，譬如在鄉野間長大的相公，自然而然便能聯想到這些，可她卻始終慢了半拍。

她不由得慶幸，幸好原主只是一個鄉野女子，不然她在這裡怕是連活下來都很難。

「約莫是這個意思，不知道為何，在我的記憶裡，台州的吳家和京城的吳家似乎並沒有像外頭傳的那般親近。」那時候他還小，但是這份記憶不知道為什麼會這般深刻，像是有人跟他絮叨了許多遍似的。

「那就讓阿竹不用再理會這些事了，讓他在京城裡好好玩些日子吧！」

同樣收到雲陽侯府世子要娶吳芷沅消息的，還有花府。

花娘子聽完花漪的稟報，坐在梳妝檯前良久不語。

她第一個反應就是，這消息是假的。

這只是那人為了達到目的用的一種手段罷了，雲家族譜上不可能又要填上另一個婦人的名字……

「花漪妳說，我的頭髮是不是快長過膝了？」花娘子拿過侍女手裡的梳子，一遍遍地梳了起來，那人曾說最愛她這一頭如墨雲般的髮，像緞子一樣柔滑。

「夫人，您莫多心，吳芷沅不說出身，名聲也有污點，堂堂的雲陽侯府是不會娶這樣的婦人回去做宗婦的。」

花漪看著主子傷神，心裡也有些不好受。皇家覬覦主子的美貌，世子爺萬般無奈之下，只得藉由假死之名將主子送出京城，藏在這偏僻的小縣城裡，難道主子躲了這麼多年，等到的就是世子爺另娶的消息嗎？

不說主子，就是她一個侍女，心裡也不甘心。

「花漪，以後也莫和京裡通信了，我聽李家娘子曾說，待明年春上，想到外頭去走走看看，我們也一起去吧！」再困在這裡，她怕自己就要受不住了，這一日日無望的等待，累積的是一日日噬心的相思。

「主子，我都聽您的，您說去哪便去哪，不管您到哪裡，花漪都會跟著您。」花漪見主子眼裡蓄著淚水，繼續寬慰道：「主子，您千萬別往心裡去，昨兒個我聽說劉嬸子今天便會回來，一會兒去女學館，奴婢求她給您做您愛吃的醬豬蹄子。」

花娘子看著侍女微紅的眼眶，心下也暖暖的，那個人連她的侍女都不如呢！

阿竹接到家書，知道哥哥和嫂子讓他莫惦記吳芷沅的事，可哥哥和嫂子不知道，這已經不是他惦不惦記的問題了，這件事如今已成為京城裡茶餘飯後的談資，葉同也不知道怎地，竟然和雲陽侯府鬧上了。

阿竹一邊啃著燒雞，一邊問李二。「李二哥，你說，葉同是不是腦子抽了？雲陽侯府要娶吳芷沅，讓他娶便是，一個勾欄出來的小娘子，值得他這般惦記嗎？竟然還不願意退婚。」

「嘿，阿竹小兄弟，這你就不知道了，勾欄裡的女子手段多著呢，葉公子也是初出茅廬的小郎君，怕是抵擋不住吳家小姐的誘惑啊！」李二咕嚕咕嚕地喝了一大碗茶水，不忘對阿竹擠眉弄眼。

阿竹嗤笑一聲，他不信葉同會這般沒腦子，他都能算計到自家老爹的婚事上，讓他爹娶了楚蕊，還能栽在女人身上不成？

不過這吳芷沅倒是有幾分本事，竟然能先後攀上葉同和雲陽侯府。

阿竹放下手中用油紙包著的燒雞，灌了兩口茶，這京城可比他們鎮上，不，比縣裡都精彩多了，整日像劇本裡演的那般熱鬧。

「李二哥，你說，要是以後住在京城裡，是不是也不錯？」

「怎麼，阿竹小兄弟想留在京城不成？我跟你說，京城可是是非之地啊！你看那葉公子，以前在書院也是清清白白的小郎君，眼下都成什麼樣子了，還是咱們那小地方好，山明水秀不說，日子也過得省心些。」

阿竹看著外貌有些憨厚、卻常常有驚人之語的李二哥，只覺得這話深入他心。

這京城可不就是一個漩渦嗎？

這幾日，張木覺得花娘子情緒有些低落，有心想問兩句，便約了李娘子一起去望湘樓吃飯。

花娘子聽是望湘樓，眼眸裡不禁染上些許暖意，對李娘子和張木笑道：「只有我們幾個也不熱鬧，喊女學館裡的小姑娘們一起吧，明兒個我包下望湘樓，讓她們先跟家裡知會一聲。」

李娘子拍手笑道：「那敢情好，花家妹妹出手一向大方，相怡和我家小茂林這回知道了還不得樂死？」

張木看著花娘子聽到相怡和小茂林的名字，眼波微微流轉，像是四月的陽光照進了眼裡一般，心下了然，花娘子留在這裡，應該是真心喜歡這些女孩子的。

第二天晌午，女學館傾巢出動，直往望湘樓而去。望湘樓的艾掌櫃昨兒個接到消息，便在外頭掛上牌子，上頭寫著「今日包場」。

待遠遠地見到女學館眾人來了，艾掌櫃吩咐小二讓廚房準備熱灶。

除了女學生外，還有幾位夫子、丁二爺、丁二娘和吳陵，一共置辦了五桌。

小姑娘們眼睛閃著光芒，看著小夥計端著冷盤上來，謹記著王嬤嬤教的禮儀，端端正正地坐在那裡，時不時瞟王嬤嬤兩眼，弄得劉嬸子都有些於心不忍，笑道：「今兒個就別管妳們王嬤嬤了，聽我的，該說就說，該笑就笑，一個個拘著像小木頭樁子一樣，看著真彆扭。」

王嬤嬤瞪了劉嬸子一眼，卻也沒吱聲，小茂林見自家娘親正和木姨姨聊天，便鬧了一下相怡，見娘親沒反應，微微吁了口氣，開始和相怡小聲討論到底是脆皮烤鴨好吃，還是烤乳鴿好吃。

花娘子身後的花漪對掌櫃使了個眼色，掌櫃了然地站在一群小姑娘後頭，暗暗記住了小姑娘們討論的菜色，打算等等再把這些菜添上去。

冷盤上桌後，熱盤也陸續上桌了，不說一向活潑的相怡和小茂林，就是向來乖巧端莊的婉蘭、沈雅音和仇青青也忍不住大快朵頤起來。

張木和吳陵雖然不是頭一回來望湘樓，但是第一次見到這麼豐富的菜色，除了有罐燜魚唇和百花鴨舌，竟然還有串炸鮮貝。

這道菜她在台州的鄭家也沒見過，還以為這裡沒有呢！

她看向花娘子，笑道：「勞妳今天破費了，可真讓我開了一回眼界呢！」

花娘子抿唇笑道：「大夥兒喜歡就好，不值當什麼。」

她要那些金子、銀子做什麼呢？難道守著它們暖床不成？

第五十章

裡頭小姑娘們嘰嘰喳喳地討論著哪道菜好吃，外頭卻傳來了敲門聲。

「艾掌櫃，縣令大人來了，快開門。」

吳陵心頭一凜，放下筷子，盯著門。

艾掌櫃聽到這聲音，腦子一懵。這活祖宗不是在家裡躺著嗎？什麼時候能下地了？還找到他這兒來了。

他連忙去前頭開了門。

「欸，周大人，什麼風把您老人家吹來了？真是招呼不周，今兒個酒樓客滿了，不如我讓廚房給您做幾樣可口的菜送到府上？」

掌櫃的一口氣說完，才意識到周扒皮這回是被抬著來的。

周縣令擺擺手，說道：「我就想吃一口店裡的飯食，哪那麼多事，你給我準備一桌席面上樓便行。」說著他便讓衙役抬他進去。

這些日子他總覺得家裡的菜色清淡，沒什麼胃口，一直惦記著來望湘樓再吃一回鮮貝和鹿筋，可郎中又囑咐要注意飲食，這兩天好不容易鬆口，說能吃些有油水的，他這就立即來了望湘樓。

顏師爺見掌櫃面露難色，忍不住往裡頭看了一眼，見到微微有些怒意的吳陵，連忙對他搖頭示意。

縣太爺最近脾氣暴躁，可不能觸了他的霉頭啊！

猛然見到這麼多男客走進，眾人想回避已經來不及，花漪習慣性地擋在了主子前面，可花娘子一向打扮高調，頭上晃著的寶石一下子便晃進縣太爺的眼裡。

艾掌櫃反應過來時，便見周扒皮正目不轉睛地盯著自家主子看，心裡一激靈，這下可糟了。

周縣令覺得眼睛從來沒有這般明亮過，這絕妙婀娜的小娘子，到底是從哪裡來的仙子。

「敢問這位小娘子，可是通台縣人士？」

花漪看著被衙役抬著的周扒皮垂涎地看著主子，只覺得胃裡在翻滾，空氣裡充盈著噁心的氣息。

「姨姨……」相怡在周縣令迸射火花的眼裡，像是看到了毒蛇吐信，她害怕地移到張木的身旁，嗓音細如蚊蚋。

張木牽起相怡的小手，看小姑娘們都被這詭異的氛圍嚇到了，連忙對著她們比了個少安勿躁的手勢。

「哎，大人，這位娘子是公瑾女學館的夫子，今日和女學生們在此擺宴，這裡人多，不免擾了大人的清靜，還煩勞幾位小哥將大人移至二樓的雅間。」艾掌櫃彎著腰，做了個請的動作。

「老艾多慮了，本縣令一直聽聞公瑾女學館志在培養一批比肩京城吳家小姐的學館，此等志向乃是我縣昌明繁華的好兆頭，今日於此處相遇，該當考察一下才是，本縣令與諸位夫子同坐即可，哈哈哈！」

周縣令看著花娘子，目不斜視地說出這般厚顏無恥的話。

花漪氣得渾身都在顫抖，這等噁心的小人竟敢肖想主子？她一定要挖出狗官的眼睛。

「花漪，妳擋住了我的視線。」一道清冷的聲音劃破了酒樓裡詭異的沈默。

花漪不甘心就這麼放過周縣令，可見主子投來的目光帶了些警示，只得挪了挪步子。

「哎喲，大人今日雅興真好，竟願意陪同小人說笑。」丁二爺已經看出周縣令對花娘子的覬覦，上前一步，賠著禮笑道。

周縣令不耐地皺了眉，右手一揮。「走，將本縣令抬到夫子們那一桌去。」

艾掌櫃彎著腰上前，討好地笑道：「大人稍等，我這就讓夥計加張椅子，大人身子不便，要鋪些軟墊，方才坐得舒適。」

聞言，周縣令立刻換上和顏悅色的笑容。「老艾向來周到，難怪本縣令喜歡上你家酒樓，讓小夥計快點把椅子搬來。」

「哎，好、好。」

「今日小婦人一見大人，便覺心生歡喜，小婦人姓花，家住西大街女學館後頭，大人若喜愛小婦人的顏色，可差遣媒人上門提親。」

在滿屋子眾人被這番話嚇得來不及反應的時候，花娘子已經施施然出了酒樓。

花漪瞪了周扒皮一眼，急忙跟上自家主子。

周縣令沈浸在美人走過帶起的香風裡，心裡瞬間被喜悅包圍，想他雖以風流倜儻自詡，卻是第一次遇到此等驚天地、泣鬼神的美人直言許嫁。

「回府、回府，趕緊差官媒去提親，本縣令要以平妻之禮聘花氏美人入門。」

接著又是一陣腳步匆匆，徒留下已經怔愣好一會兒的眾人。

「姨姨，花夫子要嫁給縣令大人嗎？」相怡仰著小腦袋，傻愣愣地問，見姨姨不理她，猛地哽咽。「可花夫子那般美，縣令那樣難看……嗚嗚。」

張木一驚，連忙捂住相怡的嘴。

一旁的李娘子、劉嬸子、蘇娘子和王嬤嬤都面面相覷，這花娘子是怎麼了？

花漪匆匆忙忙地跟著主子回府，一進門，便不顧尊卑地拉住了主子的衣裳。

「主子，您千萬不可這般自暴自棄啊！那等卑劣的偽君子，哪配和夫人您相提並論？」

「花漪，莫再多說，男婚女嫁，自古便是天經地義之事。」花娘子對忠僕的踰矩並不以為意，那人既然能另娶，她為什麼不能另嫁？

「主子，您萬不可意氣用事啊！這事要是傳到世子耳裡，您兩人生了誤會，可如何是好？」

即使主子許嫁，花漪依然不信主子真會嫁，她只怕到時動靜鬧得大了些，傳到世子爺耳裡，後果不堪設想。

主子和世子爺已經磨了好些年了，再這樣耽誤下去可不行。

花娘子不願多說，輕輕拽了下袖子，對著花漪擺手道：「別再說了，去把宅子周圍的防護做得謹慎些吧！」

「欸，奴婢這就去。」花漪像得了靈丹一般，立即有了氣力，她就知道主子只是置氣罷了。

花娘子看著花漪轉瞬便不見了身影，心裡的苦澀前所未有地翻湧而上——

他聽到她要嫁了，會不會來找她？

吳尚書揉著兩邊的太陽穴，只覺得最近家裡風水差得很。

先是他的金庫台州吳家垮臺，這是聖人的旨意，他不能多置喙，可就連一個血緣不清的庶女，為何也能一而再、再而三地脫離他的掌控?!

他已經和皇上露了口風，原本想將吳芷沅獻上去，可這個小娼優竟然和葉同勾搭上不說，還弄得人盡皆知。

做為天下士子表率的禮部尚書，他只得成人之美，圓了這樁「佳人才子」的好事，為此，他沒少吃聖上那頭的苦頭；可這心裡的鬱悶還沒有散盡，這個小娼優竟然還搶走他為茉兒看上的夫婿。

「老爺，雲陽侯府世子願意娶芷沅，可是一樁天大的好事啊，您不是一直想和雲陽侯府聯姻嗎？怎地還這般愁眉不展？」吳夫人先試了茶水的溫度後，才遞給自家老爺。

夫妻結縭二十多年，雖然吳尚書對妻子的美色情有獨鍾，可他也不得不承認，妻子是一個空殼美人，不過就算是空殼美人，他也是護在心口捨不得放下的，更不會饒過那些覬覦者。

妻子和遲王妃、雲陽侯世子夫人同為已滅族的湄瀾族後裔，世人都知天下美人出自湄瀾，湄瀾之後再無美人，可是他的府邸裡，便藏著這麼一個絕世美人。

當初帝王覬覦遲王妃而給遲王安上通敵叛國的罪名時，他心裡便已經種下叛變的種子；之後又傳出雲陽侯世子夫人猝死的消息，但這些年他一直懷疑，世子夫人並沒有去世，而是被帝王藏進了宮裡，不然雲陽侯世子何以這般得帝王的青睞？

不過他也慶幸，如果前頭沒有遲王妃和雲陽侯世子夫人頂著，他吳府怕是熬不過這些年。

思緒一一閃過，吳尚書見妻子執壺倒茶，手腕盈盈一握，像是用點力氣便能折斷一般，接過那雙柔荑遞過來的茶，吳尚書眼睛都不敢抬一下。這麼多年了，自家夫人竟然還是齒如瓠犀、領如蝤蠐，那潔白如玉的手，彷彿還和自己第一回牽起時一樣柔軟。

他心裡微微苦笑了一下，就是為了這一張美人面，自己才陷入如今這般艱難的境地啊！

吳夫人一雙美眸裡閃過些許不滿。「老爺，您怎麼都不看妾身一眼呢？」

「夫人，為夫還有些公務要處理，先去書房了，夜裡涼，夫人早些歇息……」吳尚書匆匆說完，拔腿往書房而去。

吳夫人腦袋尚有些轉不過來，問向身邊的侍女。「阿蘭，妳說老爺今天是怎麼了？」

「可能是雲陽侯府的提親來得有些突然，老爺一時沒理清頭緒吧！」被稱作阿蘭的侍女垂著脖頸，柔柔地回道。

這時，外頭守門的丫鬟進來稟報。「夫人，小姐過來了。」

話音剛落，吳茉兒便帶著丫鬟打起了簾子，進屋便問：「娘，我剛才像是看到爹爹腳步匆匆地出去了，可是出了什麼事啊？」

吳夫人一見著嫡親的小女兒，心裡便融化了，她最疼這個小女兒，嘴甜又貼心。

「茉兒，過來。」她對著女兒招手。

待把女兒攬在懷裡，吳夫人才笑道：「妳爹能有什麼事，怕是捨不得將雲陽侯府那一樁好姻緣給吳芷沅，我猜他心裡可能還指望著妳嫁進去呢！」

吳茉兒不安地扭動了一下，低頭道：「娘，我……」

吳夫人看著女兒急得泛紅的臉頰，忙哄道：「茉兒別怕，若妳不願意，娘絕不會讓妳爹將妳嫁過去的，任他侯府金山、銀山，我家茉兒都不稀罕，娘一定給妳找一個可心的夫君。」

「娘，我……」吳茉兒看著三十好幾卻依舊純真得像小姑娘的娘親，心裡忽然生出深深的無力感。「娘，我就是過來看看您，夜也有些深了，您早點安歇吧，我先回去了。」

「哎，碧翠，好好照顧妳家小姐。」吳夫人放開女兒，對著碧翠吩咐道。

「是，夫人。」

珠簾微動，吳茉兒離開娘親的院子，心裡還有些不得勁。難道她能和娘說，她願意嫁了不成？可世子看上了吳芷沅，即使她現在願意了，怕是爹娘也不好辦了吧！

她雖看不上雲陽侯府世子繼室的位置，這並不代表她就允許一個投靠府裡的娼優截了她的胡，吳芷沅要是真的嫁給了侯府世子，以後便是皇親國戚，她見了吳芷沅也是要行禮的，更別說她只是一個尚書家的女兒。

吳茉兒微微握緊了拳頭，她是各家小姐豔羨的人物，已經習慣被萬人仰視的眼光，又怎會允許一個小小的庶女爬到她的頭上呢？

放榜的這一日，阿竹起得比平日還要早些，等他們到的時候，榜前已經擠滿了許多人。

李二看著阿竹的小身板，勸道：「阿竹小兄弟，要不你在這等我片刻，我去前頭看完再來跟你說也是一樣的。」

阿竹搖頭笑道：「李二哥，這你就不懂了，要擠進這麼多人裡，你這大塊頭還不如我這小身板靈活呢！」

他讀書讀了這幾年，就等著今天呢！他想親自找到自己的名字。

「行，就聽你的，我在前頭開路。」

李二也明白讀書人的心思，這等重要時刻他合該自己去看的。

李二悄悄使了點巧勁，硬是在前頭擠出了一條道，待阿竹擠到前頭，眼神在榜單上一一掃過，當「丁竹」兩字映入眼中，他簡直難以置信，拉著李二的手往「丁竹」那一行指去。

李二順著看過去，突然道：「阿竹兄弟，你看，葉公子也中了，比你低了十幾名呢！」

話一出口，李二便覺得左邊有冷颼颼的陰風吹來，本能地側身一看，不由得閉了嘴，心裡嘀咕道：真是不巧，難得說一句痛快話，竟然就碰到了葉家小郎君。

此時阿竹也看見了旁邊的葉同，見對方臉色不太好，心下了然。

雖然差了十幾名而已，可是一個是二榜，一個是三榜，如果殿試沒有轉機，葉同最多就是三甲同進士了，想必葉同正惱恨於心吧！

三日後就要舉行殿試了，不過阿竹的心情還算平靜，他的名次估計在二甲左右，只要殿試沒有失常，拿下進士出身該是沒有問題的。

李二見阿竹這兩日依舊和往常一樣跟他一起四處晃悠，不禁好心提醒了一句。「阿竹小兄弟，你怎麼不溫書啊？等考完後咱再來逛也一樣的不是？」

「李二哥，你莫急，我白天一向不看書，晚上才溫書，我們今兒個去吳尚書門上瞧瞧怎樣？」阿竹頗有興致地指著東邊道。

李二看著阿竹一副玩興正濃的樣子，深深體會了那句：皇帝不急太監急。

見阿竹已經往前走，他只得無奈地跟上。這京城太繁榮，對讀書人來說，真不是個好地方，以往在縣城裡，他見阿竹也是頗為用功的小郎君，雖比閒暇時依舊獨坐在屋內閉門讀書的葉家公子來說要差上許多，可每回夫子們抽驗功課，阿竹寫得總是又快又好，連院長都誇讚他素來用心。

前頭的阿竹並不知道李二此刻的內心世界，當「吳府」兩個字躍入眼簾的時候，阿竹便停下了腳步。

朱漆的大門、威武的石獅子、兩個身形壯碩的看門人——阿竹微微勾起了嘴角，帶著些嘲諷的意味。這個京城的禮部尚書府、百年的名門世家，骨子裡卻那般污穢不堪。

大門「嘎吱」一聲打開，從裡頭抬出了一頂官轎，看門的僕人彎腰行禮，齊聲道了句。

「老爺慢走。」

「李二哥，我看我們三日後再來好了。」

李二還沒看清吳府的石獅子嘴裡含著幾顆珠子，就被阿竹一下子拉走了。

另一頭，與阿竹的從容相反，此時葉同心裡像燃燒著一團火苗，他在童試時是遠遠壓過阿竹的，沒承想鄉試出了差錯；原本以為跟禮部尚書家的姑娘訂下親事，自己得到一個進士及第更是固若金湯，牢不可破，誰知道吳家嫡小姐帶出去應酬的吳芷沅，竟曾流連於勾欄酒肆。

他清清白白的一個學子，憑什麼受到這般侮辱？

退婚，他一定要退婚。

可是當雲陽侯府的管家留下一萬兩的銀票在他書房裡的時候，從未有過的屈辱感讓他腦子一片空白。

這間兩進小院落，是他用了多年積攢下來的五千兩購置的，和吳府隔著兩條大街，他原想著賣吳家一個好，讓吳芷沅出嫁後離娘家近一些，自也存著到時讓吳尚書替他在朝中周旋的意圖。

可是一個勾欄的女子、一萬兩銀票……讓葉同嚐到前所未有的屈辱。

「少爺，老爺那邊派人來傳話，讓你今兒個晌午過去用飯。」門外的小廝輕輕敲了下書房的門，恭敬地道。

「不去。」

伴隨著葉同不耐的怒吼，一只茶盞砸在了門上，「砰」地碎成一片片。

當日郎中說要給祖父沖喜，家裡適齡的兒郎只有他未娶，可他是注定要上京做官的人，怎可娶這鄉野婦人？於是他說服了娘親讓爹爹娶了楚家的女兒。

直至此時，娘親悲涼、絕望的眼神，他依舊難以忘記，每每在午夜夢回，娘親的眼淚便成了汩汩流淌的溪流，那溪水一直淌、一直淌，直到現在，還在無止境地流著。

第五十一章

柳葉巷裡的丁家，張木有些失神地坐在梳妝檯前，連女學生們都能看得出來，周縣令是看上花娘子了。

其實莫說周縣令，便是張木自個兒也曾被花娘子的美貌震懾過。世間真的有這般的美人，瓊鼻櫻唇，黛如柳山眉，一雙似瞋似癡的眸，微微一瞥便像山中清泉一般清澈。

吳陵看著坐在梳妝檯前愣怔的媳婦，放下手中盛著熱水的臉盆，走過去伸手按在了媳婦的肩上，見媳婦微微動了身子，提議道：「娘子既然這般放不下花夫子的事，便過府去問問吧！」

花娘子撂下眾人匆匆走後，一直沒再傳話過來，那周縣令今日已經露出猙獰的面目，怕是不會真的走完三媒六聘的步驟，已經等不及要對花娘子下手了。

「娘子，此時花夫子那處怕是有些不安全，我們還是把她悄悄帶到家裡來住吧！」

之前他讓劉嬸子去周府，才知道周縣令對女色頗為癡迷，這幾年納進府內有名分的小妾就有八房，其中府內容貌好看些的丫鬟也難逃魔手，甚至還葷素不忌，據劉嬸子說，周府還有兩房侍妾是共同伺候過的。

這等爛至骨頭的人，花娘子又怎會真心下嫁，一方面怕是當時境況有些僵持不下，另一方面，應是花娘子自己遇到了些麻煩。

吳陵思慮了片刻，還是將之前周縣令有意敗壞媳婦名聲的事說了出來。

「相公，我昨兒個見那縣令，心裡就覺得他不是什麼好人，沒想到私下的生活竟然這般糜爛，以前在鎮上的時候，還聽說過那縣令是李秀才的學生呢！」

「娘子，妳忘了，當初趙問娶李秀兒，便是想靠著李秀才好攀上周縣令呢！」吳陵揉著媳婦的眉心，微勾著唇角，想起以前和趙問的是非，現在才覺得只是小打小鬧罷了。

周縣令這裡才是動真格的，他們一介小百姓，要想和當地的父母官較量，儼然是以卵擊石。

可一旦關係到他們的生活，任何人都不會坐以待斃吧？

張木想起李秀兒和趙問，在水陽村發生的事彷彿已經過了好久，她和相公、公婆一起在這裡定居，開女學館、竹篾鋪，遇到了蘇娘子、花娘子、劉嬸子、王嬤嬤、李娘子她們，還有女學館裡的學生們，張木覺得現在的生活恰合她的心意，她好不容易在這個時代找到了自己的定位。

至於名聲又一次被敗壞，張木並沒有什麼太多的感受。在這個時代，她的再嫁之身本就引人非議，只是相公不介意，她的公婆也不當一回事，她便覺得外人的是非言論也無關痛癢了。

特別是有了福福以後，她覺得以往個性上的稜角好像也被磨平了許多。

她反手握住吳陵的手，平靜地說：「相公，這一次我們不能讓周縣令得逞，以他的脾性，只要他還在朝為官，再過個幾年，學館裡的女學生怕也會遭到他的毒手。」

想起相怡那般心驚膽顫地躲到她的身邊，怕是被縣令那毫不掩飾的齷齪心思嚇到了。相怡才八歲不說，青青她們已經十二歲了，再過兩年，便是一朵嫋嫋娉娉的牡丹花。

「好，娘子，我聽妳的。」

吳陵安撫地擁住了媳婦，在遇到媳婦之前，他從沒想過他會有自己的家，會有一個像福福一樣胖乎乎又柔軟馨香的女兒。

如今他最大的牽掛就是媳婦和女兒，周縣令之前那般羞辱媳婦，他心裡便已埋下了些許陰狠的念頭，沒想到周縣令身體未癒，竟又學不了乖，動了這種齷齪心思。

兩人無聲相擁，感受著彼此身上傳來的熱度，沈浸在各自的思緒裡。

「喵嗚、喵嗚——」

美人不知何時窩在了兩人腳邊，吳陵看了眼未關嚴實的房門，笑道：「阿木，美人現在整日和福福關係這般好，等福福自個兒會走了，妳說，她會不會學美人老是偷偷溜進我們屋裡來？」

張木失笑。「相公，你想太多了，我可沒準備讓福福一直待在娘那邊，等這段時間學生們將竹篾鋪子的生意學上手了，我就把福福抱回來住。」

因她這段時間早出晚歸，怕擾了女兒睡眠，才讓丁二娘幫她帶，小孩子家家的，還是要和爹娘待在一塊兒才親暱；況且女兒不在身邊，她夜裡都睡不踏實，聽著一點聲響，都想著是不是前頭女兒又鬧起脾氣，不好好睡覺了。

張木彎腰抱起美人，看著牠腳上沾著的泥巴，不由得眼角抽了抽。「相公，我們多久沒給美人洗腳了啊？」

她想起今天早上好像還是美人用爪子把她撓醒的，忍不住走到床邊，攤開被褥，一個個梅花狀的小黑印深深淺淺地印在錦被上。

什麼趙問、什麼縣令，都沒有此刻的小黑印讓張木覺得悲憤。

美人在主人懷裡看見那一個個小黑印子，將小腦袋往主人懷裡縮了縮。

「喵嗚、喵嗚……」人家天天跟著小主人爬就忘記了，嗚嗚。

此時西大街的女學館裡，王嬤嬤、劉嬸子、李娘子和蘇娘子都聚在了一樓。

她們這些人不是老姑子就是寡居的婦人，對於一同在女學館裡當夫子的花娘子，私下也猜測過，也許她是大戶人家的貴夫人，但姻緣上有諸多不順……

只是沒想到平日端莊典雅的花娘子，竟然會向周縣令許嫁？

雖當時是那樣的情況，可那般目無下塵的人物，巧笑倩兮地說出「小婦人一見大人，便覺心生歡喜」，讓她們都覺得彷彿深陷在詭異的夢中一般。

「娘，花夫子真的會嫁給縣太爺嗎？」睏得有些抬不起眼皮的小茂林，含糊地嘟囔了一聲。

李娘子看著上下眼皮打架的女兒，竟覺得這小模樣異常乖巧，摸著女兒柔嫩的臉頰，微微嘆息道：「諸位姊姊，我們都是命運有些坎坷的女人，這些日子以來的相處，說長不長，說短也不短，我心裡實是將妳們和花妹妹、阿木當姊妹看待的，如今花妹妹這般意氣用事，我心裡實在覺得不妥當……」

「我覺得花娘子待在縣裡不太安全，只是她這人一向不和我們交心，我們也不好貿然相勸啊！」劉嬸子有些憂心地道，早知道上回她就在周縣令的飯菜裡再多加些料了。

「不，我們都多慮了，花娘子應該不會真的嫁到周府，怕就怕周縣令用強。」王嬤嬤終是忍不住插嘴說了一句。

所謂強龍壓不過地頭蛇，花娘子就算有些背景，可在這通台縣，一旦被周縣令看上，日子怕是難再像以前一樣安穩了。

那般如牡丹花一樣高雅明媚的女子，站在那裡就是一幅風景，這些年應該是一直很少出府，才沒被周縣令的爪牙發現吧！

「哎，妳們聽，後頭是不是有什麼聲音？」蘇娘子蹙著眉，示意大家注意後牆那裡。

幾位女夫子聽著外頭突然傳出的驚叫聲，心裡頭都有些駭然，後牆隔著一條小窄巷便是花府的後花園，這麼晚還有誰在那裡？

花府正院裡的花娘子聽著外頭的聲音，眉目不動地梳著頭髮。

夜風從窗外吹進來，吹得纏繞在手上的髮絲像流泉一般，在這燭火搖曳的夜裡，像是要流淌出一地的嫵媚漣漪。

守在門外的侍女悄悄探了一下屋內，若是平日她是絕不敢這般踰矩的，但是花漪姊姊悄悄叮囑過她們，這幾日主子心緒不好，要多注意些。

見主子握著梳子慢慢地梳著頭髮，侍女才縮回腦袋，和另一邊的侍女微微點頭——

剛才外院那一聲慘叫真嚇人，那周縣令真是無知者無懼，竟敢將髒手伸到花府裡來，若世子爺知道了，還不得活剝了他。

三日後，周縣令派來的媒人真的敲響了花府的門。

其實周縣令本來是想暗渡陳倉的，奈何花府外頭竟然有為數不少的護院，他派去的人都被揍得鼻青臉腫地回來，隔了三日，他只好找了媒人過府。

這件事自然也傳到了周夫人耳裡。

前些日子，周夫人才以第八房偷人的小妾為藉口，在公婆面前給所有的小妾上了眼藥，最近府裡那些花花草草都格外地服貼，每日按時來正房請安不說，各式各樣的針線活也是流水似地往正房送來。

像打簾子、端茶這種小事，更是成了眾小妾搶著做的活，周夫人想著，要是冬日，這些小妾怕是連給她捂腳這種事都做得出來。

這天，她正喝著家裡第三房小妾端過來的燕窩，第七房小妾卻慌慌張張地跑進來，說道：「夫人，大人又要娶妻了。」

話音剛落，周夫人手裡的湯勺便砸到了她額上，第七房小妾看著主母赤紅的眼，聽見她嘴裡怒斥。「胡說什麼?!妳們這些賤蹄子也配提娶?別一個個的把自己太當一回事。」

第七房小妾鼓著勇氣，顫巍巍地道：「夫人，這回不是納妾，是娶平妻……」

聽了這話，周夫人慢慢沈下臉，眼裡閃過一絲狠毒的光芒……

不提周夫人那處因花娘子而掀起的驚濤駭浪，柳葉巷的丁家再一次迎來了喜事。

當官差上門，告知阿竹中了二甲，全家人都喜出望外，可惜阿竹不在，不然可要好好宴請一番。

另一頭，阿竹身穿直襟長袍，腳下踏著粉底緞靴，準備入宮。

李二看著阿竹穿了這身新衣袍，倒有些書生公子的模樣，摸著下巴笑道：「阿竹小兄弟，再過個兩年，你個子再長高一點，也是俊俏的小郎君了。」

阿竹撓著頭，有些不好意思，他自小就惦記著一口吃食，還真沒注意自個兒到底長啥樣。

「李二哥說笑了，你家的小茂林小姐倒是常喊我『竹竿』呢！」想起家中的那個小姑娘，歸家的念頭倏地湧上了心頭，可瓊林宴結束後，還得等宮裡的任職文書，回家怕是還要半個月。

此時在宮殿外頭，已經有許多士子在等待裡頭的傳召，阿竹還沒有見到相熟的同窗，便站在一邊聽旁人說笑——

「你知道嗎？之前和吳家庶小姐有婚約的那位士子，這回落在了三甲最後一名。」一位身形頎長、帶著川音的士子朗聲笑道。

聽到吳家，阿竹的耳朵不由得動了動。這幾日街上都是放榜的消息，沒再聽到關於葉同、吳芷沅和雲陽侯府的事了。

「我也看到了，剛好掛在你我兩人的尾巴上，擠進了進士行列。」搭話的同伴有些矮胖，身上的長袍很是華麗耀眼，邊角綴了金線不說，腰帶上的寶石也熠熠生輝，怕是比他在葉同身上見過的那條犀角帶還要昂貴。

「咦，你來得倒是早。」

聽見聲音，阿竹回頭，看著眼前一身貴公子打扮的葉同，沒想到唸著曹操，曹操就到了。

方才說話的兩人顯然認識葉同，見葉同來了，打著哈哈說起別的事。

「住的客棧遠，今兒個便早些出門，咱們有好些日子不見了。」阿竹笑著回道。

方才說話的小胖墩，見著葉同翩翩佳公子的模樣，對著同伴使了個眼色，插話道：「金榜題名、他鄉遇故知，這人生三喜，葉兄已經遇到了兩樣，不知葉兄的洞房花燭夜是什麼時候？到時還要告知一聲，兄弟我也好去討杯水酒喝啊！」

小胖墩笑呵呵地說完，葉同的臉色瞬間由紅轉白，垂下的手不自覺地微微彎起。

沈默了半晌，他終是壓下怒氣，拱手行禮笑道：「王兄心寬體胖，不知道我的為難，饒過、饒過。」

這便是求饒了？王則面上毫不掩飾地擺出鄙夷的神色，窮旮旯裡出來的，還想在京城裡擺世家公子的派頭，當真眼皮子淺得很。

這時有一位公公出來傳召眾人進殿，阿竹微微拱手，往前頭去了。葉同看著前頭傲慢的小胖墩，一口鬱悶之氣直在五臟六腑裡呼嘯。

可他不知道，今日的憋屈不僅僅是宮外這一段插曲，當他看到傳說中的雲陽侯世子，也就是那個要搶他未婚妻的人今日也在，且還伴在聖人旁邊，不禁更鬱悶了。

酒過三巡，狀元、榜眼、探花依序被聖人點名，上前賦詩一首，阿竹待在下面，看著面前精緻的飯菜，沒了往日的貪食；或許是這等場合有些緊張，也或許是滿殿裡都是這樣的菜色，看著便沒了胃口。

「哪位是台州的葉同？」一位公公尖著嗓子在殿中喊道。

葉同驚喜地起身，跟著公公往龍椅面前的臺階上走去。

殿裡眾人原本還在小聲交談，此刻看著葉同，都詭異地安靜下來，連幾個挾著菜的都放下了筷子。

聖人的位子離得有些遠，阿竹只見聖人張口幾次，葉同便再次戰戰兢兢地跪了下來。片刻，待葉同走下臺階的時候，阿竹見他面上似有幾分恍惚。

突然，他覺得有道目光好像在盯著自己，抬眼望去，看見雲陽侯世子正在和聖人說笑，接著便見聖人舉著酒杯，要與此次中榜的士子一起共飲。

他低頭端起桌上的酒盞，淺淺地啜了一口，想來方才是雲陽侯世子在聖人面前給葉同使絆子了。

可阿竹並不知道，葉同的情敵何止是雲陽侯世子，聖人差一點便到手的嬌美人兒，正是葉同和雲陽侯世子爭得你死我活的那一位。

自那日望湘樓裡發生的事後，眾位女夫子有好幾日沒見到花娘子了，張木和吳陵一起去花府問候過，接待兩人的是花漪，只說：「兩位莫怪，我家主子這幾日心緒不寧，夜裡不曾好好睡一覺，今兒個撐不住，正在休息。」

聽花漪這麼說，吳陵和張木也不好多打擾，張木提議說要接花娘子去柳葉巷住一陣子，花漪原有些肅著的臉上露出兩分真心的笑容來，還勸著張木道：「夫人不必擔憂，花府裡的護院不少，主子的安危不成問題。」

張木見她說得有些矜滿，心裡明白花娘子的身分怕是不低，便告知下回再來探訪，和吳陵一起去了女學館。

女學館裡的女夫子們知道阿竹中榜的消息後，臉上都露出了笑容，在蕪朝，二甲便是從七品出身，三甲則是正八品，阿竹硬是壓了周縣令一頭了。

如此一來，周縣令總不敢再像以前那般肆無忌憚地行事了。

「娘，以後阿竹哥哥是不是就要做官了呀？」小茂林拽著娘親的袖子問道。

「對啊，以後可不能再像以前那樣和阿竹沒大沒小的了。」

「我知道了啦……」小茂林低著頭應下，聲音有些悶悶的。

李娘子看著女兒皺著小眉頭、一副苦大仇深的模樣，熟悉的無力感又襲上心頭。

她知道女兒愛和阿竹玩鬧，只是女兒轉眼就要長大了，以後和阿竹之間還是保持距離比較妥當。

「小茂林啊，妳一會兒去問問相怡、婉蘭她們，看今兒個想吃什麼，我今天心頭敞亮，好好給妳們露一手。」劉嬸子捲著袖子，準備往廚房走去。

「嬸子，我惦記著如意玉米烙餅好些日子了，您給我做一份吧！」提起吃的，小茂林的眼睛便亮了起來。

「行，我今天多做些，這東西阿竹也愛吃。」

「喵嗚、喵嗚。」

美人細細的叫聲突地傳來，小茂林跑到門外一看，見到美人果真在院子裡。只見牠仰著頭，朝廚房一個勁兒地嗚嗚叫著，聲音不復平日裡的歡快，抽抽噎噎的，像是被什麼嚇到了一般。

第五十二章

小茂林看著美人的眼睛，莫名地覺得有些可怖，大聲朝屋裡頭的眾人喊。「娘，妳們快出來看看，美人不知怎麼了。」

美人常跟著張木或吳陵一起過來，連向來寡言的蘇娘子也和牠熟得很，聽到小茂林的話，全都往外頭來，見著美人蹬著腿後退，警惕地盯著廚房叫喚。

劉嬸子在灶上忙活了許多年，對廚房的一些骯髒事是最清楚不過的，只是來到這裡，她沒再想過那些不堪的往事，可近日歷經了周縣令家的事，再看美人的樣子，心裡莫名突突的跳。

她彎身抱起美人，見美人不像往日一樣乖巧地窩在她懷裡撒嬌，小腿僵硬地撐著，心裡的懷疑更確信了一點。

「拿根棍子來吧！」王嬤嬤也察覺出來了。

眾人都被這莫名其妙的一幕弄懵了，李娘子提著心，問道：「劉嬸子，廚房裡有什麼東西不成？」

她看裡頭還是和往日一樣，灶上的鍋蓋嚴嚴實實地蓋著，水缸上的蓋子也在，劉嬸子早上買的菜蔬還有一半在籃子裡頭，沒有什麼可疑的問題啊！

劉嬸子沒有吱聲，抱著美人跟王嬤嬤一起進了廚房，小茂林想要跟進去，卻被劉嬸子攔住。「小茂林乖，妳待在外頭。」

李娘子看劉嬸子投過來的視線，連忙把小茂林拉住，哄道：「別鬧，妳劉嬸子和王嬤嬤有事呢！」

美人一進廚房，身上的毛便豎了起來，身子也繃得像支隨時要飛出去的弓箭一樣，王嬤嬤看著美人的眼緊盯著水缸那處，謹慎地打開了水缸的蓋子，裡面的水還有半缸，澄澈乾淨，什麼也沒有。

王嬤嬤和劉嬸子有些詫異地交換了個眼神，難道這水出問題了嗎？否則美人為何像大難臨頭一般？

滴、滴……

王嬤嬤聽到像是有什麼東西在滴的聲音，緊盯著水缸，發現邊角處好像有什麼東西滴進水缸，看了許久，又沒有了動靜，以為是自己年紀大了，目力不佳，也沒在意，對劉嬸子道：「既然美人覺得這水有問題，我們便換掉吧！」

「欸，好。」

兩個人又把在外頭的李娘子和蘇娘子叫進來，一起將大水缸往外移，沿著院牆的裡側有一條小小的凹槽，是平日排水用的。

當四人把大水缸抬出廚房的時候，美人忽然在小茂林懷裡掙扎，小茂林順著美人的視線一看，瞳孔猛地一縮。

「娘、娘，快放下！快放下水缸！」小茂林看著水缸上那一排小蜘蛛，大喊道。

此時張木正在前頭和相怡說著話，聽到後頭小茂林的大叫聲，忙和吳陵過來看，見到美人正在小茂林懷裡，身上的毛豎直，順著視線看去，見到那一排小蜘蛛，頭皮不禁發麻。

滴。

水缸裡又滴進去一滴水。

李娘子四人已經將水缸放下，看到那一排蜘蛛身上鮮亮的紅色，全屏住了呼吸，不敢開口，生怕驚動那一排蜘蛛。

張木拉著小茂林，仔細辨認，這蜘蛛和她以往見過的有些不同，那身上點點的紅色，莫名讓人心裡泛上一層恐懼。

吳陵把媳婦拉到自己身後，拿著夾子從灶裡掏出一根發紅的木炭，便要對著那一排蜘蛛燒過去，王嬤嬤抬手示意慢些，去廚房裡找來一瓶劉嬸子燒菜用的酒，沿著缸壁倒下去。

蜘蛛聞到了酒味，動了動，吳陵便把燒紅的木炭往蜘蛛身上碰，看著沾著火星的小蜘蛛試圖逃竄，其中幾隻掉到了地上，被劉嬸子一腳踩死，蘇娘子幾個也忙上來踩。

看見小蜘蛛都死了，眾人才鬆了口氣，張木看著美人的毛柔順了下來，此刻才放了心。

王嬤嬤用帕子捏起一隻死蜘蛛，發現腳上竟然還有蛛絲，只見蛛絲沿著缸壁，越過缸口，直接黏在了內壁上。

「這是滴水蜘蛛。」王嬤嬤連忙扔下手中的帕子，吃多了它們吐的水，會使人暈眩啊！

張木聽出王嬤嬤話裡的恐懼，抱緊了懷裡仍緊繃著脊背的小茂林。

「這東西應該是荒漠裡才有的，我們這裡怎麼會有呢？」幸好這東西喜歡濕氣，又不能沒有陽光，在水井裡根本存活不了，不然要是被有心人放在水井裡，可得遭殃。

王嬤嬤皺著眉頭，心裡起伏不定，要不是她以前為了要幫主子防侯府裡的陰私，特地跟著宮裡的老嬤嬤學了這些，也不會知道。

劉嬸子看著面色凝重的吳陵，抿緊了嘴。她曾在周府用過這東西，可這東西為什麼會出現在這裡呢？

「待會兒我讓人來把這水缸搬走，我們再買一個回來。」吳陵看著地上的蜘蛛屍體，語氣平靜地安撫著眾人的情緒。

對方用這東西的意圖，應該和他當初用在縣令家的想法一樣吧，只是不知道放這蜘蛛的人目標是誰？

「喵嗚、喵嗚——」美人突然從小茂林懷裡跳下來，跑到吳陵腳下叫喚了兩聲，接著便往廚房跑。

吳陵立即跟上去，他一直都知道美人其實不是隻尋常的貓。

當他跑到方才放水缸的位置，這才發現水缸其實被人移動過，地上很明顯有兩個印子，一個較深，一個較淺。

「阿木，女學館裡的水有問題，這裡近日怕是不適合讓女學生們再來了。」外頭李娘子對張木說道，要是被有心人傳了出去，還不得又鬧起來？

「妳說得沒錯，到時就去學生家裡通知一聲，就說近日學館要修葺，停課一段時日。」這裡的衣食都要好好檢查一下。

張木想到花府裡那幫護院，覺得這事還得找花娘子幫忙才行。

花漪對於張木和吳陵的再度拜訪很是熱絡，畢竟自家主子難得遇到一、兩個願意真心相交的人，只是聽完張木和吳陵的來意，花漪一陣心驚，忙對張木說：「這事我家主子肯定不會袖手旁觀的，您兩位稍坐片刻，我這就去喊我家主子。」

花漪說著，便往內室裡跑去。

張木眼皮一跳，花漪一向謹言慎行，從沒見她這般慌張過，怎麼今兒個像是有些不尋常？

她側首問吳陵。「相公，你有沒有覺得花漪今天有點不對勁？」

吳陵眼眸一暗，大手覆在媳婦手上，聲音有些沈。「娘子，別急，一會兒花娘子出來，我們問問就知道了，她們知道的或許比我們還多。」

他也很想知道，這滴水蜘蛛為什麼會出現在女學館。之前他曾花了一千兩銀子，託表哥鄭慶衍跟行腳大夫買來三、四隻，再用蜘蛛的分泌物製成藥，讓劉嬸子不著痕跡地給周縣令吃下，最後他再用火弄死那幾隻蜘蛛。

看剛才花漪慌張的樣子，他便猜出了個大概，只是還需要親眼證實一下。

「主子，女學館裡出現了蜘蛛。」花漪從前廳一路跑過來，話音裡也帶了些顫抖。

「蜘蛛？」花娘子有些莫名地看著眼前心急火燎的侍女。

「滴水蜘蛛啊！您忘了？這東西只有我們手裡有，怎麼會跑出去呢？而且還是女學館——啊！」花漪忽地捂住了嘴。

之前因為周府的事，她心裡跟著焦急了好些日子，竟然忘了周府還有她們安排的眼線。

花漪看主子臉上的漠然神情，心裡也很惱怒那個不知死活的眼線，如果是怠忽職守，主子或許還能饒他一回，只是他竟然背叛？

「主子，吳家夫婦還在前廳裡候著，您是否要去見一面？」花漪見自家主子似乎有了決斷，又恢復往日冷靜的模樣。

「走吧，我也有好些日子沒見到他們了。」花娘子放下手中的帕子和絲線，門外候著的侍女立刻進來為她整理裙襬。

張木見到花娘子的時候，發現除了眼下有些烏黑，她依舊是那個端莊典雅的貴婦人，簪子上的寶石一顆不少，裙襬也沒有一絲縐褶，不禁暗嘆美人就是美人，再不順心，依舊過得衣食無虞。

「我這趟來，是想來和妳討幾個人使喚的。」張木開門見山地道，她和花娘子相處了這些日子，也有了情分，不需要再拐彎抹角。

適才她聽出吳陵話裡的意思，又見他臉色不對，便猜想可能和之前縣太爺一病不起的事有關，她知道吳陵曾在周府的灶上耍了些手段，這還是有一次他說溜嘴被她發現，不得已才如實告訴她的，可她不知道周府那藥的源頭是這蜘蛛，怪不得要一千兩呢！

張木看著花娘子，繼續說道：「我知道妳是大戶人家出身，這事也得妳出手才行，我們市井小民哪懂得這些手段？」

見張木這般爽快，花娘子心裡也鬆快了些，這事的禍頭畢竟是在她這裡，沒想到那周夫人還有這本事，竟然能讓她派去的眼線背叛，反過來將這滴水蜘蛛放在女學館裡。

如今就算張木埋怨她幾句也是應當的，當初她雖有意幫吳陵，但是又怕洩漏了自己的身分，便讓手下扮成行腳大夫，主動接觸吳陵的表哥鄭慶衍，還讓吳陵費了一千兩銀子呢！

吳陵見花娘子後頭的花漪一張臉忽地脹紅，心思微動，指著花漪道：「難道當初在街上和旁人說什麼滴水蜘蛛的人……是花漪？」

那日他想著媳婦的事，出了竹篾鋪子，見到街上有人在賣許多瓶瓶罐罐，說什麼包治百毒、連吃過滴水蜘蛛分泌物的症狀都能解，便有人好奇問滴水蜘蛛是什麼？

他聽完後，覺得這既然沒毒，也不會致人於死，才託表哥幫忙找，現在想來，估計花娘子她們一早就跟著他，等他找到表哥，便給表哥下了套。

花娘子見吳陵面上恍然大悟，把花漪拉到前頭，笑道：「花漪，給阿陵賠個禮吧！」

吳陵搖搖手道：「不用了，既然妳們不想讓我知道，肯定有妳們的難處，卻還願意為我出頭，我和阿木該謝謝妳們才是。」

花娘子微微一笑。「謝自是不用謝，至於蜘蛛的事，就交給我吧！」

吳陵和張木走後，花娘子看著這一對小夫妻倆的背影，久久不能回神。

如果她和他只是這市井裡的一對平凡夫妻，會不會也能像他們這樣在粗茶淡飯裡慢慢白頭？

出了花府，吳陵忍不住又回頭看了一眼，這花娘子怕是哪戶達官貴人家的女眷吧，畢竟若是商戶，有幾個能比得過昔日的台州吳家，連作為鄭家下一代家主的表哥都能輕易地矇騙過去……

「相公，你想什麼呢？」張木見吳陵肅著一張臉，手心一陣癢，扭了他耳朵一下。

「哎，娘子，這在外頭呢，咱們回家再鬧。」吳陵忙把媳婦的手拿下來。咳咳，他現在是竹篾鋪的掌櫃，好歹要注意點形象。

張木撇撇嘴，這男人真是越來越彆扭，看見路上有幾個行人看著他們，她忽然有些不自在，這下又得傳她不守婦道了。

過沒幾日，聽說周縣令竟然中風了，周夫人急得團團轉，把通台縣所有郎中都抓到了周府，家裡的小妾們這些日子原本就被周氏震懾住了，此刻見靠山中風癱在床上，眼歪口斜的，心裡更是戚戚。

聽幾個郎中說，縣太爺即使痊癒，怕是說話也有些困難，那這縣太爺的位置不也坐不成了？那她們這些沒有兒女傍身的侍妾留在周家是為了什麼？

如今年紀最小的是第七房小妾，她比原來的八房還要小上一歲，她忍了幾日，見周夫人又罵走一位老郎中後，「撲通」一聲跪在了周夫人的腳下，哭道——

「夫人，我才十五歲，比家裡的少爺大六歲而已，求夫人放我歸家吧！我什麼都不帶，首飾、衣裳都留在府裡，扔灶裡當柴都行，只求夫人放我回家……」她還年輕，模樣也好，回家還可以找一戶鰥夫或窮些的人家另嫁，不愁嫁不出去。

周夫人還沒從第七房小妾的話裡回過神，見底下又跪了幾個，也是哭求放她們歸家，銀子、衣裳、首飾那些都可以放棄。

看著這一個個容貌美豔的小妾，周夫人氣得腦子發昏。周家富貴的時候，她們都來堵她的眼，現在老爺一出事，這些賤蹄子便想另攀高枝了?!

「呸，我告訴妳們，世間沒有這般便宜的事，妳們不是想要出府嗎？行，我就讓妳們出府！」

周夫人看著腳底下一片花花綠綠，眸子裡像淬了血色般駭人。

第五十三章

滴水蜘蛛的事，花娘子接手後，張木和吳陵便都不管了，而自從周縣令中風，周夫人忙得焦頭爛額，也沒時間找花娘子的碴。

女學館停課了一段時日後又開始正常上課，經過這次的事件，張木和吳陵商量，以後每日都帶著美人來女學館。

開課後，花娘子便過來了，張木知她心裡的不如意應該少了幾分，上前挽著她的胳膊道：「妳來得真剛好，一會兒便是妳的課了呢！」

花娘子美目流盼，看著張木但笑不語。

比起京城裡那些不痛快的事，她有時候更眷戀這裡，像阿木一樣每日跟夫君處在一起，那才是真正的幸福吧！

花漪見主子一到學館，臉上的神情便鬆快許多，心裡也定了一些，又看張木見到主子也是極歡喜，心裡覺得主子沒看錯人。「夫人妳是不知道，我家主子一聽到小姑娘們晨讀的聲音，在家裡便待不住了。」

「我還怕妳家主子要在家裡待個把日才過來呢，早上青青還來問我，怎麼沒看到花夫子呢？」

雅音和青青一聽到花漪的聲音，連忙跑了出來，見到花夫子，兩人開心地喳呼道：「花夫子來了，太好了，我們快去上課吧！」

她們擔心了好久呢，幸好花夫子最後沒嫁給那般貌醜的縣太爺。

花娘子見到兩個小姑娘，眼裡也染上笑意，對著張木頷首道：「阿木，我不能和妳閒聊了，我得帶她們下棋去了。」

張木看著花娘子一手牽著雅音、一手牽著青青走進屋，才轉過來問面前的花漪。「花漪，那蜘蛛的事可查明白了？」

雖說他們不插手，可此時見到花漪，張木還是忍不住問了一句。

「夫人莫擔心，差不多已經處理好了。」花漪斟酌著說了兩句。

張木見花漪她們自有主張，也不多問，去前頭找吳陵了。

到了五月，阿竹還沒有回來，福福已經邁開小腳丫子撒歡了，她不讓人抱，像頭小蠻牛一樣，執意要自己走。

丁二娘常牽著她的小手在前後院裡蹓躂，有時一個沒注意摔倒了，福福也不哭，揚起臉對著丁二娘傻笑。

除了丁二娘，福福最愛的不是爹，也不是娘，更不是爺爺，而是家裡四隻腳的成員——美人。她像是能跟美人溝通一樣，美人喵嗚兩聲，她就知道美人是要撓癢還是撓尾巴。

有時張木一回來，就會看到福福抱著美人躺在小竹床上笑得歡快，有一回她還見到福福幫美人捏小腿和肚子，美人則瞇著眼，一副很享受的模樣。

她跟吳陵說起這件事，吳陵還反過來笑她。

「娘子，難道妳不知道咱家的貓不是一般的貓嗎？」

她瞪向近日對女兒越來越百依百順的相公，嘴裡調侃。「我家的相公也不是一般的相公，前些天我還看到你給福福當大馬騎呢！」

吳陵面上一陣尷尬，他都背著媳婦悄悄在地上爬的，怎麼媳婦還是看見了呢？

過沒幾日，張木處理完女學館的事，剛走到前屋，便見吳陵在刨一塊木頭，那木頭表面光滑，一點倒刺都沒有。

「相公，這是什麼東西？」

吳陵吹了吹上頭的木屑，看著媳婦，眨著眼問她。「娘子猜一猜？」

張木撇嘴道：「我才不猜呢，相公手藝那麼好，做出來的許多東西我都沒見過，哪能猜得出來？」

她說的是實話，前些日子，她見吳陵不知道從哪做出來三個飾品，一家三口一人一個，還有一個平安釦就掛在美人的脖子上。

「阿木，這回連我這個老頭子都猜不出來，妳啊，就更猜不出來了。」丁二爺在東邊屋裡聽到，朗聲笑道。

張木看著自家相公頗為自得的模樣，手有些癢，見丁二爺在東邊那處招呼客人，揉了揉手指伸向吳陵的脖頸，呵起了癢。

「你再不說、再不說啊！」

「好、好，我說還不行嗎——是木馬。」吳陵求饒道。

張木聽是木馬，便放開了手，仔細對著那塊木頭看了兩眼，確實有點像馬的身子。「這是給福福玩的嗎？」

吳陵搖搖頭。

「難不成是別人家訂的？」

「也不是。」見媳婦有些詫異地看向他，一雙眼睛黑白分明，水光閃閃，猶似一泓清泉，丁丁泠泠地在他心裡流動，吳陵面上忽地一熱，拿起小刀，微咳兩聲道：「娘子之前不是想開間嬰兒館嗎？我打算先幫娘子準備，先做個十二生肖的木頭玩具出來。」

現在竹篾鋪子的生意漸漸穩定下來，雖然不是門庭若市，但每日都有些人上門挑選一些小玩意兒，也常有人藉著買東西來詢問女學館的課。

他記得媳婦一開始想開嬰兒館，而他正想著給福福多做些玩具，等過一段時間，她腿腳索利了，玩這些正好。如果說是給嬰兒館做的，他不就能給寶貝閨女做上許多了？

張木一下子便猜到了吳陵的心思。「要是給福福做這麼多，確實是太耗費工夫了，可既然相公有這個心，就先做起來吧，等女學館裡這批女孩子學得有點樣子了，我再籌劃嬰兒館的事吧！」

突然，「咻」地一聲，美人跳到了吳陵打磨的木頭上。

吳陵看著牠扒拉著小爪子，想把木頭拖去玩似的，輕輕在貓背上拍了兩下。「娘子，美人最近越來越難管了，還是得讓福福來治牠才行，改明兒個把福福也帶過來吧！」

張木看著這個早已化身為女兒控的相公，無奈地把美人抱下來。「福福就是個小惹禍精，她要是過來，咱倆都別想幹活了。」

於是邁著小腳丫子的福福，自此踏入了雞嫌狗厭的階段。

五月的天氣一日日地熱了起來，眼見端午要到了，竹篾鋪裡做了許多裝粽子的小籃子，四四方方的，四個角都掛上長長的穗子，這穗子還是蘇娘子帶著女學生們做的。

縣裡的大戶人家多，這小巧的竹籃受歡迎得很，買回去裝粽子送人體面不說，就是自家也可以留著給婆娘或是女兒裝東西。

這個月竹篾鋪的做帳活剛好輪到相怡和小茂林，兩人要按著成本、數量、價格一一算好，還得想些招攬客戶的方法，兩個小姑娘覺得頗新鮮，卯足了勁去做。

相怡回家可以請教叔叔，可李娘子不懂庶務，小茂林便自個兒天天在屋裡折騰。

這一日，李娘子看著自家閨女在紙上寫著一串奇怪的東西，像鬼畫符一樣，不禁拿起紙多看了幾眼。

「小茂林，妳寫的這是什麼呀？」這東西她像是在哪裡見過。

小茂林瞅了眼娘親微蹙的眉，低頭沈默了一會兒，才答非所問地道：「娘，我都這般大了，妳怎麼還長得這麼好看呢？」

猛地被女兒誇了一句，李娘子心裡一喜，卻又聽到閨女嘀咕。「這是不是就是木姨姨說的風韻猶存呢？」

李娘子伸手在女兒的額上彈了一記。「瞎嘀咕什麼，妳娘我還是花樣年華，懂不懂？」

她才二十六，正是女人風姿綽約的時候，這毛孩子怎麼越來越跳脫了呢？

她拿著紙在女兒面前揮了揮。「行了，別和我瞎扯了，這上面的符號是什麼？」

小茂林糾結地皺著小眉頭，站在李娘子面前，半晌不吭聲，最後才跑到她的床頭，十分寶貝地捧出一本帳本遞給娘親。

「是記帳用的，這是我記的帳本。」

李娘子翻開一看，上頭第一列列著竹篾鋪裡的小竹籃、木凳、簸箕、櫥櫃、衣櫃等等，第二列、第三列便是那長長的鬼畫符。

「這是妳木姨姨教的？」李娘子眼簾一掀，看著女兒糾結的小臉，一副苦大仇深的樣子，心裡不由感慨，這孩子和阿木的關係倒是越來越好了，竟還想瞞著自家娘親。

見女兒不答，李娘子故意挖苦道：「哎喲，妳木姨姨就和妳好，妳不說，我自己去問。」

話一說完，李娘子見自家閨女皺巴巴的小眉頭一下子鬆開，轉瞬便笑嘻嘻地說：「哎，娘，我們都用這個做帳本，木姨姨說這個看起來方便，一目了然。」

小茂林大致給娘親解釋這數字的意思，還不忘叮囑一句。「娘，木姨姨說了，這個是她在別人家偷學的，不能和別人說是她教的，不然人家會來找她麻煩。」

「好，娘不會說。」李娘子摸著女兒的兩個小丫髻答應道。

張木待她很好，待小茂林還有學館裡的女孩子也很上心，就算女兒沒交代，就是看在這分上，她也不會說的。

下午，張木聽李娘子說起小茂林對她的維護，心裡也暖暖的，其實不是不能說，只是想提防被吳茉兒發現罷了。

「欸，阿木，她們那帳本還行嗎？」李娘子自幼是被當成才女培養的，詩詞書畫她都能露個幾手，就是這管家理財她是半點也不懂，不然也不至於依著兄長過日子了；只是丈夫不在，女兒還是多懂些庶務好些，以後到了婆家，自己也能立得穩。

張木早就看出李娘子並不希望女兒和她一樣不懂庶務，笑道：「妳放心，小茂林機靈著呢！」

並不是她偏心，實是小茂林這丫頭特別有生意頭腦，她竟想出買兩個竹籃可以得到一條絲帕，買滿一兩銀子便可得到蘇娘子親手做的一個荷包，滿五兩銀子則可得到女學館特製書袋的促銷手法。

於是端午節還沒到，這竹籃子便風靡了通台縣，連周家也跟著鬧了起來。

周縣令一直中風臥床，周夫人帶著四個兒子日日守在床前，最大的兒子十歲，最小的也有四歲了。

周家兩老看著床前的孫子，對兒子臥床不起的傷痛也減少許多，憑著兒子攢下的家業，只要養大這四個孫子，周家不愁沒有再興的時候。

周老太爺摸著稀疏的鬍鬚，對著兒媳道：「老大家的，我和妳娘年紀都大了，兒子又臥床不起，這家就妳來當吧，以後就靠這四個乖孫了。」

「是兒媳不孝，爹和娘早該安享晚年的，以後這家裡的事兒媳會看著，有不懂的再請教爹娘。」周夫人聽了公公的話，趕緊誠惶誠恐地道。這兩個老不死的，說是看重她，還不是讓自家相公一房一房小妾地往回納，還藏著家裡的地契、房契，讓她動不動就捉襟見肘。

周老太爺見兒媳一如既往地恭順，心裡頗為滿意，拉著兀自對著兒子垂淚的老妻回屋。

這幾日，饒是張木整日在家裡和女學館裡轉悠，也從包打聽的劉嬸子那裡聽到周府近日有好些牙人出入，說是周夫人要盤掉宅子和田產回老家。

「嘖嘖，誰能想到那周扒皮竟然好不了了呢！」劉嬸子一邊挽著袖子準備揀今天剛買回來的豆芽，一邊對著在院子裡閒聊的蘇娘子、王嬷嬷感嘆。

「那周夫人倒是心裡清明得很。」蘇娘子忍不住冷哼一聲，這些日子她常和劉嬸子、李娘子幾個作伴，心情開朗許多，有時候也會跟著幾個娘子八卦幾句。「周家這幾年沒少魚肉鄉里，周縣令臥病在床，朝廷肯定會派新的縣令上任，周家要不趕著走，縣裡等著找他家秋後算帳的人家早就排成長長一條了。」

整個通台縣誰不知道周家人的秉性？周縣令貪財好色，納了好幾房小妾不說，就是這縣裡被騙到那些犄角旮旯裡玷污的婦道人家也有不少。

還有周夫人，最愛扒拉縣裡大戶人家的家底，她家院子裡的花卉有幾盆是自己掏了錢買的？就是她身上穿的衣裳料子也是逼著底下人孝敬的，更別提那插滿頭的珠翠了。

這等搜括民脂民膏的父母官，活該一輩子中風臥床不起。

見到蘇娘子微微不屑的表情，王嬤嬤舉著袖子掩了嘴，微咳兩聲，沒想到這蘇妹子也跟著劉老貨學會幾句口舌了。

不過周夫人要盤掉的不僅是周宅和田地，還有家裡的奴僕以及侍妾，而且她還指名要將七房小妾都賣到勾欄裡，故此才約了好幾個牙人過去，談的不是價格，而是勾欄的去處。

張木聽到的時候，心裡忍不住抖了兩下，這婦人也太狠了些。

可吳陵卻覺得媳婦心太軟。「阿木，妳要知道，從她們入府給周縣令當侍妾開始，就已經做好了賣身的準備，自此她們的命就不是她們的了，她們既要享受周家的富貴，自然也得承擔身為侍妾不由自主的命運。」

相公會說出這般無情的話，怕是心裡對侍妾是恨毒了的，她看著吳陵面上閃過的痛苦神色，心裡有些難受。

相公無助的童年，以及刻在他心上的創傷，怕是永遠留下瘡疤了吧！

感覺到一雙纖手從腰上環住自己，背後傳來娘子溫暖的氣息，吳陵心裡的痛漸漸地舒緩了。

他發誓，這輩子他要守著娘子好好過一輩子。

第五十四章

五月底的時候，周家七房小妾全都被賣到了邊疆的勾欄，誰都知道邊疆野蠻，那裡的男子更是粗魯無比，這七房小妾的命運在離開通台縣的那一刻，便染上一層灰色。

周夫人這一手讓張木驚出一身冷汗，要是花娘子入了周府，周夫人怕會折磨死她吧！只是以周夫人這般狠辣的心性，真的會放過花娘子嗎？

張木和花娘子說了心頭的擔憂，花娘子兀自轉著手上一串黃燦燦的槐花，半晌沒有反應，一旁的花漪輕聲喚了一句。「主子。」

花娘子回過神，抬眼看向花漪，見侍女朝著張木努了努嘴，把槐花遞給了侍女，拉著張木的手笑道：「木妹妹勿怪，我剛才想事情走了神。」

張木不在意地搖頭道：「沒事，姊姊怕是心裡存了事吧，我看妳好些日子精神都不太好。」

其實在周縣令的事之前，花娘子便鬱鬱寡歡了好些日子，哪想到半路又遇到這些齷齪事，此時張木想起來，眼神不由得帶了幾分探詢。

花娘子櫻唇一勾。「不瞞妹妹，其實我不是守寡或和離之身，我有夫婿的，只是他將我放在這裡已經有好些年了，一直沒有接我回去。」

張木敏銳地察覺到，花娘子說到「好些年」的時候，語調有微微的顫抖。

「姊姊莫怪我說話直白，憑姊姊這般的人品和樣貌，怕是做妃子也是可以的，既然那人被塵蒙了眼，姊姊明珠另投便是。」

花漪猛一聽見張木的話，心都快跳出嗓子眼了，她哪來的膽子，竟然勸主子另嫁？花漪只覺得頭皮一陣發麻，要是被世子爺知道了，怕連她們這些隨侍的下人都沒好果子吃。

花漪想開口勸解兩句，不期然地發現自家主子臉上掛著明晃晃的笑容，心口一噎，霎時消了音。

張木不知道自己已經得罪了某位大官，心裡猶自憤憤不平，憑什麼女子就要這般無望地守著一個杳無音信的男子呢？

「木妹妹說得對，我年紀還輕，連一兒半女都沒有，合該再找個好人家嫁的，今日聽了妹妹的話，心裡頭敞亮許多，以後還得託木妹妹幫我留意一下才好。」花娘子語調柔婉，像是羽毛掃過耳膜一般，令人神魂蕩漾。

「花姊姊想開便好，其他的都好說不是？不僅是花姊姊，還有蘇娘子、李娘子她們幾個，也都正值女子最美的年紀，還可以再去尋求幸福的。不瞞姊姊，我自己也是和離後再嫁，最看不得女子因為一樁婚姻毀了後半輩子，真的不值得；婚姻不和諧，不是我們一個人的過錯，憑什麼不問對錯，就要懲罰我們一輩子呢？」

花漪看向說得激動的張木，再看自家主子眼裡閃耀的火花，吶吶不能言，這是要勸各位夫子集體找婆家嗎？

花娘子認識張木也有好些日子了，平日看她對學生們格外寬容，之前說女學館裡的女孩子不需要學著怎樣低首下心時，她已驚詫了一回，今兒個聽她勸自己改嫁，心裡不由得生出一股蓬勃生氣——

是啊，她這般的人品和相貌，為什麼要隱姓埋名地生活在這一小方天地裡呢？

當天晚上，李娘子也著實被嚇了一回。

當她從張木嘴裡聽到「李姊姊難不成就準備守著小茂林一輩子，孤單地過生活」時，差點嚇得掉了手裡的筷子。

她驚惶地看著張木，問道：「這是啥意思啊？」

「娘，木姨姨是讓您再嫁呢！」小茂林口裡含著一坨麵條，口齒不清地說道，看自家娘親一副難以置信的模樣，又補了一句。「娘，您還風韻猶存呢！」

「咳咳、咳咳！」李娘子被女兒最後一句刺激得差點嗆了喉嚨。

「李姊姊，我說的是真心的，不只妳，還有蘇姊姊、劉嬸子和王嬤嬤，妳們要是遇到了合心意的，千萬不要顧忌太多。不怕諸位姊姊和嬸子們笑話，我便是和離過的人，妳們瞅瞅，我現在和阿陵也過得挺好啊，日子是自己過出來的，不能一味顧忌旁人的眼光。」

「喵、喵。」

門外突然傳來美人的叫喚聲，讓張木心頭一顫。

她心虛地看了門外一眼，她剛才的聲音應該不大吧？前院的相公應該沒有聽到才對，相公最近越來越容易吃味，要是聽到了，晚上估計又得哄了。

一旁的蘇娘子窘得紅了臉，埋頭攪著碗裡的麵條，儘量降低自己的存在感。

劉嬸子實在忍不住了，噗哧一聲笑了出來。「阿木，妳們這些小娘子嫁人是應當的，我和王老貨兩個都這般大的歲數了，再說這些，豈不是太難為情了？」她連外孫都快有了，難道還改嫁不成？

「嬸子，妳今年才四十不到呢！」在現代，四十歲改嫁的一大堆，不說四十，便是六、七十歲都有呢。

「我今兒個也就是和妳們說個話頭，這事還得看緣分，等遇到了合心意的人，咱們再聊這話題吧！」張木心裡清楚，對這些孤身生活了這麼多年，從來沒想過再嫁的人而言，改嫁是一個不可能、也不會發生在她們身上的事。

她要做的就是滴水穿石，一點一點地給她們灌輸觀念，一日兩日、一月兩月，再不然一年兩年，等遇到合心意的人，她就不信這幾個人不會考慮再嫁。

端午還沒到，日頭還沒那麼烈，女學館裡的夫子和學生們在張木絮絮叨叨的「勸嫁聲」中，先被弄得暈頭轉向了。

離家許久的阿竹，終於在端午的隔天回到家。

一身錦緞青袍，端是一個玉面書生的俏模樣，從街上走過，晃了一眾小娘子的眼。

這趟阿竹是接了朝廷的任命詔書回來替周縣令的位置，本來阿竹因年幼，長得又俊俏，很得聖人的眼，想讓他留在翰林院裡慢慢磨練，然而雲陽侯世子提了一句。「聖上，丁小郎君正是青春少年，放在翰林院裡怕是會磨了性子。」

下頭一個官員耳目靈些，當即稟報通台縣縣令得了重病須辭官之事，於是阿竹便回來走馬上任。

隨著阿竹回來的還有李二，只是李二進了城便和阿竹暫別，直接回惠山書院了，說過些時日再來。

吳陵在城門口迎回阿竹，剛到巷口，炮竹聲便響了起來，兩人都不由得愣了愣。

只見得意樓的掌櫃看著兩人，笑呵呵地拱手道：「我等得知丁家少爺高中，一早便買了些炮竹回來為丁少爺接風。」

如意閣的掌櫃看著死對頭一張老臉笑得皺成了一朵菊花，心裡頓時感到一陣惡寒，生生忍下，也立即上前道：「鄙人已經為丁家公子備了些茶點，還望公子賞臉。」

得意樓的掌櫃暗罵一聲「老滑頭」，忙對店裡的小二使了個眼色，小二也是在掌櫃底下磨了好些年的，極有眼色地跑向廚房備茶點去了。

得意樓的掌櫃看著小二靈活的腿腳，心裡的鬱悶才散了一點，對阿竹作揖道：「得意樓已經備好了公子愛吃的菜，丁公子要不移步去嚐嚐？」

阿竹看著面前兩位掌櫃爭相拉他去吃茶，覺得腦袋有些疼，難得回家也沒得消停，看著一旁阿陵哥哥似笑非笑的模樣，無奈地聳了聳肩，左右一拱手道：「兩位掌櫃客氣了，我離家已久，家中兩老甚是掛念，還須早一步回家，茶點改日再吃吧！」

說完，阿竹便疾步往家的方向走去，吳陵目不斜視地跟在阿竹後頭，得意樓的小二冷不防塞了一個食盒給他。

「已經做好了，大公子就帶回去嚐嚐吧！」

一旁的得意樓掌櫃笑瞇了眼，眼巴巴地看著吳陵。

吳陵從懷裡摸出一角銀子塞到小二手裡，頭也不回地走了。

阿竹走到門口，回頭看到兄長提著一個食盒，笑道：「真是人怕出名豬怕肥。」

吳陵拍拍阿竹還稍顯窄小的肩膀，笑道：「以後你就是通台縣的父母官了，當然得和你把近乎套好了，快敲門吧，娘可盼了好些天了。」

阿竹帶著縣令的任命詔書回來，可周縣令一家還沒有搬走，幸好他們一直嫌縣衙破舊，住的是新買的宅子，才沒有和新上任的阿竹撞上。

可衝突還是有的，例如狀告周縣令一家在他就任時橫行霸道、仗勢欺人的就有好幾戶人家，阿竹還未正式上任，狀紙便已遞到了顏師爺手裡。

自古便是鐵打的營盤流水的兵，周縣令雖然辭官了，但是整個衙門的作業還是之前那一套，他們都是實打實的通台縣城人士，在這縣城根深柢固，哪一個沒有幾個交好的吏胥？只要不往死裡得罪人，這一碗飯便是端到老的。

對顏師爺來說，丁家一直和自己有些交情，走了一個往死裡作的周扒皮，來了一個良善的故人之子，他這心裡也樂呵了好些日子，臨老，倒給他熬出個好光景來了。

阿竹上任後，顏師爺便將狀告周縣令的狀紙呈了上去，他私心裡也是想給周家一些懲戒的，不說已經癱瘓在床的周扒皮，就是周夫人的心腸也忒惡毒了些，竟將七個還正值青春年華的侍妾賣到了邊疆的娼門裡。

只是阿竹還沒出手，周夫人自己又開始蹦躂了。

她雇了十幾個壯漢堵在花府的大門前，插著腰破口大罵。「若不是妳這個狐狸精，我家夫君怎地會躺在床上不起?!」

嘩啦——

周夫人才剛說完，便被一盆水潑得一身濕。

花漪拿著木盆，看著被洗腳水澆了一身的周家婆娘，罵道：「哪家的惡狗在我家門前叫嚷？再不走，別怪我不客氣。」

周夫人抹著臉上的水，見出來的是個侍女，不禁氣笑了，真是虎落平陽被犬欺，她就不信她對付不了一個小丫頭。

她看向在一邊候著的護院頭頭，那頭頭心領神會，對著手下比了個手勢，眾人便齊齊往臺階上走，想給花漪一點顏色瞧瞧。

不說花漪本身就會一些拳腳功夫，便是隱身在院裡的護院也不是吃素的，平日怕引人注目，低調慣了，這回有人欺上門來，自是不會再隱在暗處。

當院裡的護衛一起現身時，周夫人和其帶來的手下都沒有反應過來，兩排穿著青衣的護院面無表情地立在大門兩旁，他們的膚色黝黑，嘴唇緊抿，筆直的身形像一把把蓄勢待發的弓，只待主人一聲令下，箭便要齊齊射向敵方。

花府門前的氣氛一下子緊繃起來，除了花漪，誰也不敢大口吸氣。

饒是周夫人在通台縣橫行霸道慣了，此時心裡也有點發怵，是她小瞧這狐狸精了，難怪能驚動京裡的貴人。

周夫人的手下意識地搓了搓，這樁事要是辦成了，自家能夠無憂無慮地留在通台縣不說，兒子的前程也有了著落，是百利無一害的買賣啊！

「夫人，屬下要先走了，工錢也不要了。」

周夫人心下正思量，她雇的護院頭頭卻在這時慌張道，想要往後退，可是腿好像有些發軟，一直打著顫。

花漪撇著嘴，不屑地看著周家婆娘，就這麼一群烏合之眾，也敢鬧到花府門前，哪兒借來的膽子？

好歹周夫人這些年也久居通台縣的土皇后之位，深諳市井裡的馭人之術，當即果斷地開口道：「這些年仰賴大夥兒為周府出心出力，這份忠義，我周家記在心裡，今兒這事大夥兒要是幫我辦好了，回府便賞銀二十兩。」

二十兩可是他們一年工錢的兩倍啊！許多見著頭頭要走也蠢蠢欲動的護院，都不由得停下了要移動的腳。

不過護院頭頭卻果斷地搖著頭，直接往巷口跑——呸，什麼忠義，他們周家還配說忠義兩個字？

他剛才在那群青衣人身上感受到了肅殺之氣，這絕不是一般護院會有的，特別是在這麼一個小縣城裡。這幾年他賺的銀子也夠多了，可不能栽倒在周府這棵已倒下的樹樁上，臨到巷口，想著這幾年一起喝酒鬧事的兄弟，終是忍不住喊了一句——

「要命的就快跑。」

他說完便跑得不見了蹤影。

周夫人還沒反應過來，臉上已啪啪啪地落下幾個紅印子，瞬間疼得她覺得臉都不是自己的了。

微微一動，一顆牙齒便掉了下來，她捂著臉，難以置信地看著收手後站在院內的花漪，那一雙眼裡滲出一股寒氣，像是要將她吸進去似的，周夫人瞬間覺得心口疼得連說話的力氣都沒有了。

花漪看著周家護院已經有些退縮，再看向周家婆娘強自撐住的模樣，冷冷地道：「要是再有一點聲音擾了我家主子的清靜，絕不會讓你們這麼便宜了事。」說罷對著兩排青衣人擺擺手。

周夫人見那一群駭人的護院瞬間沒了蹤影，看著合上的大門，心裡長長吁了一口氣，這才驚覺背上的衣衫都濕透了。

她被婆子攙著回到周家，一路上心裡驚疑不定。這花府當真是藏著金鳳凰呢，吳尚書府的小姐給的誘餌固然大，可是眼下老爺已經不頂事了，要是自己再捅了樓子，四個兒子的前程便毀了。

周夫人想著剛才那兩排青衣人，心裡越想越怕，下定決心要趕緊打包行李離開通台縣。

「主子，那周家忒煩人，竟還敢上門來找事。」

花漪想起周家婆娘，還是一肚子火，要不是主子叮囑了別鬧事，剛才她才不會那般便宜了周家婆娘。

花娘子看著花漪氣鼓鼓的臉，心裡有些好笑，拍拍她的手，笑道：「行了，別放在心上，陪我去柳葉巷看福福吧！」

要是她沒有來這裡，她的孩子該比福福還要大上幾歲吧？

天氣越發炎熱起來，福福身上穿了件福娃抱鯉魚的大紅色肚兜，正在桃樹下和美人鬧著玩，花娘子跟著張木進來的時候，福福正握著一條小魚乾餵美人，黑白分明的大眼睛上，眼睫毛撲閃撲閃的。

看見福福肉乎乎的小屁股，花娘子對著張木笑道：「要不是福福有了小名，我還真想給她取一個呢！」

「花姊姊不用擔心，妳呀，就留著給妳以後的孩子用吧！」

花娘子聽到這一句，心裡一頓，看著張木臉上狡黠的笑容，知道她是好意提醒，長嘆了一口氣，對花漪道：「花漪，妳在這看著福福和美人，我們要進去聊一會兒。」

花漪聞言，連忙應下。

進了廳堂裡，張木要給花娘子沏茶，後者示意不用，拉著張木坐下，苦笑道：「我是來找妹妹談心的，我這心裡啊，像是長了草，再不拔就要爛掉了。」

張木這才注意到，花娘子今天並沒有像往常一般明豔，一襲家常的繖花裙，頭上也只插了支束髮用的白玉簪子，不禁問道：「花姊姊是遇到什麼事了不成？」

觸及心底的那一處秘密，花娘子的眼淚便落了下來。

兩人分隔兩地快六年了，六年……六年前她便死了。

晚上吳陵回來，看到坐在床上發呆的媳婦，忍不住輕咳了聲。

張木回過神，眼皮一抬，無精打采地說：「相公，我今天好累，你自己去廚房弄點吃的吧！」

丁二娘和丁二爺帶著阿竹回老家祭祖了，這裡只剩他們兩個，故此張木這兩日才留在家裡照看福福。

「今天福福又調皮了吧？等爹娘回來，就把她帶到學館裡跟著夫子們唸書算了。」

張木看著一臉雲淡風輕的相公，忍不住吐槽道：「相公，你見過還沒滿一歲的娃兒就會讀書的嗎？」真當自家閨女是神童了。

吳陵面上尷尬，支支吾吾道：「沾染點書香味也是好的啊！」

張木懶得和他辯，起身去看躺在搖床裡熟睡的女兒。

當晚，張木在床上輾轉了好一會兒才睡去，吳陵模模糊糊間聽到她嘀咕——

要去京城。

第五十五章

禮部尚書府，吳茉兒站在廊下，接過緋衣婢女遞過來的鳥食，漫不經心地一點一點餵著籠子裡的百靈鳥，朱唇輕啟。「還有影衛？」

鳥兒轉著腦袋盯著吳茉兒塗著豆蔻的手指，隨著吳茉兒的手轉動，顯然是餓得有些急了。

「小姐，那邊的消息是這麼說的。」另一個跪在地上的綠衣婢女恭敬地回道。

吳茉兒瞅了眼身子有些打顫的婢女，露出滿意的神色。看來前段時間她用在吳芷沅那賤婢身上的手段，也給這些人敲了警鐘。

她把手上的鳥食遞給緋衣婢女，伸出手，作勢要拉起跪在地上的綠衣婢女。

綠衣婢女心裡一突，小姐這是要攙扶她不成？待那紅色衣袖落在自己胳臂上，綠衣婢女連忙俯下身，微微打顫道：「不敢煩勞小姐，奴婢卑賤，不敢、不敢。」

真是不識抬舉的東西。吳茉兒原以為對方會感動得熱淚盈眶，看著表情惶恐不安的婢女，她臉上露出惱怒，想到還要用到這奴婢，她揮了揮手，示意她下去。

待綠衣婢女顫巍巍地退下，吳茉兒問向身穿緋衣的貼身婢女。「阿珠，妳說，我是不是嚇到她們了？」

「小姐最是菩薩模樣的人，怎麼會嚇到人呢？是那婢女沒見過場面，一下子頂了先前那姊姊的位置，心裡惶恐，怕出錯會惹小姐厭棄而已。」緋衣婢女脆聲答道。

還沒有人誇過她像菩薩，吳茉兒面上終於帶了點笑意，接著有一下、沒一下地餵著籠裡的鳥。「那人竟還有影衛護著，是我小瞧了。」

眼看著雲陽侯世子迎娶吳芷沅的日子越來越近，吳芷沅每日穿得像花蝴蝶般，趾高氣揚地在祖母面前轉悠，吳茉兒才想起來那本該是她的夫君啊！

什麼繼室、什麼大了十歲，沒有人再逼著她嫁入雲陽侯府，她倒覺出雲陽侯府世子的好來了。

於是她忍不住又動了手腳。

京城裡傳了好些日子，吳府旁支家的庶女仗著得了雲陽侯府世子的青眼，不將吳家嫡小姐放在眼裡不說，竟還盜取了吳家嫡小姐的首飾、衣裳。

聽說這都是吳家老太太親口從僕婦嘴裡盤問出來的，吳家仁義，為了保庶小姐的名聲，認定是僕婦栽贓，打斷了僕婦的腿扔出了吳府。

只是一個疑似偷盜之名便生生地扣在了吳芷沅的頭上。

之前勾欄出身的事還沒消停，又出了一個偷盜，吳芷沅一時成了京裡官家小姐與市井婦人嘲諷的對象，這般品行虧損的女子，雲陽侯府又怎麼可能會以正妻之禮相聘呢？縱使雲陽侯世子百般鬧騰，最終也只能納為良妾罷了。

納妾之日，吳茉兒見到了雲陽侯世子，高驍秀雅的身材，上身是冰藍色的上好絲綢，雪白的袖上繡著淡青色的竹葉花紋，恰好和他頭上的羊脂白玉髮簪交相輝映，一個俊雅貴公子的身影便那樣入了吳茉兒的眼。

她的心間像是有一朵蓮花倏地綻放。

那挺秀的身影在夜裡夢了好幾回，吳茉兒還沒跟爹娘開口說要嫁，身邊的探子卻打探出雲陽侯世子在通台縣養了一個外室。

緋衣婢女看著小姐手中的鳥食被那纖細的指捏碎，忙低下了頭，安分地候在一旁等著小姐的吩咐。

半晌，吳茉兒似是覺得無趣了，對婢女招招手道：「走，去娘那裡轉轉。」

她總覺得探子帶回來那通台縣花氏的肖像和自家娘親有些相像，不知道娘親家裡有沒有這個年紀的妹妹？

女學館裡，兩寸來寬的蠟燭噼哩啪啦地開了一朵火花，劉嬸子最先回過神來，站起來拿著剪刀剪燭芯。

劉嬸子一走動，屋裡眾人才如夢初醒一般，李娘子看著花娘子平靜無波的臉，喟嘆道：「沒想到花妹妹也這般命苦，竟然在這裡藏了五、六年之久……」

「咦，既然花姊姊是雲陽侯府的世子夫人，那王嬤嬤和妳豈不是認識？」

張木當初聽花娘子說出始末，沒想到這上頭，如今召集了女夫子們，她才忽然想起來，王嬤嬤可是教導雲陽侯府小姐規矩的教養嬤嬤啊，教養嬤嬤從主子小時候就要待在府裡，那王嬤嬤和花娘子……

張木來來回回地看著兩人。

「王嬤嬤也曾教導過我家夫人，是世子放心不下夫人，又特地派王嬤嬤過來照看一二的。」花漪見王嬤嬤和夫人都默不作聲，小聲地解釋道。

「好傢伙，這老貨連我都騙了。我就想著雲陽侯府好歹也是侯府啊，妳一個待了十來年的嬤嬤，怎地也不給妳養老呢？」劉嬸子一拍大腿道。

「那劉嬸子呢？妳不也是在明大人府上伺候了大半輩子的？」坐在角落裡的蘇娘子猶豫了一會兒，還是問出了心中的猜測，正如侯府會給王嬤嬤養老一樣，劉嬸子還有個女兒和女婿呢！

「我呀？我可是早就跟阿陵和阿木說了實情的，我求了明大人來這裡跟著妳們一起逍遙快活。」劉嬸子想起這事，心裡就樂呵，明府再好，也終是伺候人的地方，女兒又有了婆家，哪有這裡自由自在？

上次劉嬸子從台州回來後就告知吳陵夫婦實情，這也是明大人的意思，免得以後吳陵一家知道了真相，心中對劉嬸子有疙瘩。

「這麼說，花妹妹真的要去京城一趟不可？要是妳被認出來，那該如何是好？」李娘子有些不放心地問道。位居高位的那人對花娘子可是曾有過念頭的，萬一被發現，雲陽侯府也作不了主。

「沒事，有嬤嬤在，就不難。」花娘子抬起眼，臉上兩個梨渦緩緩地漾開。

眾人的眼光都不由自主地看向了王嬤嬤。

王嬤嬤當作沒看見眾人熾熱的目光似的，端正地坐在椅子上，執著一盞茶，輕輕吹著上面的葉片。

可王嬤嬤心裡並沒有表面那般平靜，夫人竟然起意要回京城？世子要是知道了，怕是會十分震怒，這事要是不瞞著世子，夫人根本就回不去；可若是瞞下了，到時夫人要是在京城裡出了事，她們這些人便是死有餘辜。

「我先說好，我要跟著一起去，我年紀這般大了，早就想回京城一趟看看，可明大人被派到了台州，我只得跟著過來。本來以為一輩子都不會回去了，今兒個倒是和妳們湊一堆。」

劉嬸子壓根兒沒管老姊妹越來越難看的臉色，噼哩啪啦地說著京城的好姊妹一直念叨自己的事。

一旁的張木等人忍不住笑將起來，看著劉嬸子又開始說她那些老姊妹就愛她滷的豬蹄子，張木開口笑問：「劉嬸子，妳說的那些老姊妹到底是惦記著妳，還是惦記著妳那一手吃食啊？」

劉嬸子微微頓了一下，佯罵道：「妳這丫頭這會兒怎麼變得不伶俐了，自然是惦記著我了，沒有我哪有那好吃的？」

張木和眾人都笑笑不語。

花娘子看著王嬤嬤依舊是老僧入定的模樣，並不著急，她不信王嬤嬤這回還能推拒，當著這麼多夫子的面，這一回嬤嬤必定是要答應她的。

「夫人，您可想清楚了，世子爺要是知道了，老奴可擔不起。」王嬤嬤終是無奈地放下了茶盞。

「這事自是不會連累到嬤嬤，等我進了侯府，嬤嬤自己回來便成。」花娘子見王嬤嬤終於搭腔，心裡喜不自勝，只要能進侯府就夠了。

「既然夫人主意已定，老奴也不好多說，夫人挑個日子，我們就一起去京城裡看看熱鬧吧！」

這事終究要有個了結，她們一行幾個婦人，想來是不會惹京裡貴人們的注意，怕就怕那些人已經探到了這裡。

六月初十，女學館裡的幾位夫子都收拾好了行囊，準備跟著劉孀子去京裡見見世面。最後王嬤嬤還是沒有同行，眾人討論後，覺得她那張臉在京裡太引人注意，再說她畢竟是雲陽侯府放出來的老奴，她一有動靜，難免會引起有心之人的探詢，於是她便留下來，也可替花娘子分散注意力。

女學館必須要留兩個人下來監督姑娘們的課業，由於小茂林還要唸書，於是李娘子便自動請纓留下。

蘇娘子一向寡言，可說到京城，眼裡也有一些嚮往。她這輩子都困在繡坊裡，在這針線之間堆疊出多少山川，如今終於可以走出去了。

張木和吳陵嘔了幾天的氣，吳陵始終不肯讓媳婦跟著去京裡，明面上都是一群婦孺，他不好時時刻刻跟著媳婦。

最後還是鄭慶衍解決了這事。他在運貨途中順道過來，看小夫妻倆鬧矛盾，知道了原委，便道：「這有什麼難的，我正好有一批貨要進京，既然表弟也想去京裡，不如就跟著我的商隊一起去，路上也好有個照應。」

到了出發這一天，丁二娘抱著福福在如意閣吃蒸餃，她把蒸餃挾碎，一點一點地餵著。福福整日不是吃肉糜就是粥糊，早就膩了，乍一吃到蒸餃，一張圓乎乎的小臉笑得像隻小貓一樣。

她都不知道，她的爹娘將要拋棄她一、兩個月。

一路上劉嬸子備了許多吃食，芙蓉糕、綠豆糕、桂花糕、各種蜜餞，還有豬肉脯和牛肉乾，由於是跟著鄭家的商隊，不用擔心客棧和迷路的問題，每到一個集市，還能下來逛逛。

吳陵和鄭慶衍坐在一輛馬車上，張木、劉嬸子、蘇娘子、花氏主僕坐另一輛馬車，每當車隊停下來休息的時候，眾人總能看到吳陵使勁地往小娘子們這邊蹭。

兩人相識這些日子，張木越來越覺得自家相公具有忠犬的特質。

某天，張木正巧看到吳陵朝她走來，便悄悄問道：「相公，你說以後喊福福小小犬好不好？」

吳陵聽了有些不解。「娘子怎麼給福福取這般難聽的名字？」他家小福福可是他心上的小寶貝疙瘩，怎麼可以有這麼不雅的名兒。

張木看著吳陵心疼的模樣，湊到他耳邊一陣耳語。

接著旁人就聽到小郎君在那邊興奮地喊道：「都聽娘子的！」

鄭慶衍拿著水壺灌了兩口水，無奈地搖了搖頭。這個表弟小時候也是聰慧得很，怎地現在就成了媳婦奴？

怪不得以往總聽自家娘子說羨慕表弟妹，這幾日他瞧著，當真是沒出息得很。

另一頭的京城吳府，當家主母吳夫人正在和吳大人嘀咕。

「相公，你說奇不奇，茉兒那麼大的人了，這幾天一直來問我家裡有哪些姊妹，怎地她都沒見過比我好看的，還說我是不是把比我好看的妹妹藏了起來，不給她看，你說這丫頭怎麼到了這年紀還這般愛鬧呢？」

吳大人手上捧著一本書，正有一搭、沒一搭地看，聽到夫人的話，翻頁的手一頓，清了清嗓子笑道：「那丫頭是怕妳整日悶在府裡無聊，想給妳逗趣吧！」

「我也是這麼想的，難怪人家都說女兒是娘的貼心小棉襖，我家茉兒自小不讓我操心不說，長大了還會哄娘開心了。」吳夫人想起自家女兒乖巧可愛的模樣，一臉的欣慰。

「唉，不過要論漂亮，還是我那個堂妹容貌最美，只是她去世也有好幾年了吧……」吳夫人突然想起那個比她小了十來歲的堂妹，心裡一時有些悵惘。真是人死如燈滅，雲陽侯府世子這就看上了一個吳家的旁支庶女，還千方百計地求回家。

「夫人這是何故？前些年沒見妳們常有來往，怎地現在開始感懷了？」吳大人見愛妻垂淚，連忙哄道，心裡兀自嘆息，他這輩子就是毀在這美人淚上了。

吳夫人對自家夫婿一向是滿意得很，這麼多年了，他還是當年那個款語溫言哄著她的少年郎呢！

張木一行人抵達京城已是半個月後，進城的時候，守門的士兵見前頭放著一些布疋，後頭的一輛馬車裡坐了四個小娘子和一個老嬸子，穿著都很樸素，樣貌也極為普通，知道確是如鄭慶衍說的是跟著來探訪親戚的，大手一揮便放了行。

待馬車走遠，張木才伸手拍了拍胸脯。「哎喲，剛才真是嚇死我了，那士兵怎麼長得這般凶神惡煞。」

劉嬸子捂嘴笑道：「怎地，妳還以為是白面小郎君？要是不長得嚇人些，怎麼鎮得住那些耍賴的潑皮呢！」那些潑皮哪天不在城門口搗亂的？

蘇娘子嘴唇一抿，笑道：「我倒不覺得害怕，瞧著滿新鮮的。」

眾人熱熱鬧鬧地聊了半晌，卻見花娘子一直沈默不語，張木看著幾顆綠豆大的痣分布在花娘子微黃的臉上，開玩笑道：「花姊姊，妳莫不是為這一副易容的樣子不開心？等會兒安頓下來，我們去逛街市，就給妳買兩盒頂好的面脂塗塗就美了。」

花漪朝眾人擠眉弄眼，笑道：「妳就別打趣我家夫人了，我家夫人這是夙願得償，心裡太過欣喜呢！」

一下子被說中了心聲，花娘子面上一紅，白了花漪一眼。「妳不幫著我回木妹妹幾句，還跟著瞎起鬨，等回去後，妳給我繃緊皮。」

花漪面色一垮，怏怏地道：「夫人，奴婢知錯了，您可不能對奴婢下狠手啊！府裡的姊妹將您服侍得再好，也抵不過花漪忠心不是？」

「好了妳，這幾年妳這悶葫蘆倒開了竅，一張嘴都能將我說羞了。」花娘子拍了下花漪的胳膊，面色緋紅地說道。

張木見著花娘子臉上的神情，心裡也替她高興，忍了這麼多年、等了這麼多年，終於可以見到心上人了；話說這雲陽侯世子真能忍得住，竟然將這般嬌媚的美人擱在江南的一個小縣城裡，一藏便是好幾年。

此番相見，不知該會如何歡喜？

鄭慶衍將眾人安頓在一家相熟的客棧裡，便運著貨物去找買家了。

吳陵如願以償地和媳婦待在了一間房裡，抱著懷裡的軟玉溫香，覺得世上沒有比這更幸福的事了。

這兩個沒良心的爹娘，已經完全忘了自家那個溫軟可愛的小福福……

第二天張木醒來的時候，吳陵已經洗漱好了，等媳婦一醒來，便鬧著要過來給她穿衣服。

平時家裡有公婆，吳陵很少這般胡鬧過，張木看著，這人現在就像個沒有家長看著的頑童啊！

等夫妻倆鬧完出了門，發現其他人也一早就起來了，正在花娘子的屋裡吃早飯。張木看了一眼，有小米粥、一盤包子、一盤饅頭，還有兩碟醬瓜。

她和吳陵在吃食上沒那麼講究，只是不見花娘子動筷子，眾人都知道她心裡存著事，只勸她吃幾口，也不多言。

前幾日歡快的氣氛一下子消散了許多，畢竟雲陽侯世子幾年都沒接花娘子回去，不知道他見到花娘子會不會翻臉？

第五十六章

花娘子原本想著讓花漪直接去雲陽侯府，可想想又覺得太過突然不妥，眾人一時有些拿不定主意。

「我想到了一個法子。」花漪忽然出聲。「之前阿竹少爺不是說過，他是承了世子爺的情才得以回到縣城和爹娘團圓的嗎？木少夫人和陵少爺可以藉這個由頭上門感謝世子爺啊！」

要是世子爺知道丁家和主子的關係，是絕對不會不見的，再說她們離開通台縣已經有半個月了，如果那邊的護衛發現她們沒了蹤跡，怕是早就盯上了她們跟著的車隊吧！

張木想了想，也覺得這法子可行。

這邊眾人正在糾結，那邊雲陽侯府世子正喝著寵妾端上來的涼茶，品著寵妾親手做的綠豆糕，眉眼間透著一股安適。

吳芷沅見世子爺今日這般賞臉，臉上的喜色怎麼也掩不住，怯怯地拈了一塊綠豆糕要往世子爺口中送。

雲帆正想著心事，猛地瞥見一塊糕點和一隻柔嫩的手，長袖一揮，直接起身走了。

門口的丫鬟見今日世子爺出去得那般早，臉上都不由得露出異色，平日世子爺至少會待上三刻的，今日連一盞茶的時間都沒有吧？

屋裡的吳芷沅捏著那一塊綠豆糕，滿心驚惶。

她是不是又惹得世子爺不開心了？她只是想餵他一塊綠豆糕罷了，也沒見他皺眉啊，怎麼就直接走了呢？

她入府已經有二十來天了，世子爺兩、三日便會過來坐一下，卻從沒留下來過夜，也沒和她說過什麼話，可要是世子爺不喜歡她，為什麼要納她進府呢？

難道……是之前她進過勾欄的事惹了世子爺嫌棄？

吳芷沅獨坐在屋裡，思索到深夜也沒有頭緒，她不出聲，外頭的丫鬟也不敢上前伺候，等她發現肚子有些餓了，不滿地瞪了守門的丫鬟兩眼，可也不敢隨便出口喝斥，畢竟她還沒有得到世子爺的寵信，這些丫鬟暫時還得罪不得。

雲陽侯府的管家走到世子爺的書房前，見大門敞開，一眼便能瞥見屋角放著一盆已融化一半的冰水，那涼意隨著丫鬟手裡的扇子，一下一下地撲過來。

世子爺最怕熱，一到夏天，屋裡伺候的丫鬟們便要打著扇子，一日的扇子打下來，就是一個好男兒怕也有些受不了，幸好世子爺白日不常待在府裡。

想到前頭的人還候著，管家恭敬地彎著腰，稟報道：「世子爺，前頭門房說丁竹公子的兄長來訪，您要不要見？」

雲帆提著毛筆的手一頓。「誰家的？」

「通台縣的丁竹公子。」

老管家一說完，見到一道身影從眼前奔了出去，一抬頭，恰好瞧見自家世子爺一路狂奔的身影，心裡不禁為自己的機智感到自得。

他就知道那青年有為的丁竹公子不尋常，這些年來，世子爺一向看不上文官，可這一回竟然替丁竹開口和聖人諫言，可不是看好他嗎？

雲帆一路飛奔，內心情緒翻騰。

玫兒以為她是背著他的耳目出來的，殊不知沒有他的首肯，王嬤嬤怎麼可能這般爽快地便替她易了容。

這都多少年了，她著急，他又何嘗不記掛？他納吳芷沅入府不過是轉移聖人注意罷了，這些年聖人明面上對自己愛護有加，卻是旁敲側擊玫兒的消息，就連聖人也是不信玫兒已逝的。

吳陵今天是一個人來的，原想著進來怕是要費一番周折，畢竟阿竹一個剛上任的縣令，在這些達官貴人眼裡怕是沒面上那般光鮮。

果然不出他所料，他甫一報上名，守門的家僕便瞇著眼，趾高氣揚地看著他，沒想到這時走出來一個老管家，敲打了守門的家僕兩句，便熱絡地帶著他去前廳裡用茶。

雲帆到了前廳時，見到廳裡只坐著一名年輕的男子，雖是在意料之中，可又有些失落。老管家說前來的人是丁竹的兄長，他方才還想著，也許她扮作僕人也一同來了呢！

「小民是受人所託，特地來拜見雲世子。」吳陵正正經經地行了一個揖。

「丁公子客氣了，無須多禮。」雲帆趕緊將吳陵扶起，她既將這等要事託付於眼前之人，他又怎能受這人的禮。「不知她何時能夠與我相見？」

吳陵站直了身子，見雲世子目光灼灼地看著他，心頭不免一哂，也就阿木和花娘子相信她們是避了耳目過來的，看雲世子這樣，像是一點也不吃驚。

「回雲世子，花娘子說雲世子既然能為一個妙齡少女鬧得雲府不寧、京城笑話，自然也能為了一個來歷不明的女子再一次掀翻京城的市井街坊。」

雲帆臉上一紅，這是吃醋了？

「這當中有些誤會，等見了面我自會與她細說，還煩勞吳兄弟回去和她說，明日我會去見她，到時也請吳公子等人陪她前往。」

「好說，我夫妻兩個本就是陪花娘子來這一趟，自是不能讓她一個人出門的。」

吳陵看著雲世子臉上欲言又止的神色，心裡揣測雲世子這般著急，怕是等不到明天。

晚上吳陵回去，和眾人說了雲世子的意思，囑咐大家今日早點休息。

張木有些怪異地看了吳陵一眼，她們每天都很早睡，相公好好地幹麼叮囑這麼一句？

當她的眼神看到花娘子臉上可疑的紅雲時，瞬間明白了什麼……

吳府，吳茉兒盯著眼前的綠衣婢女，開口確認。

「那邊真的說明兒個雲世子會去聞香樓？」她可是盯著好些日子了，總算有點眉目。

「是的，那邊說明日雲世子約了幾家公子在聞香樓聚會，請柬已經送到那幾家去了。」

「行了，也難為妳打聽了，妳去後頭領二兩銀子吧！不過這事出了妳口、入了我耳，便沒有其他人知道，明白嗎？」

「奴婢明白。」

吳茉兒看著婢女退下，心頭的歡喜怎樣也掩不住。

憑她的容貌和身段，再加上大蕪朝第一才女的名聲，她相信只要她往雲陽侯世子眼前一站，旁人處心積慮想要的人，她吳茉兒唾手可得。

隔天，吳茉兒坐在梳妝檯前仔細塗著胭脂，貼身婢女看著銅鏡中明豔的臉蛋，由衷地讚道：「小姐今天真美，奴婢覺得竟比往日裡還要美上幾分。」

吳茉兒從鏡子裡看著貼身婢女一臉豔羨，心裡也有些驕傲。

「小姐準備好了嗎？門房剛才來報說馬車已經備好了。」

「急什麼，再等一會兒。」既是約了人，雲世子怕是要在聞香樓待上片刻，她去得太早，倒有些太過刻意了，待晌午再佯裝是路過進去用膳就好。

等到快晌午，吳茉兒帶著婢女出門，她先在一家銀樓待了片刻，接著直接去了聞香樓，剛下馬車，便聽到門口有人道：「我有好些日子沒和你們好好聚聚了，難得今天雲兄請客，走、走、走。」

吳茉兒看著並肩進去的兩人，唇角微勾，看來這宴席還沒開始呢！

她往二樓訂好的包廂走去，一路目不斜視。

「小姐，要吃些什麼嗎？」婢女見自家小姐走進包廂後遲遲不點菜，小聲問道。

吳茉兒微怔，看了婢女一眼，不耐煩地說：「妳去讓掌櫃的上幾樣招牌菜便是。」

沒想到這包廂的隔音效果這麼好，竟然聽不見隔壁的聲音，虧她還特地讓婢女訂了和世子相連的包廂。

等菜一端上桌，吳茱兒動了兩下筷子便沒了胃口。

「我怎麼聽著外頭似乎有吵鬧聲？妳去外頭看看發生了什麼事。」她對婢女說。

婢女心下嘀咕，外頭安靜得很啊，哪有聲音？但小姐都發話了，只好遵命。

吳茱兒才剛拿起湯勺，舀了一匙西湖牛肉羹，剛出去的婢女便匆匆忙忙地跑了進來——

「小姐，不好了，雲世子剛才英雄救美，救了差點從樓梯摔下去的一位姑娘，外頭說雲世子要帶那姑娘回府呢！」

「什麼?!」吳茱兒倏地站了起來，胳膊不小心碰到碗，一碗牛肉羹嘩啦翻倒地板上。

吳茱兒奔了出去，剛好看到雲世子的懷裡抱著一個穿著紅色羅裙的女子，只見女子臉色蠟黃，臉上還長了許多痣，髮上的珍珠簪子在陽光下閃爍著流光，生生刺痛了吳茱兒的眼。

她籌謀了這麼多天，最後卻便宜了別人，那女子到底是誰？

「這是第二個了，雲兄近日真是豔福不淺啊，哈哈哈！」

「可不是嗎？走走，我等接著去喝酒，雲兄不都說了記他帳上嗎？我等可不能辜負了雲兄的好意，改日還得上門鬧新嫂子呢！」

聽著旁人說笑，吳茱兒只覺得腳下一軟，接著眼前一黑，只剩下婢女驚恐的聲音迴盪在耳畔——

吳茉兒醒來時，已經是第二天的下午了，她這一覺睡得好沈，她夢見自己來到了這古代的蕪朝，那時候並沒有《石頭記》和《白蛇傳》，也沒有《水煮三國》，她知道的歷史並沒有發生，所以她很輕易便成了大蕪朝的才女，也是所有女子仿效、豔羨的對象。

歷史為她這個來自現代的人開啟了一扇門，她將改寫歷史，成為蕪朝往後幾百年、甚至幾千年的第一才女。

她的世界從來都不在後院，也不屬於閨閣，所以當爹爹說起她的親事，她斷然地拒絕了。

她來這裡，注定不只是為了相夫教子。

可當一個旁支庶女僅因攀上一門她拒絕的親事便要她臣服時，她忽然想起以前在現代有人和她說過的話——

女孩子工作找得好，還不如老公嫁得好。

那時她不信，可當她在寒冬裡奔波，昔日的手下敗將卻在朋友的聚會上炫耀小孩照片和珠寶時，她忽然覺得自己的堅持是可笑的。

這一次不一樣了，她是從現代世界來的，她注定要來這裡改變歷史……

「夫人，小姐醒了、小姐醒了。」

吳夫人在床邊守了一夜，她平日養尊處優慣了，會堅持到現在，也是胸腔裡的母愛在撐著，此時見到愛女終於醒轉過來，眼淚開始嘩嘩地掉。

吳茉兒感覺到娘親滴在手上的淚水，不自覺地皺了眉。

「娘，您怎麼在這兒？」她見到熟悉的床頂，接著看向貼身婢女。「我們什麼時候回來的，我怎麼一點都不記得了？」

「茉兒啊，妳從樓梯上摔了下來，磕到了頭，可嚇死娘了。」吳夫人說著又抹起了眼淚。

「娘，我頭疼，您先回去歇會兒吧！」吳茉兒煩躁地看了娘親一眼，娘一哭，她心裡便煩得慌，以前還能忍，可現在她心裡正亂著呢！

吳夫人一噎，想著女兒剛醒，可能還有些不舒服，不想讓自己擔心，便站起身，順著她的意道：「那娘就先回去，晚上再來看妳，要是哪裡不舒服，就讓丫鬟來喊娘。」

「我知道了。」

吳夫人又看了眼女兒，這才抹著眼淚走了。

吳茉兒躺在床上看著娘出了門，心裡的鬱悶才散了兩分，雖然這個女人是她這輩子的娘，可是她不得不承認這是她最討厭的一種女人，什麼都不需做，只要抹抹眼淚，便有男子願意為她奔前跑後。

吳茉兒一個人在床上愣怔了許久，待感覺到屋裡漸漸有了一點涼意，才回過神看向婢女。「冰盆子撤掉幾個，留一個便夠了。」

她娘總怕她熱，一到夏天，屋裡的冰盆子總要堆上七、八個才覺得女兒有官家千金的模樣，也不想想自個兒的屋子和她住的大小差了許多，這麼多冰盆子，她一個畏寒的女孩家怎麼受得住？

道。

「小姐，有一事奴婢不知道當不當說……」婢女看著主子有了一點精神，猶豫地開口

吳茉兒眼皮一跳，直覺最不想知道的事發生了。

婢女見主子不出聲，知道她是默許了，低著頭說：「雲世子昨兒個將那姑娘納進了府，今日早朝便要給她請封側夫人……」

另一頭，對於雲世子要將花娘子迎為側室，張木和吳陵是有些意外的。

當時他們還想著兩人在聞香樓演那一場戲有何用意，沒想到雲世子竟就大張旗鼓地要娶她做側室。

「相公，你說當初花姊姊是迫於無奈才躲在通台縣那麼多年，現在這般大張旗鼓地回來，不會有問題嗎？」

「妳忘了？花娘子這回易了容，臉色蠟黃不說，臉上還長了痣，這些怕是雲世子早就計劃好的。」吳陵不信他們一路來京城，雲陽侯世子沒有察覺。

「哎，權貴人家的是非果真多啊，兩個有情人想在一塊兒還這麼難。」張木覺得花娘子的處境真是有些匪夷所思，她心裡隱隱明白，以雲世子如今當紅的勢頭，能讓他感到忌憚的，怕是比他更有權勢的皇家人，不過那不是他們這群小老百姓能夠插一腳的。

「娘子，等過了花娘子的婚期，我們便回通台縣去吧！福福還在家裡等著呢！我們一直不回去，她怕是要不認得我們了。」吳陵想起自家小閨女，勾出了一絲想念。

張木聽到吳陵的話，不禁失笑。「回去我要說給娘聽，看她以後還給不給你帶孩子。」

「阿木，不好了，樓下有人說要請妳和吳陵去吳府呢！」

蘇娘子剛才還在樓下喝茶，聽到有人打聽他們這一行人，便豎起耳朵聽，待聽到是禮部尚書的吳家，趕緊付了茶錢往樓上來。

第五十七章

「吳家？」

張木心裡一咯噔，她怎麼差點就忘了，這京城吳家還住著自己的老鄉呢！

「妳們別擔心，如今我們也是花娘子的娘家人，雲世子肯定會照應一下的，吳家也得給雲世子面子才是。一會兒我和阿木要是去了吳家，等花漪來，蘇大姊再和她說一聲。」對京城吳家，吳陵心裡也是有些顧慮的，在他印象裡，台州吳家和京城吳家之間怕是藏了不少事。

「哎，好。」蘇娘子應道。

來人畢恭畢敬的，說他家老爺想請公子和夫人過府一敘，吳陵和張木本就有過去看看的心，也沒推辭，跟著去了吳府。

吳府不比台州吳家廣闊，只是一石一木都透著精緻，隨著丫鬟來到前廳，張木和吳陵看到的並不是吳家老爺，而是吳家的嫡小姐——吳茉兒。

「爹爹還沒回來，祖母和娘親正在後頭陪著別家的夫人，由我來招待哥哥和嫂子，望哥哥和嫂子莫怪。」吳茉兒言笑晏晏地開口賠罪。

張木沒料到一進來就遇到老鄉，見她穿了一件素白色的抹胸襦裙，上頭用深棕色的絲線繡出奇巧的枝幹，桃紅色的絲線則繡出一朵朵怒放的梅花，從裙襬一直延伸到胸際，給人清雅又不失華貴的感覺，在這炎熱的夏季裡，一眼看到就覺得涼快得很。

「吳小姐客氣了，我等怎敢和小姐攀關係，小姐真是折煞我夫妻兩人了。」張木回禮道。

她可不敢和這位小姐攀關係，再說阿陵離開吳家的事，她不信吳茉兒不知道，只是不知道這回喊他們兩人來是為了何事？

若說之前吳茉兒對台州吳家無感，可吳芷沅生生地讓她心頭吞了一隻蒼蠅，此刻看著已從台州吳家脫族的吳陵，心裡頭還是有些不舒服，而且吳陵娶的這婦人，她怎麼看著覺得有些不對勁，又說不出哪裡不對。

「我聽說哥哥和嫂子跟雲世子新納的侍妾一同來到京城，不知道兄嫂對她可熟悉？我整日在家裡待著，聽到這事覺得有趣得緊，兄嫂可得給我說說。」吳茉兒笑道。

她剛穿來這裡的時候，一時還有些不適應這種尊卑關係，可是這幾年過去，現在她早已把上位者的姿態學得十成十了。

吳陵和張木聽吳茉兒出口問的便是雲世子和新納的小妾，心裡一時明白過來，她要找的應該是花娘子才對。

「我們和花娘子也不熟悉，只是路上碰到便一起來到京城，和雲世子更是只有在酒樓裡見過一回，一時還真不知道怎麼給小姐解惑。」吳陵只打算應付兩句。

吳茉兒舉著茶盞的手微微一頓，又是個不識相的。不過當時爹爹和祖母看中了吳芷沅的樣貌，護著那個小賤人，這吳陵和他的娘子，爹爹和祖母總該不會再過問了。

「既然兄嫂難得來京城一趟，理應住在家裡才是，怎好住在外頭的客棧呢？一會兒我讓下人把兄嫂的行囊拿過來，兄嫂便在這裡住上些日子好了。」

吳茉兒撲閃著一雙大眼睛，眉目靈動，像是極喜歡他們一般。

「吳小姐客氣了，我家相公已經從吳家脫了族，怕是不能再當吳小姐這一聲兄嫂。」張木像是沒看到吳茉兒有些變黑的臉色，接著說：「我們在客棧裡住得挺好，就不多勞了。」

言下之意就是，妳想扣留我們，我們還不能拒絕嗎？

吳茉兒的神色一沈，氣氛一時僵持不下，這時前頭門房恰好來報——

「小姐，夫人回來了。」

張木眸子微轉，剛才吳茉兒還說她娘在後頭陪著別家夫人呢！

吳茉兒心頭微惱，她以為娘和祖母去廟裡要到下午才能回來，怎地這時候就回來了呢？

待吳夫人進門的時候，吳陵和張木心裡都愣了一下，這位吳夫人的相貌竟然和花娘子這般相像。

吳夫人美眸微閃，看著吳陵和張木，問向女兒。「茉兒，這兩位是？」

吳茉兒面上無波，上前挽著吳夫人的胳臂道：「娘，這是台州吳家的兄長，這是嫂子。」

「台州吳家？是鄭妹妹的孩子？」吳夫人問道。

「是的，娘。」

「有一件事想稟告夫人，我家相公早已脫離吳家，現在他是丁家的後人。」張木開口補充道。

「他脫離吳家了？」老爺只告訴她吳遠生被家族子弟牽累告發了，可是並沒有告訴她鄭妹妹的孩子脫離吳家了。

「娘，我對阿陵兄長和嫂子一見如故，想留他們在府上住一段時日，您看可好？」吳茉兒突然問道。

「這就要問妳祖母了。」這事她是作不了主的。

張木和吳陵一聽吳夫人的話，便知道吳茉兒這會兒應該不能如願，便也安心地坐在那裡喝茶，就當來吳府看一回熱鬧好了。

最後他們在吳府用過了晚膳便告辭了。

踏出吳府大門的時候，月明星稀，花漪帶著侍衛往這邊趕，看到吳陵和張木，瞬間鬆了一口氣。

「府裡正忙著夫人和世子爺的喜宴，蘇娘子來報的時候，下人都沒正經往上稟報，還好您倆沒事，不然夫人和世子爺這回可饒不了我。」

張木看著花漪跑得滿頭都是汗，笑道：「就是去看了一回熱鬧，沒啥事，不過妳家夫人怕是遇到對手了。」

回程的路上，張木將吳茉兒詢問花娘子的事說了一遍，花漪聽了，嗤笑道：「哪個阿貓、阿狗都敢打夫人的主意，真當我家夫人是泥娃娃不成?!」

張木看著花漪義憤填膺的模樣，還是沒敢問出心裡的猜測，看來吳夫人和花姊姊容貌相像這事還是得當面去問比較好。

張木這一拖，便拖到了花娘子和雲世子辦喜宴的日子。

花娘子在張木心裡一直是傾國傾城的大美人，就算這回花娘子頂著易容後的臉，可那眼眸裡藏不住的喜色，讓張木覺得她整個人都洋溢著幸福的光彩。

今天她穿了一身正紅的喜服，雖說側室頂多只能穿茜紅、玫紅、桃紅色，但家裡沒有正室，且雲府的長輩們在經過吳芷沅一事後，已經對雲世子挑女子的眼光不抱太大期望了，只要不在外頭丟人，在家裡隨他鬧去。

花娘子身上是一襲大紅正妝花緙金絲雙層廣綾大袖衫，衫襬繡鴛鴦石榴圖案，胸前是一顆赤金嵌紅寶石，外罩一件雙孔雀繡雲金瓔珞霞帔，裙上繡出百子百福花樣，裙襬拖曳三尺許，待她起身行走時，叮噹有聲，張木這才發現原來裙襬邊緣滾著寸長的金絲綴，上頭鑲著五色珍珠。

以往她在鄭府見到鄭慶暖的裝扮以為已是極好的，沒想到商賈之家和侯爵之府的用度還是有著雲泥之別，這一身行頭就是她在古裝戲裡也沒見過。

「莫要看呆了。」花漪見張木已經有些目不轉睛，出口笑道，她就說她家夫人的風姿是一等一的。

「花漪妳自己說說，妳能不看呆嗎？」張木不捨地望了眼花娘子露出的繡鞋前頭綴著的一顆大東珠，只覺得心口有些惆悵，就算穿得再喜氣，今兒個花姊姊還是以側室之禮入門，一會兒還要拜見自己的「牌位」呢！

張木想到牌位，才忽然想起她要說的事，對著花漪一陣耳語，花漪便去外頭候著了，這時候得防著不長眼的人來打擾。

「花姊姊，妳見過禮部尚書吳家的夫人嗎？」張木看著花娘子的眉眼，心裡越發覺得兩人相像。

「妳說的是吳家的夫人，和我有些像的那個？」花娘子適才見花漪出去，還有些提了心，見張木說的是吳夫人，心頭微安。

「花姊姊也認識？」

花娘子對著鏡子撫了撫鬢髮，看著鏡子裡的張木。「自是認識的，她還是我的族姊呢！我們有好些年沒見面了，不，自從她出嫁以後，我便沒有見過她了。怎地，妳見過她？」

「嗯，前些日子見過，她家女兒邀請我和阿陵去府上，這才遇見吳夫人……對了，還有一事要和姊姊說。」張木看著花娘子靜靜等著下文，一雙杏眼亮而清澈，吳夫人的眼便不期然地晃進張木的眼裡，這兩個人真是太像了。

「是吳家的小姐吳茉兒，好像對姊姊有些興趣，她喊我和阿陵過去，也是為了姊姊。」

「哦？我印象中沒見過那丫頭……說起來，我府裡還有一個她的族姊呢！」花娘子想到吳家小姐會對她感興趣，怕是聽了外頭雲世子要娶她為側夫人的事吧！這世上知道她是雲陽侯府世子元配的，除了死士和學館裡的幾位夫子，再也沒有其他人了。

張木猜想花娘子說的吳茉兒族姊應該就是吳芷沅了，想她當初聽說這姑娘進了京，還得到雲陽侯世子和葉同的青睞，頗為驚訝，沒想到最後竟然真的進了雲陽侯府。

「主子，那邊來催轎了。」外頭傳來花漪的聲音。

「欸，知道了。」花娘子起身，牽著張木的手說：「今兒個就煩勞妳這個媒婆了。」

雲陽侯府世子納側室，沒有正式拜高堂，說是擺幾桌自家熱鬧，但是外頭聞訊來送禮的，雲陽侯府都沒有拒絕。聽聞雲世子亡妻已去世多年，這些年一直孤身一人，之前和吳家旁支庶女鬧得沸沸揚揚的，沒想到過沒幾個月又要擺酒宴納側室。

不過這年頭的勛貴哪個沒有幾房側室？因此男人對雲世子這事也就當作茶餘飯後的話題，頗有人不風流枉少年之感。

當花轎落地，張木喊了一聲「新郎踢轎」，接著就看著雲世子揹著花娘子進了雲府，張木感覺周圍的人猛地吸了一口氣，隱約聽到——「這是正室才能穿戴的紅色呢。」

結束媒人該做的事，張木在人群裡找尋吳陵等人，見眾人在一旁觀禮，連忙走了過去。

「我這媒人當完了，待會兒我們吃完了喜宴就回家吧！」

「好。」吳陵點點頭，好想趕快回家做活和逗女兒啊！

吳陵的位子在前廳，張木等人坐在後頭，有人好奇問他們是不是花娘子的娘家人，張木笑了笑，並不搭話。

宴席開始後，張木遠遠看著吳茉兒由丫鬟扶著姍姍來遲。

吳茉兒一見到張木，喊道：「啊，嫂子，妳今天也過來了。」

眾人見尚書家的小姐這般喚身邊的婦人，不禁面面相覷，難不成是吳家的媳婦？可怎沒見過啊？

張木看著款款走來的吳茉兒，心裡一陣厭煩，面色無波地說：「吳家小姐客氣了，這聲嫂子民婦當不得。」說罷，也不理吳茉兒，自顧自地輕輕撥弄著茶盞上頭浮著的茶葉。

蘇娘子等人見阿木這般硬氣，也穩穩地坐在那裡，並不搭腔。

「縱使阿陵哥哥除族了，嫂子還是我嫂子不是？」吳茉兒見張木不理她，心頭的怒火怎樣也按捺不住，台州吳家就沒一個省心的。

第五十八章

「吳小姐，妳身子好些了嗎？」

眾人忽地被這一句嚇到了，只見一個年紀長些的婦人笑嘻嘻地問，這婦人因為看到張木和吳茉兒兩人之間有些劍拔弩張，便想當一回和事佬，她笑嘻嘻地繼續問：「前些日子才和吳老太太見了一面，那時吳老太太說妳病了，不知有沒有好些？」

這婦人是吏部尚書家的夫人，比她這個未出閣的小姐地位要高上一些，吳茉兒眼神晦暗地看了張木一眼，這才轉頭對吏部尚書夫人答道：「李家嬸嬸，茉兒沒有生病，茉兒的身體好著呢！」

「那就好，我心裡也放心了。」李夫人拍著吳茉兒的手，一副極熱絡的樣子。

吳茉兒隨著李夫人去了另一桌，坐下來一瞧，除了自家娘親之外，六部的夫人都到齊了，還有丞相家的夫人、廉侯府的世子夫人。

看著滿桌都是以往在外頭應酬會遇到的貴婦人，吳茉兒心裡微嘲，不就是納個側室罷了，這些正室也要來湊熱鬧？

不過她心裡也為雲陽侯府的勢力暗暗心驚，她早兩年並不敢在外頭施展拳腳，頂多就是寫寫書、做個鞋子之類的，這兩年她大了，才接手家裡的幾間店鋪，也培養了一批得用之人，可她對這京城的局勢，一直都不太清楚。

直到這一刻，吳茉兒才理解，為何爹爹一直希望她能嫁給雲陽侯府的世子。

接過侍女遞來的茶，吳茉兒微微抿了兩口，試圖掩下心頭的震撼。

「吳家妹妹，今兒個可沒小姊妹陪妳，只好委屈妳和我們一桌了。」廉侯府的世子夫人安氏對著吳茉兒笑道。

吳茉兒和安氏一向有些齟齬，安氏和工部侍郎的夫人是姑嫂，以前和吳茉兒出來交際時也是一個圈子裡的，兩人同是大家口中的才女。

奈何凡有吳茉兒在的場合，她便一直被吳茉兒壓著，縱使吳茉兒比她小了三歲，安氏心裡也不免憋了一口氣。

加上吳茉兒平時不將她們這些姊姊放在眼裡，幾次下來便也結了仇。

「安姊姊去年出嫁後，我也有些日子沒見到了，想來廉侯府裡的姊姊、妹妹不少，安姊姊便忘記我們了。」吳茉兒放下茶盞，眼神直直對上了安氏。

呵，她還不知道嗎？她想說她一個未出嫁的姑娘不適合來納側室的宴席，可她一個世子夫人來這樣的場合就恰當了？

「未出閣的姑娘還是要注意言行才好，這話原不該是我這做姊姊的說，但姊姊我看妹妹這般行事，實在不得不提點兩句。」

這是說她沒有教養了？吳茉兒愣怔，一下子反應不過來，以往在她面前笑咪咪的安氏竟敢當眾指責她?!

她嗤笑。「安姊姊做了侯府的世子夫人後竟這般氣派，真是讓妹妹我開眼界了。」

安氏抿起嘴，對座上眾人笑道：「大夥兒看吳妹妹這嘴甜的，我這哪兒氣派了？要論氣派，吳妹妹可是憑著才藝壓了我和諸姊妹一頭呢！那才叫真正的氣派不是？」

「世子夫人謙虛了，哪家的姑娘能比得上世子夫人在閨閣時的嫻靜淑雅？我還讓我家的閨女跟妳好好學學呢！」兵部侍郎夫人笑著說道。

董大人家的夫人也跟著接話。「這話說的實在，趕明兒我還想帶著我家那不成器的去府上給世子夫人請個安呢！」

吳茉兒坐在中間，猶如被孤立一般，渾身都覺得膈應得慌。

她怎麼覺得才幾天，這京城的風向就像是變了似的，聖人很重用她的父親，這些人竟敢這般擠兌她。

可吳茉兒不知道，或許整個吳府都不知道，雲陽侯世子便是在納側室的這一日，夥同四皇子宮變，這一場宴席過後，蕪朝又要換年號了。

此時吳茉兒面對著眾家夫人，有些坐立難安，原想著來給雲世子的側室一點難堪，可現在她想回家見父親了。

張木瞥見吳茉兒的窘況，心下也覺得有些奇怪，她這個老鄉憑著她的才女之名，在這蕪朝一向是順風順水的，現在又是怎麼回事？

直到後來張木才發現，吳茉兒確實是自己所想的那個吳茉兒，有著現代人的智慧——新皇登基以後，吳家因通敵叛國之罪被抄家，可吳茉兒卻能夠毫無聲息地進了新皇的後宮，一度成為頗受恩寵的貴妃，風光了七、八年，這一朵來自異世的花才凋零。

「阿木，我瞅著這糕點好精緻呢！」一旁的蘇娘子挾了一塊糕點入口，頓時覺得唇齒留香，心下有些驚奇。

「這是水晶桂花糕，是御用的糕點，尋常人家是做不出來的。」旁邊一個長臉粗眉的婦人出口指點道。

「哦，怪不得沒見過呢！」蘇娘子見這婦人粗眉大眼，態度卻和善得很，不由得起了交好的心思，便跟對方聊了起來。

到了晚上，花娘子端坐在新房裡，錦被和幔帳皆跟以前新婚時的一樣，想來這些年，世子也是一直惦記著她的。

想到這裡，這些年的怨一下子便散去了八分。

屋裡的丫鬟此時都退了下去，只有花漪在一旁替自家夫人打著扇子。

「這屋裡擺了四盆冰呢，今兒個妳也休息一會兒吧！」

「夫人，那是世子爺心疼您，奴婢的本分還是要做的。」

「別和我貧嘴了，來，坐吧！」

花漪見主子堅持，收起扇子坐下。

「夫人，其實奴婢還是比較喜歡在通台縣的時候，每日裡都熱熱鬧鬧的，真想念相怡她們呢！」

花娘子看著花漪低著頭、嘆著氣，忍不住伸出手指點了點花漪的額角。「妳這丫頭，怕是又惦記著劉嬸子那一手吃食了吧？等這邊穩定了，我再帶妳回去小住幾天吧！」

「真的？咱們真的還能回去？」花漪樂得站起身子。

「自是真的。」不光是花漪喜歡那裡，她也是喜歡的，侯府雖大，卻不如通台縣的花府自在。

「主子，吳姨娘要來給您請安。」丫鬟在門外輕聲稟報。

花漪心裡倏地一驚，瞅了一眼自家主子的神色，她怎麼就把這人忘了？心裡不免怪自己真是大意。

「夫人，要不奴婢出去讓她離開？」花漪小心翼翼地問道。

「妳讓她哪來的回哪去，沒事別在我面前蹦躂，不然我不介意讓她出府。」花氏面無表情地說道，不管這女子和世子爺有什麼過往，敢在她吉日裡來，便是存了心要堵她的，這等女子，她也不願給她好臉色瞧。

「那世子爺那邊……」

「要是這點事我都作不了主，趕明兒我們就回去吧！」花氏對著花漪露出微笑。

花漪走到門外，對吳芷沅說道：「吳姨娘，今兒個什麼事也不能擾了我家夫人的好事，您還是請回吧，您知道今兒個我家夫人是不會想見您的。」

吳芷沅知道這也是一個不好惹的主，只是她聽到吳陵和張木今日來了，就想去看看，可就算是往日，她也不曉得世子爺的去處，今日更是不敢往前頭去，而她聽說這新來的夫人和她那名義上的前哥哥相熟，故此才想來問一下罷了。

花漪看著吳芷沅離去的背影，「哼」了一聲，準備回去伺候主子，卻見張木從另一頭走了過來。

「妳怎麼過來了？」花漪忍不住問道，這時候宴席還沒結束呢！

「我想著過來看看花姊姊，便藉口出來更衣。」張木和吳陵已經商量好，待酒席結束，隔天就要啟程回家，且今天之後，花娘子估計還得忙著拜見雲家長輩，還是這時候來便利些。

待花漪和張木進屋，花娘子聽完張木的話，忍不住訝異道：「怎地這麼快便要回去呢？我才剛定下來，還沒留你們玩兩日呢！」

「花姊姊，福福還小，我們出門也有好些日子了，心裡掛念得緊，等她大些，我們再來京城看妳。」

花娘子搖搖頭。「哪等得了她長大？等我這邊忙完了，我就和花漪回去看你們；況且我走之前和女學館裡的姑娘們也沒打聲招呼，她們估計正念叨著我呢！」

聽她這麼說，張木忍不住笑出了聲。「行，花大美人，妳可得記著回去看我們，妳不在，我們都沒有養眼的東西可看了。」

聊了一會兒，張木和花氏主僕道了別，酒席散後，便和吳陵等人直接回到客棧了。

在客棧裡收拾行囊的時候，吳陵問張木。「娘子，妳說京城這般繁華，為什麼我還這般念著回去呢？」

張木忍不住擰了吳陵腰上的肉。「你還不是想你家的小福福了？哼。」

看著轉頭吃醋的媳婦，吳陵有些哭笑不得。「娘子，福福是我家的，難道不也是妳家的嗎？還有娘親吃女兒醋的嗎？」

見媳婦不搭腔，吳陵繼續哄道：「女兒要疼，媳婦自也是要疼的。」

張木白了他一眼，嘟囔道：「哼，就你知道疼福福。」

吳陵無奈地嘆了一聲。「娘子，我以後可不敢再要小娃娃了，一個福福妳都和我吃味，再來一個，我可招架不住。」

張木正在收拾衣裳，聽見這話，奇怪地看著吳陵。「所以說，我以後生的娃兒你都不要了？行，那我送人。」

「娘子，妳又欺負人，妳明知道我不是那個意思。」吳陵耷拉著腦袋，決定還是不和媳婦鬥嘴了。

張木見他這麼快就偃旗息鼓，伸手勾起他的下巴。「相公，還是先生一個再說？」

一剎那，張木見到吳陵的眼睛如燃燒起來的火炬，又像夜空裡耀眼無比的星星，帶著璀璨的光芒，照進她的靈魂深處。

熄了油燈以後，吳陵擁著張木躺在床上，夜晚靜得能聽清蟲子的叫聲，可張木輾轉反側，就是睡不著。

吳陵輕輕拍著張木的背，手心的溫度透過衣料傳來，張木倏地掀開被子，對著黑漆漆的屋子發呆。

吳陵迷迷糊糊地問道：「怎麼了？睡不著嗎？」

張木見他才剛說完，鼾聲又起，貼在他的耳邊，低聲道：「相公，我不是阿木，我是張慕，愛慕的慕。」

鼾聲頓息，夜裡靜得詭異，張木見他顯然醒了，卻不吭聲，遂才輕嘆道：「以前的張木死了，我才飄過來的，我是一縷孤魂……」

「那妳還會走嗎？」

身旁的人閉著眼睛，極為克制又小心地問道。

張木可以感覺到他的身體在輕輕顫抖，心下不忍，伸出手攬住他清瘦勻稱的腰，貼在他肩上，哽咽道：「不會，和你一起白頭到老好不好？」

吳陵聽見自己艱澀地吐出一個字。「好。」

其實他很久以前就察覺出媳婦的不對勁，聽說繡活很好、能一天掙一兩銀子的媳婦，繡件小衣裳也會無數次扎到自己的手。

她對張家親熱又疏遠，她會許多稀奇古怪的東西，偶爾還會蹦出一些奇怪的詞語，還有那奇怪的美人，可是這一切都不會阻擋他想和這個姑娘一生一世一雙人的心。

張木輕輕地吁了一口氣。

就算這裡有許多理不清的麻煩事，她也願意一直陪著相公，只有陪著他一起歡喜傷悲、一起經歷生老病死，她的人生才是圓滿的。

「娘子，只要妳不走，不管妳是狐妖還是貓妖，我都會好好疼妳。」吳陵反過來抱著張木，輕聲呢喃。

張木見相公這般捨不得她，忽然有點想笑，張口咬住他的脖子，哼道：「妖怪來吸血了。」

說著，她眼眶也不禁濕了。「傻瓜，我要是妖怪，咱們的小福福就是小妖怪了……」

這一夜，兩人折騰到三更才沈沈睡去，張木覺得自己從來沒有這麼輕鬆愉悅過，像是無形中一直束縛著她的東西，在這一夜後便消失得無影無蹤了。

福福五歲的時候，張木又添了一子。

張家全家都搬來了通台縣，小水在惠山書院裡勤學苦讀，轉眼便要去考童試了。

張老娘抱著滿月的外孫，樂得一個勁兒地念叨著。「這下可湊成一個『好』字了。」

同一年，香蘭又生了一對龍鳳胎，丁大也在通台縣買了一間兩進的屋子，把丁大爺接來一起生活。

兩年後，女學館從西大街搬到了花娘子以前住的院落，也是在這一年，花娘子帶著剛滿月的兒子來到了通台縣。

由於當初雲陽侯一家輔佐新皇上位有功，雲陽侯晉升為雲陽公，世襲罔替，花娘子也被扶正，成了名副其實的雲陽公夫人。

福福八歲時，阿竹娶了小茂林，小茂林畢業後，便一直留在女學館幫張木管理學館的事務。

阿竹的官路一直順風順水，只是阿竹並不想去京城，寧願去各州、各府為百姓實實在在地做事，因此小茂林便隨著阿竹往蕪朝各地赴任，每到一處便開始著手興建女學館。

而和小茂林一同從女學館畢業的女學生，也都各自有了自己的一片天地。相怡在台州經營了三家書鋪，婉蘭在台州有兩間成衣鋪子，坊間傳言，婉蘭是得了蘇夫子的真傳，一間鋪子能日進斗金。

而張木沒想到，小時候一直很乖巧的福福，長大後最是讓她頭疼。

福福小的時候，張木從不拘束她，她愛讀書，就讓她讀書；她不喜歡繡活，便可以不做。

她想讓福福和學館裡的女孩子們一樣，有一片自由自在的天空，只是在這樣束縛的時代裡，不受拘束的福福大概也是旁人眼中的異類吧！

於是當一個乖巧小女娃長成通台縣的女霸王時，張木不禁有些後悔，好在這個女霸王最後被花娘子帶去好好教導一番，總算變得像個優雅的女孩子。

若干年後，通台縣的「公瑾女學館」名揚蕪朝，無數位追求自力更生、一生一世一雙人的姑娘從這裡離開，前往大州小鎮，將她們的所學發揚光大。

而吳陵和張木風雨同舟，真正實踐願得一心人，白首不相離的真諦。

——全書完

騙嫁壞書生

文創風 472～474

初初相看兩厭，再見別有心思，
三見情意已生……

似調情似鬥嘴・勾心撩情最高段／緋衣

都說寡婦門前是非多，果真是有些道理，尤其他家隔壁這位！
他穿來這窮困的宋家不過才六日，可卻因為她四個晚上都沒睡好——
不是漢子想翻她家的牆、老婆帶人來「捉姦」，鬧得一整夜雞犬不寧，
就是她家小奶娃夜啼不止，再不就是她隱忍痛苦、壓著嗓子哭個沒完……
瞧小寡婦這樣的長相可不能叫仙女，該叫妖女才是。
隨便一個眼神都能惹得男人情動什麼的……
果真，連原本對她沒好感的他，多瞧上幾眼、說上幾回話，
竟也心猿意馬起來，對她朝思暮想的……整個人快沸騰！
就在他隱忍情意快抓狂時，她居然約他暗夜相會，開口希望他能娶她……
她願意幫他家還債，只要他能跟她協議假婚，幫她度過「難關」，
沒想到家裡窮竟有這好處，她花五十兩「買」他，完全正中他的紅心了！

流浪貓狗介紹所

為流浪貓狗加油 和貓寶貝 狗寶貝
廝守終生(一定要終生喔！)的幸福機會

對人來說，貓寶貝狗寶貝只是生活的一部分，但妳（你）對牠們來說，卻是生活的全部，領養前請一定要考慮清楚——

▲ 善良又有正義感的好漢　白白

性　　別：男生
品　　種：米克斯
年　　紀：3、4歲
個　　性：親人、熱情、聰明聽話，
　　　　　但有時會賴皮
健康狀況：2016年8月已接種疫苗
目前住所：台中市霧峰區

本期資料來源：台灣寵物認養協尋資料庫

『白白』的故事：

當白白還是一個月大的幼犬時，竟被人遺棄在台中的中清路中央，有好幾次差點被來往的車輛給撞到，幸好有善心人將牠救下，之後便被一名路過的男孩給帶回家。

然而，男孩的母親並不同意男孩收養白白，要男孩把白白送走，狗狗山的志工恰巧看見這一幕，心想著：這麼小的幼犬若淪落在外頭要怎麼生存呢？志工的心中感到相當不捨，於是她說：「把牠給我吧。」就這樣，白白展開了在狗狗山中途的生活。

白白的身材健壯、有著漂亮的臉蛋，可是個性卻有些小小好強；牠還相當重視自己的飯碗，經常守在一旁保護著，可這樣的白白，卻有一顆善良的心。白白對跟自己同區裡三隻較弱勢的狗格外地溫和及照顧，不僅會將牠們帶在身邊避免受欺負，甚至連飯都會分享出來，也因為如此，中途給了白白一個「好漢」的稱號。

如果有拔拔或麻麻願意給這隻「好漢」一個幸福的家、願意當牠的好夥伴，歡迎來信leader1998@gmail.com（陳小姐），或傳Line：leader1998，或是搜尋臉書專頁：狗狗山。

認養資格：

1. 認養者須年滿20歲，有獨立經濟能力，並獲得全家人的同意。
2. 須同意簽認養寵物切結書，並能讓中途瞭解白白以後的生活環境。
3. 同意送養人日後之追蹤探訪，對待白白不離不棄。
4. 同意讓白白絕育，且不可長期關、綁著白白，亦不可隨意放養。
5. 為讓中途對您有更深入的瞭解，中途會先有份線上問卷請您填寫。

來信請說明：

a. 個人基本資料：姓名、性別、年齡、家庭狀況、職業與經濟來源等。
b. 想認養白白的理由。
c. 過去養寵物的經驗，及簡介一下您的飼養環境。
d. 若未來有當兵、結婚、懷孕、畢業、出國或搬家等計劃，將如何安置白白？

文創風
492

娘子押對寶 下

國家圖書館出版品預行編目資料

娘子押對寶 / 新綠著. --
初版. -- 臺北市 : 狗屋, 2017.02
冊 ; 公分. --（文創風）
ISBN 978-986-328-689-9（下冊：平裝）. --

857.7　　105023764

著作者　新綠
編輯　王冠之
校對　沈毓萍　蔡佾岑
發行所　狗屋出版社有限公司
地址　台北市104中山區龍江路71巷15號1樓
電話　02-2776-5889～0
發行字號　局版台業字845號
法律顧問　蕭雄淋律師
總經銷　知遠文化事業有限公司
電話　02-2664-8800
初版　2017年2月
國際書碼　ISBN-13　978-986-328-689-9

本著作物由北京晉江原創網絡科技有限公司授權出版

定價250元
狗屋劃撥帳號：19001626
網址：love.doghouse.com.tw　E-mail：love@doghouse.com.tw